Le grand secours

DU MÊME AUTEUR

La Montée des eaux, Seuil, 2003.
Le Ciel pour mémoire, Seuil, 2005.
Les Derniers Feux, Seuil, 2008.
Le Lycée de nos rêves (avec Cyril Delhay), Hachette Littératures, 2008.
Collection irraisonnée de préfaces à des livres fétiches (collectif, direction avec Martin Page), Intervalles, 2009.
L'Envers du monde, Seuil, 2008.
Les Évaporés, Flammarion, 2013 (Grand Prix Thyde Monnier de la SGDL et prix Joseph Kessel) ; J'ai lu, 2015.
Il était une ville, Flammarion, 2015 (prix des Libraires), J'ai lu, 2016.
Jardin des colonies (avec Sylvain Venayre), Flammarion, 2016 ; J'ai lu, 2018.
L'Hiver du mécontentement, Flammarion, 2018 (prix Interallié), J'ai lu, 2019.
Climax, Flammarion, 2021 ; J'ai lu, 2022.

Thomas B. Reverdy

Le grand secours

roman

Flammarion

ISBN : 978-2-0804-2592-8

« Il n'y a point de bonheur sans courage, ni de vertu sans combat. »

JEAN-JACQUES ROUSSEAU,
Émile ou De l'éducation

« Traverser la nationale
et passer sous l'autoroute. »

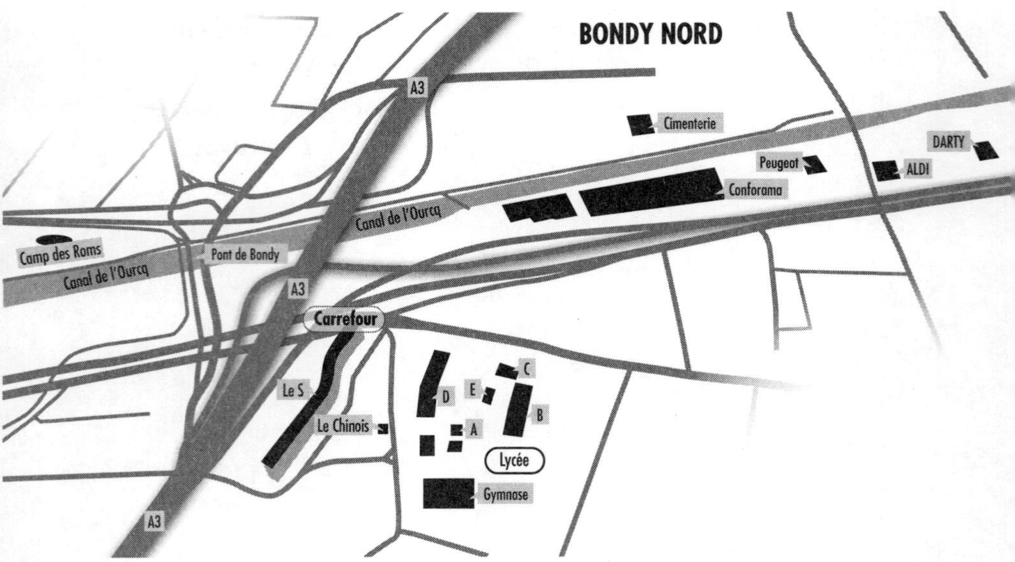

Première période

07:30

Pont de Bondy

Le canal à cette heure reflète les nuages de l'aube et file comme un trait d'argent, gris et sans éclat, sous le pont de Bondy et la rampe de l'autoroute A3 qui l'enjambe en s'envolant vers Roissy. Un peu plus loin s'alignent, le long de la nationale, les entrepôts et les magasins de marques qu'on reconnaît à leurs couleurs, jaune et rouge, rouge et blanc, jaune et bleu, et, sur l'autre rive, les usines de la cimenterie aux allures de carrière.

C'est un de ces lundis de janvier où l'on s'attend à ce qu'il neige, même si ce n'est plus arrivé depuis des années.

Accoudé à la balustrade du pont, Mo contemple en contrebas les rangées de tubes d'acier de diamètres variés du Comptoir général des fontes de Bobigny qui jouxte, en bordure du canal, le campement des Roms entouré de palissades, un bidonville de caravanes et de carcasses de voitures défoncées, de tuyaux de poêle bricolés en zinc, de tables en bobines de câbles, de toits de tôle et de cloisons de palettes, un village aux ruelles minuscules, un dédale miniature, à peine visible de la rue.

Deux Gitans promènent de gros chiens près de la piste cyclable sur laquelle Mo croit reconnaître sa prof de français, mais elle a déjà disparu sous le pont. À vélo qu'il vente ou qu'il neige, c'est une dingue, sa prof de français. Les chiens n'ont même pas eu le temps d'aboyer. Les deux gars sont en train de fumer, tranquilles. Ils sont longs et minces, avec des cheveux noirs qui leur tombent sur les yeux, des airs d'Indiens venus du fond de l'Europe.

Mo ne sait pas exactement ce que c'est, des Gitans. D'ailleurs ceux-là sont peut-être bien musulmans. Au feu, en bas du pont, leurs filles qui proposent de nettoyer les pare-brise portent des foulards aux motifs de grosses fleurs rouges et jaunes, dont elles se recouvrent à moitié les épaules, à moitié la tête. Est-ce que c'est musulman, les Roms ? Est-ce que c'est des Roms, ou peut-être des Serbes, ou des Kosovars, des Croates ? Mo connaît tous ces noms même s'il ne sait pas bien de qui il s'agit, juste qu'il y en a depuis quelques années, à Bondy comme partout où la misère pousse sur le béton.

Au bord du canal les deux types s'éloignent en bavardant, trop loin de Mo pour qu'il puisse les entendre. Leurs chiens trottinent, quelques mètres devant eux. C'est difficile de deviner ce qu'ils font. Ils ont leurs propres règles, ils ne se mélangent pas. Ici, personne ne se mélange.

Mo vient du Carré, le quartier au-dessus du Marché. Sa mère l'a fait partir très tôt ce matin parce que hier il y a eu des coups de feu, là-bas. Des tirs de kalachnikovs. La voisine du deuxième, elle a une balle qui est venue se ficher dans son mur, elle l'a montrée à tout le monde, toute la journée, c'est tout juste si elle ne faisait pas payer la visite. La mère de Mo a dit, Tu pars à 7 heures, il ne se passe jamais rien à 7 heures. Tout ça, c'est à cause de la drogue. Elle a dit, Tu vas à l'école et tu n'y touches jamais, Mo, c'est compris ? Jamais. Il a souri. Les mères font ce qu'elles peuvent, mais c'est de plus en plus difficile. Ce matin, quand il est sorti, à 7 heures, Mo est parti la tête baissée dans le froid coupant, des cernes sous les yeux, la capuche enfoncée jusqu'aux sourcils, les mains dans les poches et le sac sur une épaule, il faisait vraiment nuit, le long des allées de réverbères cassés, et c'est vrai qu'il n'a croisé personne. Il a traversé l'ancien marché, incendié cet hiver, a longé les immeubles de cinq étages rangés en ligne de bataille comme une armée silencieuse, les rues aux noms de résistants communistes et de poètes, a pris le petit chemin qui passe sous l'autoroute et remonte vers Bobigny. Il s'est arrêté sur le pont pour regarder le soleil se lever.

Il y a toujours un moment un peu miraculeux quand ça arrive, quand on est là pour le voir. Le canal est blanc comme un linceul, ciel voilé, deuil qui se traîne, de plus en plus clair, embrumé, laiteux, un ciel à croire qu'il va neiger, et puis le soleil apparaît. Il déchire les nuages, ceux de l'horizon, il les disperse, il les brûle comme une flamme brillante de soudeur qui transpercerait du coton, et le ciel autour s'enflamme, ça ne dure peut-être que dix ou quinze minutes, le vent se lève avec le jour et le ciel devient rose et jaune comme une carte postale, comme s'il n'y avait jamais eu de nuages. Le soleil ouvre le ciel comme un voile. Laisse passer les anges. On voit aussi ça, ici.

À Bondy, il y a du ciel.

Mo est accoudé à la balustrade du pont, sur le quai du tramway direction La Courneuve, il regarde les nuages partir en lambeaux et le soleil se lever sur le canal qui flambe. Des mouettes urbaines poursuivent au ras de l'eau une bouteille en plastique ou l'ombre d'un poisson. Plus bas, le carrefour de la nationale au pied de la barre d'immeuble du S bourdonne déjà de ronflements de moteurs, de bruits de démarrage et d'accélération, de coups de klaxon de bus, semblables à des cornes de brume lointaines qui traversent le brouillard sonore de ses écouteurs. Mo monte le son, rajuste sa capuche. Se balance d'un pied sur l'autre pour combattre le froid. Il n'a que son sweat et un blouson léger, comme les jeunes de son âge, le genre de blouson de sport qui ne protège de rien. La file de voitures immobilisées, impatientes, remonte jusqu'en haut du pont. Mo qui les surplombe depuis le quai du tramway voit les passagers discuter dans les habitacles, s'énerver en donnant des claques au volant, boire une boisson énergisante en guise de café. Une femme se maquille dans le miroir de son pare-soleil. Sur les vitres du bus recouvertes de buée commencent à se dessiner des traînées de gouttes, comme sur la fenêtre de la salle de bains le matin. À l'intérieur, les gens ne sont plus que des ombres mélangées, indistinctes.

07:30

Il doit être 8 heures moins le quart à présent. Les nuages ont presque disparu. Sa prof est rentrée depuis longtemps dans le lycée. Les grilles vont bientôt s'ouvrir. Sous le pont de l'autoroute qui recouvre le carrefour, au pied du S, un attroupement se forme, comme si les flux de gens qui se croisent dans le petit matin venaient de rencontrer un obstacle, ceux qui descendent du bus, ceux qui traversent, et peu à peu un bruit d'agitation, un bruit fait de cris et d'exclamations se met à résonner sous le pont et se répand dans les brumes déchirées de l'aube, sous les éclairages orange des réverbères géants et se diffuse, plus fort que les bruits ronflants de circulation, jusqu'à lui. Mo tourne la tête de ce côté, se demande ce qui se passe, enlève un de ses écouteurs.

07:35

XIIIe arrondissement de Paris

C'est à peu près l'heure à laquelle Paul sort de chez lui.

Paul s'est réveillé à 6 h 45, puis à 6 h 54 et, finalement, à 7 h 03, presque déjà en retard. Il a ouvert les yeux dans sa chambre minuscule, surpris, au meilleur d'un rêve dont il ne se souvenait déjà plus, par les hurlements de son réveil, le souffle coupé, la bouche affreusement sèche et la tête encore lourde, entre le rhume et la gueule de bois. Il a heurté en se levant une des piles de bouquins qui jouaient les barrages de castors à côté de son lit et manqué, en tâchant d'éviter les livres ainsi répandus par terre, de s'étaler lui-même de tout son long en tâtonnant sur le sol d'un pied déjà froid, cherchant un bout de parquet disponible pour y prendre appui. Il a, pour éviter de glisser, shooté résolument dans un volume de Shakespeare en édition bilingue, en poussant son premier juron de la journée.

Une pièce peu connue, *Timon d'Athènes*, considérée par les spécialistes comme l'ancêtre un peu dingue et vraiment méchant du *Misanthrope* de Molière, a volé sans grâce à travers la chambre.

Le miroir de la salle de bains, de l'autre côté d'un couloir étroit qui mène aussi à la cuisine et à l'autre pièce de l'appartement, ne lui dit rien qui vaille. Ses yeux brillent, humides, et le dévisagent avec méfiance. Au bord des paupières inférieures ils sont rouges et ressemblent à deux plaies fraîches dans un masque de cuir. Et puis s'écarquillant, au prix d'un effort, à force de se reconnaître, ils se mettent à détailler cet homme qui leur fait face, torse nu, dans le miroir de l'armoire accrochée au-dessus du lavabo, et ce n'est guère mieux. La peau épaissie par la cigarette, le nez qui s'est épaté avec l'âge, les rides entourant la bouche, les cernes bleus, la barbe toujours naissante, comme une ombre, et les cheveux éparpillés, noués, encadrant encore en bataille ce beau visage de copain de lycée dont on se dit qu'il a pris un sacré coup de vieux.

Alors qu'il entre dans la douche, son reflet sur la porte de la cabine lui fait remarquer qu'il a pris un peu de ventre aussi, cet hiver, ou peut-être depuis quelques hivers. Juste un peu. Un pli, à mi-chemin du nombril et du pubis, qui lui interdit à jamais de baisser les yeux sur la surface ininterrompue de son ventre jusqu'au sexe. Désormais il y a ce bourrelet, ce renflement, qui lui échappera toujours. Autrement, Paul est plutôt mince, un peu sec même, si bien qu'il ne prête pas tellement attention à son corps, qu'il ne sollicite d'ailleurs pas outre mesure, et puis qu'est-ce qu'il y peut ? Il hausse les épaules, met l'eau chaude à fond et pousse son deuxième juron de la journée lorsqu'une cascade glacée lui saisit la nuque et le dos avec la brutalité d'un coup de fouet. Qu'est-ce qui lui a pris d'accepter ce boulot ?

Dans quinze minutes, il sera en train de boire son café noir et sans sucre dans sa cuisine, debout comme au comptoir, lorgnant de l'œil droit son téléphone portable posé sur le plan de travail, où il fera défiler les e-mails et les messages de la prof qui l'a contacté, il y a plusieurs mois déjà, et qui enseigne dans ce lycée de banlieue, dont il a oublié le nom, à Bondy, où il ne savait même pas jusqu'à hier comment on y va. La ligne 5 jusqu'au bout, puis le tramway, c'est ce qu'elle avait écrit, Le tramway pas les bus, arrêt Pont-de-Bondy, et elle avait joint à ses explications un petit dessin griffonné, sans doute recopié à partir d'une carte obtenue sur Internet, puis photographié.

Les mots « traverser la nationale » et « passer sous l'autoroute » retiennent son attention. Doit-il s'inquiéter ?

De Bondy, du 93 et de la banlieue en général, Paul ne connaît que ce qu'on en dit aux informations. Vénissieux à Lyon, les Baumettes à Marseille, les 4 000 ou la Grande Borne en banlieue parisienne ne sont pour lui que l'équivalent de territoires légendaires, de terres sauvages et inconnues dans lesquelles il n'a aucune raison de mettre un jour les pieds.

Paul n'est pas un aventurier. C'est même à peu près tout le contraire.

Paul est écrivain. Poète.

Depuis qu'Aurélie l'a quitté pour un de ces types pleins de testostérone qui font du sport presque tous les jours, il n'a plus beaucoup de goût à rien.

C'est arrivé pendant le confinement de l'épidémie, en 2020. Elle avait réussi à rencontrer quelqu'un pendant le confinement. Un type du quartier que Paul continue d'apercevoir de temps en temps. Ils faisaient leur jogging ensemble, Aurélie et lui, d'abord le dimanche matin, et puis de plus en plus souvent, jusqu'à ce qu'elle aille courir tous les jours, et même deux fois par jour en remplissant des attestations bidon comme on avait appris à le faire. Deux fois par jour, ça ne lui ressemblait pas du tout, elle revenait toute rose et en nage, luisante de sueur, des mèches de cheveux collées sur le front, c'était dégoûtant. De toute façon elle ne voulait plus qu'il la touche. Il n'y en avait plus que pour son jogging, ses « 5K », son « fractionné » et ses « sorties longues », enfin tous ces mots qui auraient dû rester l'apanage de quelques sportifs professionnels. Paul ne la reconnaissait plus mais il ne pouvait rien dire, ils n'avaient pas de chien, pas d'enfants non plus, et il n'y avait pas d'autres occasions de sortir pendant des semaines. Alors elle retrouvait ce type deux fois par jour, Bertrand ou quelque chose comme ça, un vieux prénom, ils s'envoyaient des textos pour se retrouver et ils n'ont pas tardé à s'envoyer en l'air. Paul s'est bien douté qu'il y avait quelque chose, mais il ne pensait pas à ça. Personne ne pensait à ça. On pensait stress, anxiété, télétravail. On pensait claustrophobie, agoraphobie, hypocondrie. Mal de poitrine. Oppression. Mais sexe, plaisir, luxure, personne, évidemment personne ne pensait à ça. Quand Aurélie a fait une petite valise, un matin, au lieu de sortir en short rose, qu'elle lui a dit comme ça, C'est fini, je repasserai prendre mes affaires, je ferai une attestation de déménagement, je crois que ça marche, il n'a rien compris. J'ai rencontré quelqu'un, je vais me confiner chez lui. C'était au-dessus de ses forces.

Tout le temps qu'a encore duré l'épidémie, il a complètement déprimé. Incapable d'écrire sur l'échec total de sa vie sentimentale, et incapable de se concentrer sur quoi que ce soit d'autre que son propre malheur, il s'est muré dans le silence et l'inaction la plus totale. Il est si peu sorti, de peur de les croiser tous les deux avec leurs baskets fluo et leur nuage d'hormones, que ses voisins de palier, à deux reprises, sont venus frapper à sa porte pour vérifier qu'il n'était pas mort. Et puis peu à peu, comme on dit, la vie a repris ses droits. Deux ans d'épidémie, ça passe plus vite qu'on ne croit. L'Urssaf Limousin qui commençait à gérer les droits d'auteur lui a attribué un numéro, et sa caisse de retraite a menacé de le poursuivre en justice à cause de plusieurs années d'arriérés. Même les vies de merde reprennent leurs droits, disait-il en souriant à ses amis, au comptoir du café en bas de chez lui, c'est une loi de la nature. Il n'y a que les gens qui se croient heureux qui peuvent définitivement se replier sur eux-mêmes à la faveur d'une épidémie.

À la rentrée, il a décroché une bourse pour animer un atelier d'écriture, pendant un trimestre, dans ce lycée de banlieue où il se rend ce matin pour la première fois. Il ira deux jours par semaine, quatre demi-journées, selon les besoins des profs. C'est plutôt bien payé. De quoi tenir pendant cinq ou six mois. Il a dégoté ça en s'inscrivant, comme il aurait joué au Loto, auprès d'une association d'auteurs dramatiques qui n'en a pas que le nom et qui accepte un peu n'importe qui, étant donné que presque personne n'arrive à faire monter ses pièces. Entre les écritures de plateau des comédiens à fibre sociale et les adaptations libres des stars du patrimoine, il n'y avait plus beaucoup de place pour le théâtre d'auteurs vivants, en France, lui a dit le président de l'asso. Ils ont ri ensemble et Paul a ajouté : Pour le texte en général. De toute façon, du théâtre, il n'en a jamais écrit. Il a publié quelques romans restés inaperçus, mais son truc à lui, c'est la poésie.

Posant alternativement un pied sur l'autre sur le carrelage froid de sa cuisine miniature, debout près de l'évier, il regarde couler de la fenêtre un jour gris dans la cour de l'immeuble. Son salon, enfin disons l'autre pièce de son appartement, est encore plongé dans le noir, les rideaux tirés sur le vis-à-vis de la cour. C'est là qu'il finit par retrouver, habitué à remonter les pistes de son désordre, devant le canapé aux grands coussins avachis, sa paire de boots en cuir bleu, des bottines pointues qui lui rappellent des temps à la fois plus fastes et plus rock'n'roll.

La minichaîne affiche à présent crânement 7 h 30. Elle ne dort jamais. Paul s'en est bien rendu compte, au moment de la séparation, lors de nuits passées en insomnie sur le canapé, à faire semblant de lire en s'agaçant, à observer l'ombre du ciel et la clarté sépulcrale de la lune sur la pierre de taille de l'immeuble : les chiffres de la minichaîne égrainent chaque minute, ils sont infatigables, ils connaissent toutes les heures de la nuit.

07:35

En ouvrant les rideaux, Paul est frappé par le froid qui caresse la fenêtre et, s'approchant, il voit son souffle se changer en vapeur fugace. Dans l'immeuble, des fenêtres éclairées de salles de bains, de cuisines embuées attestent qu'il est déjà l'heure d'une nouvelle journée. Une de ces foutues journées d'hiver à ne pas mettre le nez dehors, se dit-il en enfilant ses bottines, dansant d'un pied sur l'autre et jurant pour la troisième fois ce matin en manquant de perdre l'équilibre, se retenant de justesse à la poignée de la fenêtre. Il pense fugitivement à Pierre reniant le Christ, au chant du coq, à l'aube se levant sur la colline des morts. À quoi ressemblera-t-elle, cette prof de français ? Candice quelque chose. Elle a une jolie voix, mais qui n'a pas une jolie voix au téléphone quand on ne se connaît pas encore ?

Sur son bureau qui est aussi la seule table de l'appartement, il ramasse les trois bouquins dont il a prévu de parler aux jeunes, son cahier ligné souple, déjà bien entamé par des notes sans suite et des brouillons de lettres au Trésor public, ses écouteurs et deux stylos à bille, et fourre le tout dans une serviette en cuir aux bords usés. Puis il rentre sa chemise blanche et froissée dans son pantalon, noue une écharpe autour de son cou, attrape son manteau qui pend mollement à la patère, à côté de la porte d'entrée. Bondy, nous voilà !

Il faut bien vivre.

Paul est écrivain. Poète.

07:40

Canal de l'Ourcq

Lancée depuis Pantin comme une balle, filant au guidon de son vieux vélo de course en acier, celui qu'elle avait chez son père, à Lyon, d'un jaune doré qu'on ne fait plus, avec les pattes de changement de vitesses sur le cadre, fonçant sur la piste bien droite, au ras de l'eau, entre la ligne de métro et le canal, laissant défiler le paysage autour d'elle, les grillages et les murs tagués d'en face, les rats qui courent dans les buissons et plus loin encore, au-delà du métro les rails à n'en plus finir de la gare de triage de Bobigny et ses entrepôts techniques, enchaînant les chicanes sous les ponts de métal hurlant, Candice commence à sentir dans ses cuisses une raideur qui menace de se changer en crampe à chaque nouveau coup de pédale. C'est le moment, après le petit crochet autour du bâtiment désaffecté de la SNCF et son ancien quai d'appontement, où elle plonge dans la ligne presque droite et lisse qui traverse le parc de la Bergère. Il n'y a plus sur la piste, à partir de cet endroit et à ce moment de la journée, que les coursiers de l'aube qui foncent vers

Paris en sens inverse, la cadence rapide et le pédalage bien rond, quelques joggeurs matinaux et les mouettes qui frôlent de l'aile le miroir du canal. Candice ralentit. Laisse son esprit partir un peu plus loin, prendre de l'avance.

La sensation de glisse à vélo est tellement plaisante que, parfois, elle ne pense à rien. Ce n'est pas le cas ces jours-ci parce que sa vie est en train de prendre une espèce de tournant. Elle le sait, c'est à cause de son père.

Elle appellera l'hôpital tout à l'heure. Il est en train de mourir là-bas, loin, et il faudrait qu'elle y aille, il faut qu'elle trouve le temps, il faut qu'elle trouve le temps et l'énergie de le faire. Quand les gens sont morts, se dit-elle, on a droit à des jours de congé pour ça, pour l'enterrement, mais quand ils ne sont pas encore morts, c'est compliqué. Pourtant c'est maintenant qu'il faut aller le voir.

Son père meurt. Et à vrai dire, ça fait longtemps.

Il n'y a pas de raison que ça s'améliore à présent mais, tant qu'il n'est pas mort, c'est comme si cette phrase ne voulait rien dire. Non qu'elle ait le moindre espoir. Simplement, elle attend.

En bordure du parc les vigiles à la peau noire et luisante de sueur, malgré le froid vif de l'hiver, s'entraînent sur les équipements sportifs de plein air, essentiellement des barres de traction. Ils offrent un spectacle qui tient à la fois de la salle de sport et de la promenade de prison, en tout cas telle qu'on la voit dans les films américains. Un peu plus loin, une cour de Gitans sans âge sortis d'un conte fantastique semble tenir conseil sur les gradins en béton d'un improbable amphithéâtre.

07:40

Elle les connaît sans les connaître, ils font partie du paysage. Elle se le dit presque tous les matins depuis qu'elle se rend dans ce lycée à vélo : c'est un drôle de territoire, cette banlieue. C'est la frontière d'un monde. Derrière un petit bois il y a le campement de bagnoles défoncées où ils habitent. La casse sous l'autoroute gardée par de gros chiens. Le fil du canal qui s'étire et le ciel qui s'éclaire à l'est.

Candice se penche à travers la dernière chicane et sous le dernier pont, celui de l'A86, après celui du RER, elle fait attention, elle a ralenti à cause du léger verglas des ombres, comme en forêt dans les endroits qui ne voient jamais la lumière, puis elle arrive, elle est presque arrivée.

Deux doigts sur les freins, tranquille, à éviter les chiens et les promeneurs, elle regarde vers le haut les gamins qui traînent sur le pont du tramway. Elle se laisse glisser en roue libre jusqu'à la jonction avec la voie de chantier qu'elle remonte lentement, sans effort, avant de franchir le canal et d'atteindre le passage clouté du carrefour. Elle s'arrête un moment. Calcule ses chances de traverser.

Le carrefour du pont de Bondy, tentaculaire et dangereux, baigne dans la lumière orangée des lampes au sodium qui se diffuse doucement à travers le brouillard du matin. Ici, l'autoroute A3 est suspendue à vingt mètres du sol. Elle se sépare de ses premières sorties qui plongent vers la ville dans des courbes aériennes et rejoignent la nationale, la N3 qui passe au-dessous en trombe au milieu d'un entrecroisement gigantesque et confus de rues, qui sert aussi d'aiguillage à tous les bus de la zone : Auber-Pantin-Bobigny d'un côté, et Bondy-Aulnay-Sevran de l'autre.

Elle a beau venir là tous les matins, elle n'en revient toujours pas.

Un carrefour sous l'autoroute, nom de Dieu, au milieu d'une mosaïque de terrains vagues abandonnés aux Roms et à leur casse, un carrefour comme une zone franche, arpentée frénétiquement dans tous les sens par les derniers arrivés, des *harragas* qui ont brûlé les frontières depuis le désert algérien et à qui on a laissé les trafics les plus pourris, toute la journée à courir la sortie des tramways et les sept feux rouges pour proposer des clopes de contrebande – Maroulouboro ! Maroulouboro ! – avec des gestes brusques de jeunes camés au Rivotril et des accents qui roulent comme des volées de pigeons.

Candice se décide enfin à traverser la nationale et passe sous l'autoroute, c'est ce qu'elle a écrit sur le petit dessin qu'elle a envoyé à l'écrivain qui doit venir tout à l'heure. Elle contourne la barre du S, qu'on appelle ainsi parce qu'elle ondule pour suivre la courbe de l'autoroute, avec son petit terrain de jeux et ses trente poubelles qui débordent deux fois par semaine, et comme tous les matins elle croise Lucky, toujours là comme une espèce de gardien, sa tête de moineau déplumé, sa démarche de pantin, Lucky en sandales toute l'année, qui vit là, sous l'autoroute, Dieu sait où, Candice lui fait un signe de tête qu'il ne voit pas et tourne à gauche, pénètre sur le parking du lycée.

Elle n'a jamais voulu être prof.

07:50

Sous l'autoroute

Il marche de biais, comme les pigeons, comme s'il n'y voyait pas clair ou que son cerveau avait du mal à recoller les images. Il fait de tout petits pas, ne s'appuie que sur la pointe des pieds, ne pose jamais les talons, comme s'il était prêt à s'envoler, et c'est l'impression qu'il donne, avec les coudes collés au corps et les avant-bras qui surgissent de ses manches trop courtes, ses longues mains maigres qui s'agitent, on dirait qu'il a perdu ses plumes et qu'avant c'était une sorte d'oiseau, un échassier c'est sûr, un héron perché sur de grandes pattes qu'il lève bien haut pour avancer, l'une après l'autre, et qui regarde à droite, à gauche, et qui plonge soudain pour becqueter quelque proie. Sauf que Lucky, ce qu'il pêche, c'est des clopes. Tous les mégots jetés autour des Abribus, pour tromper le temps, l'ennui ou la mort.

Ce n'est pas son nom mais plus personne ne sait comment il s'appelle, même pas lui. C'est un Français ou il en a tout l'air, les yeux bleus comme un candidat à la présidentielle. Des grands yeux fous, clairs comme des phares, dans un visage long et ridé au-delà des expressions humaines. Le genre de visage taillé aux électrochocs. Des épis qui dépassent d'une tignasse coupée court. Les gens s'écartent. Tous ceux qu'il croise, il les regarde dans les yeux. Incapable de ciller. Il avise les gens qui fument comme s'il verrouillait des cibles et il fonce. Droit dans les yeux, t'as pas une clope.

Le mec la laisse tomber par terre en le regardant et il l'écrase.

Lucky fixe la godasse en train de disperser les braises minuscules et d'écraser le tabac. Il y avait au moins une demi-cigarette, là-dedans. Il s'est figé, légèrement tassé sur lui-même comme si on venait de le frapper derrière les épaules. Il ouvre la bouche comme s'il allait parler. Relève la tête.

C'est un type entre deux âges. Grand. Costaud. Les épaules larges. Le regard dur. Le gars lui crache la fumée au visage. Lucky ne bouge pas.

Il tremble. Il est secoué d'un grand frisson. Dans le dos, les épaules, il est obligé d'agiter les bras pour que ça s'en aille. Il fronce les sourcils, serre les dents. Fait demi-tour. Il reviendra, pour le mégot. Ça ne sert à rien de prendre un coup. Sinon, il faudrait en prendre toute la journée. Il y en a, ils sont là que pour ça.

C'est un des jeunes qui réagit, peut-être sans le vouloir ou peut-être par provocation – comment savoir –, sans s'adresser au type directement, un des jeunes qui sont là à discuter sous l'autoroute, le temps que les groupes se forment, au fur et à mesure des arrivées des bus, avant de partir au lycée en bande, il fait avec la bouche ce bruit de succion qui exprime tout à la fois la lassitude et le mépris. *Miskine.*

Le type l'entend. N'attendait que ça. Pourquoi tu me parles en arabe ? T'as quelque chose à me dire ? Et ça commence à s'embrouiller. Le lycéen aurait pu s'écraser mais il y va. Tu ne peux pas t'écraser, ici, sinon tout le monde te marche dessus. Il y va même de bon cœur. Les jeunes, ça part vite et les insultes, c'est comme un sport, une espèce d'échauffement. Bientôt les deux camps ont leurs supporteurs.

T'aurais pu lui filer ta clope, t'es vraiment qu'un bâtard. Comment tu me parles, p'tit enculé, fils de pute, et Comment tu parles de ma mère, et Je vais te la mettre bien profond, Moi je vais te niquer ta race, entre la menace de torture et la promesse de sexe, avec une espèce de surenchère dans la vulgarité, très vite ils en arrivent à des insultes qui ne peuvent plus donner lieu qu'à une explication virile, Je vais lui faire ça à ta mère tu vas voir, La tienne je lui ai fait hier soir. Et soudain, ça éclate.

On entend les claquements sourds de la chair sous l'impact des coups. Le corps, quand il encaisse, on dirait qu'il clapote comme quelque chose de liquide. Ça résonne à l'intérieur. Peut-être que ça fait cet effet-là parce que c'est un bruit qu'on reconnaît, d'instinct. Ça craque un peu, aussi. Plus sec sur les os. Mais rapidement, on s'empoigne. C'est pas possible de se balancer des directs pendant trop longtemps, ou alors il y en a un qui tombe pour le compte. Les deux gars se jettent l'un sur l'autre, lèvent un genou, baissent la tête. On voit que le vieux a de l'entraînement, il se protège bien, quant au gamin il lance les poings en avant, mais c'est en aveugle. Ça fait des moulinets en continuant à gueuler et c'est un bruit pas croyable, en quelques secondes, qui s'élève du carrefour, parce que tout le monde s'y met. Il y a les lycéens qui crient le nom de leur copain et l'encouragent à tuer l'autre, et les gars du S qui attendent le bus qui hurlent d'arrêter. Il y a des femmes qui s'écartent en courant et appellent à l'aide, mais qui ?

Le jeune frappe sec et il va vite, mais l'autre encaisse. Il est plus lourd, et quand il se décide à frapper, à chaque fois on a l'impression qu'il va assommer le gamin. Le lycéen a déjà l'œil éclaté, le gauche, fermé par un direct, quand ses copains parviennent à s'interposer, au moins quatre braves garçons avec un bras tendu contre la poitrine du vieux, et l'autre main serrée sur le blouson de leur pote. Il a la bouche et le nez en sang. Une poche de sa parka déchirée.

Ils le traînent tout le long du bâtiment. L'essuient avec son propre tee-shirt. Vingt fois, le môme fait mine de revenir à la charge. Éructe. Invective. Mais tout le monde sait que c'est fini. Il a perdu, c'est tout. Il va y penser pendant des heures, des semaines, il va faire bouillir son ressentiment, faire mijoter sa rage des nuits entières. Mais il a perdu.

Il regarde dans le vide, évite le regard des copains. Pourtant personne ne se fout de lui. L'autre mec, c'était un malade. Ça se voyait qu'il ne cherchait que ça. Un gros en blouson de bombardier, les cheveux rasés, un facho, il y en a de plus en plus. Ils vont à la salle et ils prennent de la masse pour se venger de leur scolarité de merde et de leur chômage chronique, qu'ils mettent sur le dos des Noirs et des Arabes. Le gamin regarde dans le vide, bave un peu de sang du coin de la bouche, la lèvre déjà enflée. L'œil poché comme un œuf. Quand il s'assoit, sa jambe tremble. Il est vidé, c'est l'adrénaline qui retombe. Il a l'impression d'avoir du coton dans les muscles, il tient à peine debout.

Le lycée va ouvrir dans dix minutes.

Faudra esquiver la proviseure à l'entrée.

Aller voir direct la prof de français. On l'a vue passer juste avant tout ça, sur son vieux vélo, on dirait une antiquité, mais il faut bien avouer que la prof a un certain style là-dessus. Tout le monde est d'accord pour dire qu'elle est plutôt jolie, la prof de français. De là à être bon en français ou à lire tous les romans qu'elle donne, il faut pas exagérer non plus, ça marche pas comme ça, mais ils ont fini par la respecter. Mahdi, Ramza et la petite bande, ils ont dû lire en diagonale et sans bien le comprendre à peu près un livre par an, c'est un maximum. Plutôt deux ou trois pendant tout le collège, en comptant les pièces de théâtre. N'empêche, tu peux respecter des profs dont tu n'aimes pas la matière. La prof de français, elle ne s'énerve jamais pour rien, mais elle ne laisse rien passer, elle ne lâche rien. C'est une dure, ça se voit, au début de l'année elle a convoqué Mahdi à la fin de chaque cours, elle a appelé ses parents, elle hurlait dès qu'il ouvrait la bouche, c'était le conflit, la guerre, mais c'était une base de relation honnête. Il essayait de déborder, il se faisait taper sur les doigts, il réessayait, etc. Peu à peu il a appris à la connaître. Fait en sorte de passer sous son radar. Elle n'est pas cool, la prof de français, mais elle est fiable, elle l'enverra à l'infirmerie. Pour la première heure, ça ira. Quel bordel. C'était qui, ce mec ?

Tout le monde tapote sur son téléphone. Il y en a même qui ont tout filmé. Fais voir, il dit. Et ça lui remonte un peu le moral, de lire les commentaires des copains qui sont en train d'arriver en bus. À l'envers et à l'endroit, avec plus ou moins de fautes, mais toujours pleins de petits visages jaunes en colère, de poings rouges et d'éclairs d'orage. Mahdi de Nordibon en force. Sara a même envoyé un bisou en forme de cœur.

Ça y est, il rigole. Avec la main sous la lèvre pour ne pas se remettre à baver, et un seul œil qui se plisse. Quand on est jeune, on finit toujours par rire de tout.

08:00

Arrêt du 347

Lorsqu'il entend crier, Mo tourne la tête. Ça vient de sous le pont. Il court sur le quai du tramway. Se rapproche. Il y a là-bas une foule, un amas de gens, de l'autre côté du carrefour en diagonale, du côté des arrêts de bus, ils se pressent et se bousculent sous l'autoroute aérienne qui file au ras du S, dans cette zone à moitié grillagée où la chaussée, sous les six-voies, est utilisée comme un parking par les gens du coin. Assez vite, Mo distingue un centre, un point fixe et dense autour de quoi la cohue semble s'organiser, se diffuser comme un tas de limaille autour d'un aimant. Il descend l'escalier de béton d'accès au tramway, traverse une première partie du carrefour. Les petites Gitanes et leurs foulards à fleurs sont arrivées. Là, sous l'autoroute, curieusement on entend moins bien, à cause du bourdonnement assourdissant des voitures. Il y a des femmes qui courent en agitant les bras. Au bout de quelques mètres, elles se retournent, continuent de crier à l'aide ou on ne sait quoi, mais les voitures ne vont pas s'arrêter. Personne ne s'arrêterait à cet endroit. Les vendeurs à la sauvette se sont figés, repliés vers la sandwicherie et le grec qui sont leur point de ralliement et leur quartier général, derrière les barrières des travaux et les plots en béton sur la nationale qui leur font comme une barricade. Ils observent la scène en tournant dans un invisible enclos. Quand les feux passent au rouge, Mo se rapproche, mais on dirait que la tension est déjà en train de retomber. Le temps qu'il franchisse les deux premiers feux, la foule commence à se disperser. Il reconnaît Mahdi entouré, soutenu par d'autres qui s'éloignent en direction du lycée, se retournant régulièrement pour hurler des menaces et des jurons. Il ne peut s'empêcher de sourire. Mahdi, ça n'est pas exactement son meilleur copain.

Le 347 arrive et un gros paquet de gens montent dedans, d'autres descendent et prennent la direction du tramway ou d'un autre arrêt de bus.

La foule s'est dissoute dans les flux et reflux du petit matin, tous les gens partis pour un temps, remplacés peu à peu par d'autres, interchangeables, chacun reprenant sa route calculée au cordeau – courir après l'embauche et les départs annoncés des tramways, des métros, des bus et des RER. En face de lui, alors qu'il traverse, un grand type costaud vient de s'allumer une clope. Il a les cheveux ras comme tout le monde ici, et sa tête à la serpe, pommettes hautes plus larges que les tempes, joues creuses, sourcils larges et noirs qui se rejoignent, sa tête de brute qui émerge d'un bombers bleu marine sourit en recrachant la fumée. Il est tout seul à l'arrêt, sous le panneau du 146. Les gens se sont écartés, ceux qui attendent toujours le bus, et cela le fait paraître encore plus grand qu'il n'est, comme s'il était éclairé, pris dans une sorte de halo que lui fait le vide autour de lui. Il porte un jean et des baskets bleues aussi, a remis une main dans sa poche de pantalon, de l'autre il tient sa cigarette, la tapote pour en faire tomber la cendre. Il fume vite, de longues bouffées qui allongent la carotte orange qui s'est formée sur sa tige, telle une fleur de braise. Il ne tremble pas. Il regarde Mo s'approcher droit vers lui, la capuche baissée jusqu'aux yeux, le sac sur l'épaule, les mains dans les poches, nonchalant, qui l'évite et rejoint, poussé par la curiosité, la cohorte des voyageurs du matin à quelques pas derrière lui. C'est qui, ce type ?

Mo reste là quelques instants, à l'observer de dos. Ses épaules larges, à chaque fois qu'il remue son bras pour porter sa clope à sa bouche, ses épaules bougent imperceptiblement et dans ce mouvement minuscule, ce froissement du blouson, on sent la puissance qui se dégage du bonhomme, alors qu'on ne voit rien. Mo se demande comment c'est possible. Comment la carrure, les muscles, ça peut faire ressentir une présence comme la sienne, inquiétante, une espèce de menace. Sûr, il ne suffit pas d'avoir des gros bras. Mo en connaît plein, des gars qui fréquentent la salle, qui se font gonfler les pecs et les biceps, ventre plat, veines sur les avant-bras, ça ne suffit pas à leur donner l'air méchant. On ne les emmerde plus, c'est certain, mais ça ne fait pas peur. Son copain Éric, par exemple, Éric du Y, c'est comme ça qu'on dit à cause de la forme de l'immeuble, au-dessus du Carré, il soulève de la fonte depuis la fin de la quatrième, parce qu'il en avait marre qu'on se foute de lui, il s'était fait racketter, piquer son portable deux fois, eh bien on l'appelle Shrek depuis qu'il a gonflé. Mo sourit en y pensant. Éric a toujours sa tête de bébé, son nez plat et ses yeux ronds. Il a beau avoir des triceps qui démarrent juste en dessous des oreilles, il ne fera jamais peur, Éric. C'est vrai qu'il ressemble à Shrek.

Mo est derrière le type à l'arrêt de bus et regarde, par en dessous, ses épaules qui roulent dans le dos de son blouson.

Il ne sait pas trop pourquoi il reste là, à le contempler. Comme s'il attendait le bus lui aussi. Il n'aurait pas spécialement envie d'être comme lui. Ou parfois si, peut-être. Qui n'a jamais eu envie d'être le type qui rappelle aux gens que les affronts ou les injustices peuvent aussi se payer en nez cassés ?

À chaque fois qu'on se moque de lui, même si c'est pas méchant.

À chaque fois qu'il traverse le Carré et que les guetteurs dont il a fréquenté les grands frères à l'école l'insultent, comme ça, pour se marrer, alors qu'il passe en remontant sa capuche et le volume de ses écouteurs. Ils sont tous mineurs, les choufs. Ils crient « Daktari » quand les condés se pointent, pour prévenir de leur arrivée, personne ne sait pourquoi « Daktari ». Ils connaissent son prénom, à Mo. Ici, tout le monde se connaît.

À chaque fois que se plante devant Sara le beau gosse de terminale qui lui fait les yeux doux.

À chaque fois que Mahdi la ramène. Le caïd. La kaïra.

Qui n'a jamais rêvé de mettre une golden à un gros con qu'on croise, même qu'on connaît pas, un gros con qu'on croise au carrefour, comme ce type vient de faire à Mahdi ?

Avec violence et décontraction.

Parce qu'il n'est pas le plus grand ni le plus fort de la bande, qu'il marche plutôt bien à l'école, qu'il vit avec sa mère seule, qu'il s'occupe bien de ses petits frères et de ses sœurs et qu'il n'a jamais touché à la drogue, même pas aux joints qui circulent, les après-midi de rien, Mo a plein de raisons de vouloir un peu plus de justice et d'ordre, et qu'on arrête de le faire chier.

Il doit être 8 h 15 quand le 146 arrive enfin, direction la mairie et, plus à l'ouest, son terminus au Raincy qui est comme une petite enclave gauloise, le village d'Astérix mais entouré d'un boulevard périphérique, coincé entre Sevran, Aulnay, Bondy et Clichy-sous-Bois. Mo regarde son téléphone. Tout le monde est tout le temps en train de regarder son téléphone.

Le type monte dans le bus sans se retourner. Quand il sort son portefeuille de sa poche revolver devant l'horodateur RFID à côté du chauffeur, à l'entrée du bus, Mo croit apercevoir, alors qu'il l'ouvre et l'agite mollement pour placer son passe contre la machine, sur une des deux faces du portefeuille en cuir, sous une protection de plastique, le genre de carte rayée d'un bandeau bleu-blanc-rouge que brandissent les flics. Mo prend une photo.

Il en reste comme deux ronds de flan.

Des gens descendent du bus, des lycéens pour la plupart. Il y a ceux aussi qui arrivent du tram et, de l'autre côté du carrefour, vers la rue menant au centre-ville, ceux qui sont arrivés par le 105. Tout le monde se retrouve sous l'autoroute aérienne et les grands lampadaires de trente mètres, plantés dans le sol pour éclairer les six-voies là-haut, semblables à ceux des stades. Leur lumière orange baigne le carrefour et sa brume légère, montée du canal depuis le lever du soleil, dans un halo de science-fiction des années 1980. Les mômes traversent n'importe comment. Ils sont peut-être mille à arriver, là, dans les dix minutes qui les séparent encore de la sonnerie. C'est un fleuve qui déboule.

Les saluts fusent de partout. Wesh, gro ! Ça va bien ou bien ? Et déjà les nouvelles se répandent. Ça a tiré hier, au bendo. Ma daronne, elle m'a foutu dehors à 7 heures. Les nouvelles ont la vitesse des réseaux. C'est Mahdi, wallah ! Téma un peu le boy il s'est fait démolir, ma gueule ! T'étais là ? Comment ça c'est un flic ? Il explique, la carte, le bandeau bleu-blanc-rouge. Mais tu l'as vraiment vu alors ? Il montre la photo. On voit bien l'homme, il n'y a pas de doute, debout dans le bus, à l'entrée à côté du chauffeur, il est en train de ranger son portefeuille dans sa poche revolver, il est encore ouvert et en zoomant sur l'image on voit la bande tricolore, ce n'est pas net mais on ne peut pas se tromper sur les couleurs au milieu du cuir brun. L'homme s'est retourné, peut-être pour voir si Mo montait puisqu'il était juste derrière lui. Il l'a regardé bien en face, il a commencé à ouvrir la bouche comme s'il allait parler mais finalement il n'a rien dit, Mo s'est éloigné en continuant de fixer son téléphone, le cou raide et le regard immobile, et dès que la porte s'est fermée dans son chuintement pneumatique, dès que le bus a redémarré, il s'est barré en courant.

Sans déconner, tu l'as pris en photo ! Net, en plus. T'as des nerfs, mon gars. Vas-y, mec, balance. Et Mo l'envoie sur Snap. T'as des grosses couilles, frère. Mo sourit, avec cet air de connivence, comme s'il le savait, eh ouais.

Il heurte un adulte qui a l'air un peu paumé. Le type regarde en l'air, comme un touriste, la barre du S et l'autoroute qui lui file sous le nez, au niveau du quatrième étage. Le gars reste planté là juste au bord du trottoir, les mains calées dans un manteau de vieux, la bouche entrouverte. Pardon m'sieur.

Il est temps de contourner le S et ses poubelles.

Rentrer au lycée. Mo a cours avec sa prof de français.

08:15

Salle des profs

Si on lui avait posé la question quinze ans plus tôt, quand elle avait vingt ans, Candice aurait sans doute ri, secoué la tête et la tignasse qu'elle avait alors, elle aurait sans doute ri de son rire sonore, son rire en éclats de miroir, elle aurait balayé l'idée comme une blague. Prof.

Ces gens qui s'habillent toujours pareil.

Qui finissent par raconter leur vie, c'est-à-dire leurs études ou celles de leurs enfants.

Qui ne peuvent même pas se payer le Club Med alors qu'ils ont quatre mois de vacances.

Même pas une belle voiture, et ils donnent des leçons.

Même pas la télé parfois.

Et qui croient tout savoir.

Candice attache son vélo à la grille, à l'intérieur du parking des profs. Elle a tourné la tête, par réflexe, lorsqu'elle a entendu des cris du côté du carrefour, et puis a soupiré, continué son chemin. Qu'est-ce qui se passe encore ? Elle a une sorte de pressentiment, se demande si ce sont des élèves qui crient là-bas. Il lui semble avoir vu des élèves à elle en passant à vélo. Elle hausse les épaules. La lassitude, avant 8 heures du matin, c'est pas bon pour les vocations.

Elle presse son badge contre le panneau électronique qui déverrouille la grille d'acier du sas d'entrée, et renouvelle l'opération quelques mètres plus loin, machinale, n'entend même plus le claquement métallique du verrou, comme un revolver à vide. Elle traverse rapidement la cour encore déserte à cette heure, ouvre la porte du bâtiment A qui s'est éclairée à son approche du halo orange de la lampe au sodium fixée au mur comme un gros hublot. À chaque fois elle pense : A comme administration, mais en fait non, c'est A comme A-B-C-D, les noms des bâtiments pleins de salles de classe entourant la cour de récréation plus petite qu'un terrain de foot, qui accueillera bientôt les cris de pas loin de deux mille élèves. Au milieu, le dernier, le E, qui n'a que deux étages, c'est un préfabriqué comme on en monte sur les chantiers pour tenir les réunions. Il devait être provisoire, servir juste pendant les travaux du D. Il était prévu de refaire à peu près tout le bahut, petit à petit. C'était il y a dix ans. Une partie du dernier étage du D a fini par fermer, dévastée par les fuites du toit, et le E est resté là. Il commence à prendre l'eau, lui aussi.

Elle ne rentre pas dans la salle des profs. Passe par le couloir des toilettes, quatre chiottes sans chauffage pour deux cents personnes, des lavabos sans eau chaude non plus. Elle se campe devant la glace.

Elle entend une de ses collègues se démener dans les toilettes, sans doute en train de se changer, donnant des coups de coude dans le carénage métallique du rouleau de papier et dans la porte. Il n'y a pas de vestiaires. Les profs qui viennent de loin à vélo ou qui ont tendance à transpirer se changent là, en culotte dans les toilettes, à enfiler chemisier, pull, chaussettes, en essayant de ne jamais marcher ailleurs que sur leurs chaussures.

Candice ne vient pas de si loin. S'est installée à Pantin il y a quelques années quand elle a été nommée là, un grand appartement au bord du canal, entre Biergarten et réparateurs de vélos associatifs, dans ce qui ne s'appelait pas encore le Petit Brooklyn. En colocation d'abord avec une autre prof, puis seule. Elle préfère seule. À presque trente-cinq ans, encore célibataire et sans enfants, elle a déjà du mal à faire entrer un mec chez elle, alors supporter ceux des autres.

Elle a le temps. C'est ce qu'elle dit quand sa mère lui demande. Un jour, peut-être. Un jour, elle fera même une psychanalyse pour savoir d'où ça lui vient. Pas de moi, dit sa mère, je ne sais pas d'où te vient ton côté bravache. Tu es fière. Dans le langage de sa mère, ce n'est pas un compliment. Fière.

Elle glisse la main dans ses cheveux, devant la glace des lavabos, les ébouriffe, se fait les lèvres au rouge Chanel, un rouge de toréador comme ses élèves n'en ont jamais vu, un rouge de corrida. La seule façon, dit-elle, quand je rentre dans l'arène, d'imposer que ce soient eux les taureaux, moi j'ai le rouge avec moi, ils le regardent comme des dingues, et quand j'ouvre la bouche, mes phrases, ce sont des banderilles, c'est ma seule arme ma parole, je les tiens par ma bouche. La journée peut commencer. Elle va être longue.

Candice repense aux cris qu'elle a entendus sous le pont tout à l'heure. Elle est sûre à présent d'avoir vu des élèves. Mahdi et sa petite bande, ce ne serait pas étonnant. Dans cette classe de seconde, elle a eu du mal à s'imposer cette année, à cause de ces trois ou quatre élèves qui l'ont testée pendant tout le premier trimestre, à ne pas prendre de notes, à ne pas rendre les devoirs, à intervenir en cours n'importe comment, se lever sans demander, parler sans demander, s'interpeller à travers la classe. C'était vraiment la corrida, ce premier trimestre. Elle y est arrivée mais c'est de plus en plus dur, c'est ce qu'elle se dit, la faute à la politique d'orientation, ou à la politique de la ville, ou à la politique sociale, ou à la société de consommation, aux gamins sauvages, à la drogue qui gangrène tout, aux réseaux sociaux qui remplacent à la fois les informations et le savoir par une bouillie d'invectives, ou bien c'est elle qui vieillit. Les élèves, eux, ils ont toujours le même âge.

Il y a tout de même des gamins qui donnent envie de continuer à se battre. Dans la même classe il y en a qui s'en sortent. Mohamed, elle l'a aperçu tout à l'heure en levant la tête lorsqu'elle arrivait sous le pont de Bondy. Un élève discret, fin. Il a de l'humour. Il lit. Il lui demande des conseils, il va au CDI. Elle a même commencé à lui prêter des bouquins à elle quand elle a compris qu'il ne pouvait pas en acheter. Le gamin est un peu fluet, là où il vit c'est le genre que les autres emmerdent depuis qu'il est petit, alors soit il se mettait à la boxe, soit il se mettait à lire.

Il semble à Candice que l'époque est de plus en plus à la boxe, ou bien c'est elle qui vieillit.

Elle referme d'une volée de la main son casier qui claque, après en avoir extrait une liasse de papiers en désordre qu'elle s'emploie à classer, s'interrompant pour aller photocopier le texte qu'elle avait prévu de travailler avec sa classe, avant qu'il soit trop tard. Dans quelques minutes, l'ancien placard baptisé « salle de reprographie » se remplira d'une foule aux abois devant les deux machines ronflantes et couinantes qui occupent une bonne moitié de la pièce et tombent en panne à tour de rôle.

Candice a le temps. Elle est en avance.

À 8 heures, les premiers collègues arrivent et, du fond de la salle des profs, elle lance à chaque fois un Bonjour ! sonore pour se convaincre que tous ces gens que, pour la plupart, elle ne connaît pas sont pourtant bel et bien ses collègues et une sorte de grande famille, la « communauté éducative de la cité scolaire », dans le jargon de la proviseure. Tu parles ! Ici, tout n'est que cités et communautés et, le plus souvent, c'est bien ça, le problème.

Elle s'offre un café à la machine. Échange quelques phrases avec une petite dame à l'accent pointu qui disparaît sous sa parka, son bonnet et les tours de son écharpe, ses lunettes rondes d'étudiante en lettres, une sorte de Nana Mouskouri miniature. C'est la « coordo », la cheffe d'équipe des profs de français, la seule à dispenser encore des cours de latin à huit élèves répartis sur les trois niveaux du lycée, deux heures par semaine. Quand elle prendra sa retraite, on en profitera certainement pour supprimer l'option.

Elle avait rencontré, ou en tout cas elle tenait ce récit de première main, Jacqueline de Romilly à Saint-Denis du temps de Braouezec, quand celle-ci était venue sauver l'option à Paul-Éluard. Elle racontait à l'envi que Braouezec lui-même était un ancien instituteur, devenu maire communiste de la ville et député, mais tout ça, disait-elle en haussant les épaules, tout ça c'était du temps de Jack Ralite à Aubervilliers, c'était quand même autre chose, les cours du Collège de France hors les murs, Jean-Pierre Vernant, c'était quand même autre chose, l'éducation populaire.

Une Nana Mouskouri miniature, et en colère.

Il doit être 8 h 15 à présent, peut-être 8 h 20.

On parle un peu, quelques phrases. Ce qu'on a vu au théâtre ce week-end. Les endroits où on a été. Un film au cinéma, un autre à la télé, je suis nulle en séries, dit-elle. Un nouveau bistrot. C'est un peu comme si on s'échangeait des nouvelles de Paris comme d'un autre monde. Personne ne vient d'ici. Elle, par exemple, Candice, son père est en train de mourir à Lyon dans un vieil hôpital, Le Vinatier, ou plutôt dans le dortoir aux lits de fer d'un hôpital psychiatrique de la banlieue lyonnaise, un mouroir sans moyens dont les murs partent en lambeaux, dans une ville de misère où son père amaigri, épuisé, est en train de s'amenuiser, de s'étrécir, de disparaître.

Il faudra mettre assez vite les secondes en activité, dit-elle. Elle sourit en disant cela. L'écrivain qu'elle vient d'accueillir à la porte de la salle des profs et qu'elle conduit immédiatement devant la machine à café, un certain Paul, n'est pas d'ici lui non plus, ça se voit rien qu'à sa dégaine. Il porte un long manteau qui traîne derrière lui comme un écho de sa silhouette un peu molle, dégingandée, c'est un plus joli mot pour dire qu'il a les épaules légèrement voûtées et les bras qui dépassent des manches, des jambes de coq, toutes fines, dans un jean qui tire-bouchonne sur des bottines bleues, des cheveux mi-longs mais coiffés, et un début de ventre qui le situe dans la quarantaine, autrement assez juvénile, avec des yeux tombants et rieurs comme ceux d'un chien sympa, le genre de chien qui joue.

Actuellement il semble avoir beaucoup de mal à se concentrer, il n'arrête pas de faire des allers-retours de sa bouche à ses yeux à elle, pendant qu'elle lui parle, pendant qu'elle lui sourit. Il a l'air maladroit, ou gêné. Il n'a pas bien décidé encore ce qui est le plus gênant, ni si c'est gênant d'ailleurs plutôt pour sa pudeur à elle ou pour sa timidité à lui, ni si ce sont ses yeux, ni si ce sont ses lèvres, alors il plonge dans son café brûlant. Il dit Merde ! et se mord la langue et manque d'en renverser partout. C'est toujours comme ça. La maladresse, c'est un truc de timide.

08:20

Machine à café

Paul est arrivé comme prévu par le métro et le tramway, un trajet de presque une heure sur toute la ligne orange, le temps de faire connaissance avec l'humanité du petit matin venue d'une autre banlieue, du sud de Paris jusqu'à Gare-d'Austerlitz, des employés de bureau qui sautent dans un RER, un public assez blanc et entre deux âges, avec des parfums trop forts aux accents de jasmin et de poudre musquée, puis se mélangeant un peu, de Bastille à République, les gamins des écoles juives avec leur petit complet marine ou noir et les ouvriers des chantiers, les ados plus grands qui étudient loin de chez eux parce qu'ils n'ont pas pu décrocher le lycée d'à côté, et les employées des supérettes et des bureaux qui ouvrent de bonne heure, des dames à la vanille et à l'ambre sucrée, et puis, à partir de Gare-de-l'Est, Gare-du-Nord, une foule qui se marche sur les pieds, de plus en plus homogène et de moins en moins blanche, des femmes en boubou de tissu waxé qui se pressent pour s'asseoir et vous poussent vers la vitre, rient aux éclats aux vidéos de filles comme elles qui défilent sur leur téléphone portable, et défient les gars qui s'approchent d'une place vide en pantalon et chaussures de chantier, les forcent à baisser les yeux comme des premiers communiants – ils ont pourtant les traits tirés par le sommeil et les jointures des doigts blanchies par le ciment –, et toujours au milieu de cette foule, des Pakistanais en train de parler à toute allure dans leur téléphone, ils ont deux ou trois boulots, les Pakistanais – on ne sait jamais s'ils y vont ou s'ils en reviennent.

Paul ne prend jamais le métro à cette heure. Et jusqu'au bout de la ligne, c'est la première fois. Au-dessus de Gare-du-Nord, c'est bien simple, il ne connaît même pas le nom des stations. Il se demande à quel moment il a dépassé le boulevard périphérique.

Il arrive à Bobigny, le terminus, et il reste encore dans la rame avec lui quelques travailleurs pauvres, des demandeurs d'asile et une ou deux avocates qui se rendent au tribunal, le visage pâle et le tailleur strict, et toutes jeunes, il remarque ça et se demande, peut-être c'est parce que les vieux avocats ne s'embêtent plus avec ce genre de dossiers, ou peut-être qu'ils y envoient leurs jeunes collaboratrices pour les former, c'est pour ça sans doute qu'on envoie aussi les jeunes profs et les écrivains sans le sou en banlieue. Dès qu'il sort, il croise des vendeurs à la sauvette, cacahuètes et marrons grillés, et il se retrouve entouré, ballotté comme un esquif dans le ressac, baigné de ce murmure incessant autour de lui, qu'il a du mal d'abord à identifier, des hommes qui se rapprochent et lancent à voix basse et roulante, « Maroulouboro, Maroulouboro », sous les toits pleins de pigeons de la gare routière, au milieu d'une bonne douzaine de voies et de lignes de bus différentes, uniquement des lignes à trois chiffres dont il ne connaîtra jamais les terminus. Il traverse en direction du tramway. La prof le lui a dit plusieurs fois au téléphone : le tramway, parfois on l'attend dix minutes, mais il met toujours à peu près le même temps pour arriver, tandis que les bus, sur le pont de Bondy qui longe l'autoroute et sert de frontière entre Bobigny et Bondy sur la rive nord, et Bondy et Noisy-le-Sec sur la rive sud, les bus ils peuvent rester perchés sur le pont pendant une demi-heure, si le carrefour de la N3 est bloqué. Alors Paul attend le tramway.

L'arrêt est en haut d'une butte plantée de peupliers qui descend jusqu'à la façade de verre brun d'un immeuble administratif de Pôle emploi. Et sur toute la butte, du quai du tramway jusqu'en bas, tout le long du quai, recouvrant l'herbe sur toute la pente comme si les peupliers poussaient dans une décharge, c'est un immense dégueulis de poubelles, depuis des années probablement, parce qu'il y a des sacs plastique carrément décomposés qui s'effilochent dans le vent. Des canettes et des emballages de McDo ou de sandwich grec en polystyrène. Des choses indistinctes qui ont dû être organiques. Même des vêtements, à moitié déchirés. Ça n'a pas d'odeur parce qu'il fait froid et que l'endroit est nettoyé par les rats et les pigeons. Personne ne regarde par là. Paul est le seul à s'effarer, à contempler cette montagne de déchets qui roulent jusqu'au Pôle emploi, se demandant si c'est une négligence de la voirie, une vengeance de la pauvreté ou juste une manifestation du désastre.

Le carrefour, à l'arrivée, c'est encore pire, quand on descend du tramway sur le pont de Bondy qui enjambe le canal. « Traverser la nationale et passer sous l'autoroute », c'est ce qu'elle a écrit au-dessus de son plan envoyé par mail. Un dessin au feutre. Et vu d'ici, en effet, c'est assez clair. La nationale qui longe le canal depuis Paris passe sous une espèce d'échangeur. L'autoroute A3 se scinde là pour envoyer vers la N3, à droite et à gauche, des rampes qui descendent et tournent en pente douce, et font une véritable voûte au-dessus du carrefour où les rues de la ville rejoignent les deux fois trois-voies de la nationale. Des feux orchestrent le ballet des files interminables de voitures et de bus qui se croisent ici chaque matin. Et Paul traverse. Le pont puis la route, en deux fois à chaque fois, dans un bruit assourdissant. Quand il parvient sous les piles gigantesques de béton qui soutiennent les voies aériennes de l'autoroute, il s'arrête.

Il y a mille gamins au moins en train de traverser dans tous les sens, les voitures qui klaxonnent et cette espèce de folie urbaine, d'avoir laissé là un immeuble, une grande barre incurvée, avec l'autoroute qui file au niveau du quatrième étage. Sous les voies, c'est une sorte d'enfer entre une casse automobile et un terrain vague. Ça sent l'urine et, dans le creux d'un des piliers qui soutiennent l'autoroute, où l'odeur est la plus forte, il y a un caddie de supermarché plein de fringues et des restes de repas à même le sol. Un gamin le bouscule et s'excuse, mais Paul ne comprend pas vraiment ce qu'il dit.

Il finit de traverser cette immense caverne et débouche au bord d'un nouveau carrefour de dimensions plus réduites. Sur le plan qu'il consulte sur son téléphone, il reconnaît le bâtiment en forme de S, sur sa droite, derrière une haie de poubelles. Il s'engage dans la rue qui l'amène rapidement devant les grilles du lycée. S'annonce à la loge du gardien. Sursaute lorsque le claquement métallique de la grille d'acier blanc retentit derrière lui dans le sas. Contemple la cour.

Une cour de lycée. Comme un pays étranger.

Mon Dieu, c'est plein de gosses, se dit-il.

Il oblique à droite et entre dans le bâtiment qu'elle lui a indiqué, celui de l'administration, A comme administration, a-t-elle noté dans son message. La salle des profs est en face de la porte. Il y retrouve la prof de français qui a fait cette demande de résidence. Candice. Prof de théâtre, dit-elle en lui tendant la main. Vous devez être Paul.

Il ne comprend pas tout ce qu'elle est en train de lui expliquer, devant la machine à café où elle vient de lui payer un expresso long au goût d'endive cuite. Elle lui parle d'horaires et de numéros de classe, d'un groupe difficile en seconde et des programmes du bac, elle lui demande ce qu'il pense proposer comme thème aux élèves pour son premier atelier, parce que les secondes il faut les mettre en activité, sinon on est mort. L'atelier de cet après-midi, ce sera avec la classe de Chantal, la coordo. Coordo, c'est un peu comme une cheffe d'équipe, mais peu importe.

Et il ne dit rien. Il reste en suspens, la bouche légèrement entrouverte comme s'il allait parler. Il n'a pas suivi, pas compris, c'est à peine s'il l'a entendue. Il fixe d'un air absent le rouge à lèvres de sa bouche qui vient de s'arrêter de parler.

C'est un rouge de porte-bonheur chinois, de Père Noël et de drapeau communiste. Un rouge incroyablement sexuel.

Pourtant il y a une sorte de fragilité dans son visage. Ça le frappe. C'est une évidence.

S'il lui répond, il pourrait se mettre à dire n'importe quoi, des trucs complètement déplacés. Oh, il serait bien incapable de lui faire des avances, encore heureux, mais il bafouillerait sans doute en rougissant des choses insensées sur la couleur des sentiments, noir des volets fermés de la mort et de la solitude, joie jaune, aveuglante, blanc comme la colère insensible et le mal, blanc Moby Dick et rouge Perceval, rouge du sang sur la neige, désir chaste, rouge piège. Même de la part d'un poète, il passerait pour un mec bizarre.

Alors il plonge dans son café, se brûle.

Et puis ça sonne. Dans toutes les salles, dans tous les couloirs, à travers les haut-parleurs de la cour. La sonnerie retentit partout en même temps. Elle ressemble à des accords de piano doucereux qui montent et descendent la gamme en évitant toute tentation mélodique, une musique composée par un ordinateur maniaque comme on en entend dans les gares et sur les répondeurs téléphoniques. Ça commence. Ça peut commencer.

08:35

Escalier du B

Il y a soudain un bruit de dingue. Un bruit de hall de gare, un bruit de deux mille conversations et cris et exclamations et rires indistincts comme dans un hall de gare, mais sans la gare. Le bruit se heurte au béton, fuse sur le carrelage et résonne dans les cages d'escalier, les couloirs. Tremble. Au rez-de-chaussée du B, à côté de la salle vitrée vide, garnie seulement de bancs le long du mur du fond et de quelques chaises, qu'on s'obstine à appeler la cafétéria, sans doute en hommage aux feuilletons de teenagers américains, à côté il y a cette espèce de hall d'où partent les escaliers menant aux salles de cours, et un long couloir vide désert conduisant à la cantine. C'est là qu'il y a les toilettes, à côté d'un distributeur de boissons chaudes qui fait des cafés pour dix centimes de moins qu'en salle des profs. Les gamins traînent autour de la machine et sur les bancs, aux alentours des portes, par petites grappes, rarement mélangées, de garçons ou de filles. Une espèce de bande tient la cafète, mais comme il n'y a rien de mieux à y faire, tout le monde la leur laisse, si ça peut leur faire plaisir. Avec le temps ils ont réussi à y ramener deux fauteuils défoncés et des chaises prises dans des salles à l'étage. Un baby-foot sans balles, échappé d'un documentaire sur la banlieue des années 1980, coupe Rocheteau, minijupe et blouson noir. À présent, tout le monde est en jogging.

Les garçons continuent à jouer les durs mais, comme à l'époque, les plus dégourdies, ce sont les filles.

Il y a celles qui se maquillent d'un trait de mascara et d'un rouge en général plutôt rose, le tee-shirt coupé au-dessus du nombril et le jean remonté jusqu'à la taille, qui leur gaine le cul comme une bouteille de Coca, et d'autres qui portent ces espèces de robes hors de taille, flottantes, de couleurs pâles et qui traînent par terre parce qu'elles sont faites d'un tissu synthétique tellement bon marché qu'on ne peut même pas faire un ourlet sans que le tissu se mette à tourner. Ce sont les robes des fêtes de mariage et de la fin du jeûne. Elles portent un bandeau noir dans les cheveux, de la largeur réglementaire, et une étole sur les épaules : si on la remonte jusqu'au bandeau, ça fait comme une capuche, enfin un voile, c'est malin, un voile aux dimensions républicaines laïques. Celles-là passent à travers la foule comme des fantômes d'opéras japonais. Comme on ne voit pas leurs pieds, on dirait qu'elles glissent au-dessus du sol. Elles ne regardent pas les garçons. Elles ont une bonne copine qui leur sert de chaperon ou de chien d'aveugle. Évidemment, ce sont des « signes religieux ostensibles » qui devraient tomber sous le coup de la loi, mais il y en a un peu plus chaque année comme si c'était devenu banal et d'ailleurs, ça ne dérange personne ici, puisqu'on est entre soi. Le multiculturalisme s'accommode assez bien du ghetto.

La robe tradi, on aimerait que ce soit une simple partition entre les urbaines et les moins éveillées dont les mères ne travaillent pas et se drapent dans la tradition, et ça marche pas mal comme interprétation, mais ce n'est pas toujours aussi simple.

Il y a également ces filles qui font les deux, la robe et le trait de khôl, les yeux de biche façon princesse de l'oued, au bord du canal. En général, leur robe est blanche ou d'une couleur éclatante avec des broderies dorées. Faite pour attirer les regards, plus près du corps aussi, peut-être pas comme un lamé doré de Dalida, mais les garçons de seize ans, c'est à peu près l'effet que ça leur fait. Et pour être voilée, on n'en est pas moins femme.

À 8 h 30, c'est la cohue. Tout le monde se croise, tout le monde se toise. Tout le monde se donne rendez-vous d'un coup d'œil à la prochaine récré ou à la pause. La file d'attente à la machine se disperse et ne restent que deux ou trois qui se dandinent, seront en retard, sont en train de calculer leurs chances de rentrer quand même en cours. Ça dépend du prof.

Dans les couloirs, peu à peu, les classes se regroupent en paquets informes et bruyants, devant leurs salles ou à peu près, et c'est l'heure où, pour les profs et les surveillantes qui essaient de ranger tout ça, il devient très difficile de traverser. Obligés de répéter pardon, pardon, pardon, comme une sonnerie de bus ou d'engin de chantier, obligés de toucher les élèves, de les pousser sur l'épaule parce qu'ils ne se rendent compte de rien. Les gamins, c'est comme s'ils étaient tous myopes. Ils ne voient que le copain à qui ils sont en train de parler, en général très fort, parce qu'ils sont myopes de l'oreille aussi. Ils marchent de front comme s'ils avaient loué le couloir, les écouteurs encore enfoncés dans les oreilles, le téléphone à la main, la casquette vissée sur la tête, il y en a même qui s'assoient là, par terre, contre le mur, les jambes bien étendues devant eux comme un piège à vieux.

Casquette ! Téléphone ! Casquette ! Capuche ! Les écouteurs, jeune homme ! Les surveillantes peuvent les reprendre à un bout du couloir et les recroiser à l'autre bout, de nouveau en faute. En janvier elles commencent à les connaître. Pas les deux mille, mais pas mal d'entre eux, ceux qui sont souvent à leur étage. Elles les interpellent par leur prénom. Et elles recommencent, comme des vendeuses de chouchous sur la plage : Casquette ! Capuche ! Écouteurs ! Casquette !

Les voiles malins, c'est plus délicat, ça ne se fait pas en hurlant dans le couloir. Vous m'enlevez ça, mademoiselle. En général, la fille fait mine de refuser, pour voir ce qui va se produire. Et là, il y a deux écoles : les surveillantes qui finissent par hurler et celles qui négocient. Ça dépend de tout un tas de choses qui vont du caractère de la surveillante à l'attitude de l'élève, en passant par leur degré de connaissance l'une de l'autre, les moyens de pression, comme la famille, l'historique des sanctions, la présence ou non d'un public de copains aux aguets. Il y a toujours deux écoles et des circonstances.

08:35

En montant les marches, Candice livre à l'écrivain qui va rester là toute la journée les deux meilleurs conseils qu'on lui ait jamais donnés. C'était un de ses premiers jours d'enseignement, il y a quelques années. Elle était stagiaire. À l'époque, on n'avait qu'une classe pendant un an et un tuteur ou une tutrice, puis des cours à suivre à côté, de la pédagogie et des trucs qui servaient plus ou moins à rien, dit-elle. Il y avait une vieille prof d'anglais, une copine de celle qui supervisait mon stage. Elle avait toujours été là, je crois bien qu'elle était de Bondy, période populaire, rez-de-chaussée en meulière, petit jardin ouvrier. Elle avait une espèce d'accent, vous savez, comme dans les vieux films. Elle était un peu forte, pas grosse mais plutôt carrée, un peu comme un mec, elle en imposait pas mal. Un côté Simone Signoret après l'alcool. Elle avait fait du collège, du lycée, tous les élèves la connaissaient. C'était vraiment la prof avec du métier, on pouvait penser qu'elle ne rencontrait jamais de problèmes d'autorité. Elle m'a dit : Quand je monte les marches pour aller en cours, je me répète tout du long, Ils vont pas me faire chier, ils vont pas me faire chier, ils vont pas me faire chier. C'était le premier conseil. Le second : Et quand ils me font chier, parce que ça finit quand même par arriver, je ne fais jamais de menace que je ne suis pas en état de mettre à exécution. Si tu dis à un élève de sortir, c'est que tu sais qu'à ce moment-là tu as assez d'énergie pour le sortir toi-même par la peau du cul. Si c'est pas le cas, si c'est en fin de journée, si t'es fatiguée, si t'as déjà trop gueulé, ne le dis pas. Si tu dis un truc, c'est que tu es capable de l'imposer, sinon tu fermes ta gueule. Tu leur donnes un exercice, une page à lire, tu crées une activité, au pire tu essuies cinq minutes de bordel et tu mets ton mouchoir dessus, tu passes à autre chose et tu respires.

C'est pour ça que les flics ne devraient pas avoir d'armes. Une fois que tu as dit que tu allais tirer, qu'est-ce que tu fais si le mec continue à courir ?

En disant cela Candice parvient à peu près au milieu du couloir, en face de la salle où ils vont faire cours. Les élèves dévisagent le type qui marche à côté d'elle, dont ils ne savent pas encore qu'il s'appelle Paul, ils le scannent de haut en bas, se font une idée du client, se demandent si c'est un inspecteur, un remplaçant du prof d'anglais, parce qu'ils n'en ont plus, de prof d'anglais, depuis trois mois. Mahdi et son copain Hamza filent droit sur la prof, avant même qu'elle n'ouvre la porte. Ne laissent pas traîner un regard vers le type au manteau mou. Qu'est-ce que vous avez encore fait ? Elle soupire et elle est toute prête à les engueuler. Elle repense aux cris sous le pont. Regarde, consternée, l'œil fermé, gonflé, douloureux et rouge, la lèvre fendue, le sang sur le tee-shirt. Qu'est-ce que vous avez encore fait, Mahdi, qu'est-ce qui vous est arrivé ? Filez à l'infirmerie, vous me raconterez ça tout à l'heure. Allez nettoyer ça. Merci, m'dame.

À 8 h 35, la deuxième sonnerie retentit, celle de la fin de la pause ou du début des cours. Dans une minute, il n'y aura plus personne dans le couloir.

09:00

Infirmerie

Il y a deux infirmeries, qui se partagent une salle d'attente minuscule. Celle du collège est remplie d'idiots qui dérapent sur le béton et les feuilles de marronnier, et celle du lycée est pleine, surtout aux premières heures de la journée, de jeunes filles qui ont mal au ventre et qui s'aperçoivent trop tard que ce n'est pas à cause du petit déjeuner qu'elles n'ont pas pris. Elles en profitent pour se faire payer un cookie et discuter dans la salle d'attente avec la copine qui est venue les accompagner, conformément à la légende urbaine qui veut qu'on n'aille jamais seule à l'infirmerie. Sur les deux mille élèves de la cité scolaire, il y en a toujours entre trois et dix qui ont un bobo à 9 heures du matin, ce qui peut faire, en comptant les accompagnateurs, une vingtaine de personnes. Et comme les quatre chaises de la salle d'attente n'y suffisent pas, il y a toujours du monde dans le hall qui mène aussi à la salle des profs et à l'escalier de l'administration, une sorte de volée d'élèves en train de tournoyer en rond comme les pigeons du Chinois, en face du lycée.

Aucun d'eux n'a envie de croiser la proviseure en traînant dans les couloirs alors qu'il devrait être en histoire ou en maths, si bien qu'ils préfèrent se disperser. Ils adoptent des stratégies diverses.

La première consiste à regagner sa salle de cours en faisant le tour des bâtiments, le plus lentement possible. On n'a le droit de se faire attraper qu'une fois, et alors on dit qu'on revient de l'infirmerie. Quand on finit par arriver en cours, le plus tard possible, et que la prof réclame le billet, on dit : L'infirmière n'avait pas le temps, il y avait trop de monde, alors elle nous a renvoyés, mais on a d'abord attendu une demi-heure. Il faut le dire avec l'air désespéré des gens confrontés aux services publics désorganisés de l'État. Comme on dirait, J'ai fait la queue à la préfecture et ils ont fermé le guichet juste avant mon tour. Ça arrive tous les jours. Et c'est pire depuis qu'ils ont des ordinateurs. C'est la stratégie dite « de la mauvaise foi ». Elle marche plutôt bien avec les élèves d'habitude sérieux ou qui ne posent pas de problèmes, et les filles bien élevées.

La deuxième est plus risquée. On ne peut pas faire le mur parce que le lycée est défendu par des grilles d'acier blanc payées par le conseil régional après les émeutes de 2005 – pas mal d'établissements sensibles ont failli flamber cette année-là. Le sas n'ouvre qu'à heure fixe, et le gardien n'est pas commode quand on est en retard. Il y a cependant, comme dans n'importe quel espace surveillé, des zones qui échappent au contrôle. Des angles morts. Des zones d'autonomie temporaire, qui changent à chaque fois que l'une d'elles a été découverte. C'est la « stratégie anarchiste ou furtive (ou Norman Spinrad) ». Sous un escalier extérieur, derrière le préfabriqué. Au coin du C, à la grille qui mène à l'arrière du parking, dans des fourrés qu'on ne pense plus à tailler. Mais si on est pris, pas d'excuse.

La troisième stratégie, la plus culottée, consiste à rester là. Obstinément. Effrontément. Après tout, quoi de plus normal que d'attendre, dans une salle d'attente ? Il y a même des élèves qui attendent l'infirmière les jours où elle n'est pas là – parce qu'il y a des jours où elle est dans un autre établissement où, sans doute, les élèves l'attendent depuis le lundi matin. Plus la salle est pleine, plus c'est risqué. Il y a toujours un adulte qui passe devant à un moment, pour aller à la salle des profs ou à la photocopieuse, et qui demande ce qu'on fait là, et depuis combien de temps, et si on ne devrait pas être en cours. Il ne veut rien entendre. Il parle fort en agitant les bras, il dit, C'est n'importe quoi ! Retournez en cours ! Vous devez venir ici pendant les récréations, pas pendant les heures de classe ! Genre, on doit être malade pendant les récréations ! C'est vous qui dites n'importe quoi ! Pardon, mademoiselle ?

Pour éviter les confrontations avec les professeurs, il faut aller au bout de cette « stratégie de l'audace », c'est-à-dire qu'il faut aller au-devant des problèmes. Se promener devant la salle des profs. Aller voir les pions. Engager la conversation. Parler d'autre chose. Comme si c'était parfaitement normal d'être là. Demander des nouvelles d'une prof qui est absente est une astuce presque infaillible. Tu touches toutes les cordes sensibles, la complicité, la sollicitude, mais aussi la pitié et la culpabilité – n'est-ce pas toujours un peu de leur faute s'il y a des élèves qui traînent ? Les profs sont bons à ce jeu-là. N'est-ce pas toujours un peu de leur faute si la société va si mal ?

Avec sa lèvre gonflée et son œil à peine ouvert, jaune comme une glaire striée de sang, Mahdi n'a pas besoin de faire de cinéma pour avoir l'air mal en point. Il est assis dans la salle d'attente, Hamza debout à côté de lui, les épaules au mur, les pouces trépidant sur l'écran de son téléphone, s'interrompant de temps en temps pour lui montrer un commentaire, le nom qui se cache derrière un like, repostant en cascade les live et les messages de soutien, dans toutes les directions et d'un réseau à l'autre, à la manière d'un ventilateur. Puis la nouvelle tombe et, d'abord, même eux ils n'y croient pas. Cela demande vérification. Comment ça, un flic ? C'est Mohamed qui dit ça ? Mohamed qui ? Le Malien ? Mo, c'est qui Mo, c'est Momo l'intello ? Le gros rasé, là, le vieux, le facho, c'est un flic ? C'est Momo qui dit ça ? On a la vidéo, suffit de la screenshot.

Il faut faire tourner la photo. On n'a pas de fichiers, mais on a des copains. Si c'est un flic, il y a forcément quelqu'un qui le connaît. De proche en proche. En banlieue c'est toujours comme ça que les choses marchent. Le bouche-à-oreille, le bon vieux téléphone arabe.

Mahdi s'est redressé sur sa chaise. Hamza, plié en deux pour être à hauteur de messes basses, une oreille penchée vers son pote, les yeux sur la porte de l'infirmerie, les pouces qui volent sur le téléphone. Et Mahdi reprend peu à peu de sa superbe.

Ses parents vont être prévenus et son grand frère va certainement venir le chercher, ce qui ne va pas faire retomber la pression. Le grand frère de Mahdi, c'est Adama, qui a beaucoup contribué à la notoriété de la famille à la cité du Carré. Il est rentré à la maison avec un bracelet au pied il y a trois mois. Il travaille aux abattoirs de poulets, mais c'est en attendant, et seulement l'après-midi. Il est déplumeur. Le matin, cette odeur de sang, de merde et de plumes, ça le fait vomir direct. Sont même pas halal, les poulets, il a expliqué ça à Mahdi un jour. Enfin si, mais façon abattoir. C'est pas un imam qui passe, c'est un contrôleur d'un organisme de certification, une fois de temps en temps. C'est comme si on leur achetait des étiquettes de label, et eux ils achètent leur droit de donner des étiquettes à d'autres organismes internationaux, ça veut dire saoudiens. En échange on doit respecter un cahier des charges. Pour les fêtes, encore, les agneaux, les gars ils ont le temps de dire *Bismillah*, mais quand tu coupes le cou à des poulets pendus par les pattes, les ailes entravées, toute la journée en les attrapant par la tête, et hop, un coup de couteau à la base du cou, tu parles que tu fais tes prières et que tu laves ton couteau entre deux volailles. Ça n'empêche pas tout le monde de toucher son chèque. Allah est grand. C'est un fou, Adama. Mahdi serre les poings. Le gars qui m'a fait ça, wallah il s'est trompé de client, je te le dis, Ramzou.

La porte s'ouvre. Quand elle le voit, l'infirmière a l'air consternée. Mahdi se lève. Il a le temps de glisser à Hamza : Ils vont me renvoyer chez moi mais je reviens pour la cantine, je reviens avec un plan. Tu continues à te renseigner, hein ? Tu mets la pression sur Momo.

Tu fais quoi, toi ?

Je l'accompagne, m'dame.

Avant de rentrer dans l'infirmerie, Mahdi se retourne et, comme il ne peut pas faire de clin d'œil, il sourit en découvrant toutes ses dents. Le genre de sourire inamical et menaçant.

Réjoui et méchant.

09:20

Le long des allées où je marche seul
Il n'y a que des rats qui courent on dirait qu'ils jouent
Dans la lumière vacillante des réverbères cassés
Des matins blêmes
Le long des barres
Dans les allées du 13
Du 10
Du S
Du Y
Du Carré
Du Marché
Dans les allées du Bleu
Du Rouge
Des caddies fracassés
Des poubelles
Les gros plots de béton qui n'ont jamais été réparés dans les cours
Il paraît que c'est des statues de l'art des bancs des parapets des aires de jeux pour enfants
En ruine

Cassés fracturés fissurés explosés en morceaux détruits
En ruine
Le long des allées du Radar où je marche seul
Dans la cité de la Bruyère
De la Sapinière
Des Merisiers
De la Noue-Caillet
De la Terre Saint-Blaise
Et de la Cité Perdue
Tout là-bas dans l'ancienne forêt
Au coin du bois de Bondy les bandits attendent le roi
Près des piliers lézardés pareils que des arbres
Couverts de cicatrices d'éclats de crevasses
La peinture tombée par écailles comme de grandes plaques boursouflées
Comme une peau de cadavre noyé qui se soulève sur les façades
Pour respirer peut-être
Le long des allées où je marche seul
Les matins de brume et de froid
Dans une odeur d'ozone
Comme s'il allait neiger
Le long des rez-de-chaussée entourés de canisses défoncées
Sous les balcons remplis de linge de poussettes de vélos de paraboles
À travers les grandes cours sur les terrains au sol
Peint à même le béton la dalle encerclée des immeubles où l'on se sent pris au piège
Où l'on jouait au foot
Quand j'étais enfant là

09:20

Devant les entrées d'immeuble les doubles portes fracturées
Les halls dégradés boîtes aux lettres ouvertes
Les types qui se shootent devant tout le monde
Échoués comme des poissons tombés du bateau
Tombés de l'avion en train de crever la bouche ouverte dans le caniveau
Le long des allées dans les chemins de traverse
Sous l'autoroute et au bord du canal
Les chemins de halage et le chemin latéral
Qui ne longe plus que des friches
Des impasses des bidonvilles
Des rues gardées surveillées par les nouveaux rois du quartier
Des terrains vagues où l'on ne va plus jouer
Mais c'est chez nous
Au pied des murs
Ce labyrinthe
Chez nous
Et moi je marche seul le long des allées
Je longe les murs les trottoirs
Je remonte ma capuche et je monte le son
Je prends des rues des chemins des ponts
Le soleil se lève enfin et j'arrive
Pour venir te rejoindre
Au sud où c'est une autre ville
Au sud où il y a toi
Toi qui ne m'as jamais parlé de haut
Toi qui ne sauras jamais que je t'aime.

09:30

B212

Mo finit de lire le poème qu'il vient d'écrire et tout le monde se tait. Il relève les yeux de sa feuille. Il a tenu tout ce temps en rentrant les épaules, en ne regardant que le bout de papier qu'il avait entre les mains, personne d'autre, surtout pas la prof, surtout pas les autres. Surtout pas Sara à qui s'adressaient en secret, sans qu'elle puisse le deviner elle-même, devant tout le monde en secret, les derniers vers de son poème.

Il relève la tête, et les yeux encore plus lentement, comme si le silence ralentissait tout. Le temps d'une respiration. Le temps de savoir ce qu'on en pense vraiment, et si on décide de faire confiance au remue-ménage que ça fait à l'intérieur, d'entendre ce garçon d'ordinaire discret balancer cette espèce de chant d'une sincérité folle. L'émotion, c'est parce qu'on se met à la place de celui qui est dans la lumière. C'est de l'empathie, de la fierté, de la procuration. C'est pour ça qu'on aime les acteurs. C'est pour ça qu'ils nous font peur aussi quand ils se ratent comme des acrobates. Un peu honte quand ils sont ridicules. Tout le monde hésite et regarde Mo avec une sorte de stupeur. Et puis soudain, provenant de plusieurs endroits de la classe, éclatent à la fois des exclamations et des applaudissements, et ceux-là crépitent comme un orage qui se met à enfler et emportent tout, le silence, la sidération, impossibles à arrêter jusqu'à ce que tout le monde applaudisse, même les garçons qui s'étaient d'abord esclaffés parce que ça parlait d'amour, emportés eux aussi finalement par la tempête, c'est si bon de se laisser aller, c'est si bon d'être fiers de celui qui vient de parler pour nous, à la fois devant nous et à notre place, une tempête d'applaudissements qui a dû s'entendre plusieurs classes à la ronde, pendant des secondes et des secondes et des secondes.

Le poète, Paul, assis sur le coin du bureau, il est bouche bée. Il ne s'attendait à rien quand il a lancé cette idée tout à l'heure de décrire un trajet quotidien, et de le décrire en poème, c'est-à-dire en images, il a dit ça, Posez les images les unes à côté des autres, revenez à la ligne pour les détacher du paysage, comme une mise au point, comme un zoom, voilà, les unes à côté des autres, concentrez-vous sur des détails, des couleurs, des noms, il faut qu'on ait des images. La classe était un peu agitée. Il pensait leur lire des poèmes de Louise Glück qu'il avait apportés avec lui, répondre à des questions, mais il a fallu se mettre à écrire plus vite que prévu. Il n'a pas l'habitude. Les gosses lui demandaient combien ça gagne, un poète. S'il avait écrit des paroles de chanson. Du rap. Des trucs qu'on pourrait connaître, ils ont dit. Il a circulé dans les rangs pendant qu'ils écrivaient, a proposé quelques synonymes aux élèves qui levaient la main pour le voir d'un peu plus près, mais il n'a pas lu le texte de Mo, qui se tenait penché sur sa table et couvant sa feuille avec les bras. Il est médusé, Paul, assis sur le coin du bureau, il a fermé les yeux pour mieux écouter, et c'est à peine s'il les a rouverts. Le temps d'une respiration, comme un songe, tiré de sa rêverie par le tonnerre des applaudissements et des hourras.

Candice a les yeux brillants quand elle reprend la parole. Elle se repositionne au milieu du tableau blanc. Il règne dans la classe un certain désordre de nouveau, que seule arrêtera la sonnerie de fin de cours, cette espèce de mélodie molle qui a remplacé il y a quelques années le carillon jugé agressif par un arpège de piano aussi niais qu'insipide. Candice félicite Mo, elle choisit ses formules, parle doucement du rythme, de sa sensibilité, Ce qui est beau, c'est que ça raconte une histoire, dit-elle. Les autres finissent par se taire parce qu'ils veulent entendre ce qu'elle lui dit. Ça raconte une histoire d'amour, et c'est aussi une espèce de tragédie, c'est ce qu'on sent à la fin, c'est un peu Roméo et Juliette, ces deux-là. Mo rougit.

Il tente un coup d'œil vers Sara qui, heureusement, ne se doute de rien, ne le prend pas pour elle.

Elle n'a jamais voulu être prof, Candice, c'est quelque chose qui l'a rattrapée quand elle a été en âge de trouver un travail honnête. Elle ne pourrait pas dire qu'elle les aime, ou même qu'elle aime les enfants en général. Elle ne dit jamais Mes élèves, elle fait toujours attention à ça, à dire Les élèves, Le groupe théâtre, Les secondes. Encore moins Mes enfants. Elle ne confond pas tout. Mais elle est toujours émue, elle est toujours fière quand elle a l'impression que l'un d'entre eux vient de rencontrer la beauté, cette chose qui peut changer la vie pour toujours, qui peut donner du sens à tout ce qu'on fait, qui permet d'échapper à tout ce qu'on subit, la beauté qui console et la beauté qui éblouit, qui soigne et qui exalte, qui révèle et qui guérit, que l'un d'entre eux, même un seul, rencontre la beauté, la beauté qui sauve, et la journée est gagnée.

Elle pense à son père. Se dit que c'est quelque chose qu'ils ont eu le temps de partager, qu'il a pu lui transmettre à sa façon maladroite et aimante. La beauté, même si chez lui c'était toujours un peu son versant romantique, Malaparte, Huguenin, Brel, tous les blessés de l'amour qui se consolaient à la nostalgie et à d'autres trucs plus forts. Il n'oubliait pas de citer Baudelaire, en passant, les yeux mi-clos, murmurant, La douleur qui fascine et le plaisir qui tue, et levant son verre, le vidant cul sec, le claquant sur la table, les yeux déjà humides. Au moins, il y aura eu la beauté.

Elle pourrait le prendre dans ses bras, Mohamed.

Personne ne dira plus de poème ce matin. Le poète, Paul, reprend la parole mais personne ne l'écoute. Dans deux minutes, ce sera la petite récré, l'intercours. Au fond, il y en a qui sont déjà debout, Asseyez-vous, ce n'est pas fini. Et puis ça sonne, tout le monde s'en va emporté comme par un courant d'air. Nana Mouskouri, qui s'appelle en réalité Chantal, la coordo avec ses grosses lunettes et son écharpe en laine, passe devant la porte ouverte et salue d'un clin d'œil. On se voit à la récré tout à l'heure. Il paraît qu'il y a une AG à 11 h 30.

09:35

Au fond près de la fenêtre

C'est un boulot où on ne peut pas aller aux chiottes, se dit-il. C'est une vraie différence entre les métiers : ceux où l'on peut s'absenter, dire qu'on revient dans dix minutes, et ceux où l'on ne peut pas. Prof, on ne peut pas. Une fois toutes les deux heures. C'est un peu le même rythme qu'à l'usine sur ce point. La classe de seconde de la première heure est immédiatement remplacée par une classe de première, et Candice change de liste d'élèves et fait l'appel, alors que Paul s'est installé au fond de la classe. Il n'intervient pas dans celle-là. Il l'observe, et il observe les lycéens qui travaillent. Ils lui ont lancé des regards interrogateurs en entrant dans la salle, mais au bout de cinq minutes plus personne ne fait attention à lui.

Il s'est mis à côté de la fenêtre, au dernier rang. Ça n'a dérangé que les deux filles qui s'installent là d'habitude, qui ont fait la moue et ont regardé autour d'elles avec un certain affolement, avant de se précipiter sur une autre paire de places, provoquant un nouveau déplacement, quelques protestations, jusqu'à ce que cette onde se calme, que ça finisse par toucher quelqu'un qui s'en fout de s'asseoir à une autre place. Paul se dit que les mômes, finalement, sont comme les vieilles dans le bus : ils ont leurs habitudes et cela leur déplaît d'en changer. Il regarde par la fenêtre. Des groupes d'élèves se promènent en discutant ou sont assis sur les bancs de ciment. Ils n'ont pas cours à cette heure-là, peut-être un prof absent.

Il repense au poème de Mohamed. D'où il a sorti ça, le gamin ? Ce sens du rythme. *Au coin du bois de Bondy les bandits attendent le roi.* Les énumérations de lieux. Le 10, le S, le Y, le Carré, le Marché, le Bleu, le Rouge, le Radar. Ils ont tous des noms, les immeubles, ici ? Paul se demande si son immeuble à lui mériterait d'avoir un nom. Le W, peut-être, parce que c'est un peu sa forme, vu d'en haut, avec ses deux cours étroites et sombres. Cela lui dit pourtant quelque chose. Aurait-il déjà connu un immeuble qui s'appelait W ? Et puis il comprend. W, c'est déjà pris se dit-il, c'est un souvenir d'enfance. Il sourit. C'est d'être dans un lycée, sans doute.

Paul regarde Candice parler d'une voix forte et rouge. Ses yeux comme des billes noires, qui courent de l'un à l'autre sans cesse, lancent des sourires, une fraction de seconde avant ses lèvres. Ses cheveux courts qu'elle décoiffe en y passant la main, ses poignets fins rayés de bracelets d'or, les manches remontées jusqu'aux coudes, il la regarde sans y penser vraiment, comme en rêvant, et s'attarde un moment sur sa silhouette et son décolleté qui apparaît parfois lorsque, dans l'échancrure de sa chemise entre deux boutonnières, on devine la naissance de ses seins qui se séparent en marquant un pli léger, de petits seins qui tendent à peine le tissu et dont il admire le dessin net du sillon dans l'ouverture de la chemise, mais sans réellement y penser, pas comme à quelque chose d'érotique en tout cas, simplement comme à quelque chose de beau qu'il a surpris, qu'il n'attendait pas. Elle le regarde dans les yeux et c'est comme s'il se réveillait. Enfant, Paul était déjà un élève rêveur. Elle sourit rouge.

Il ne pensait pas que ce serait si facile, Bondy. Passé le choc de l'environnement immédiat. Ce carrefour géant invraisemblable, l'autoroute et les deux bretelles qui rejoignent la N3, qui se détachent à trente mètres du sol, cette espèce de no man's land en dessous, les carcasses de bagnoles, le camp de Roms au bord du canal. Et puis la barre d'immeuble de dix étages qui fait un S en suivant la courbe de l'autoroute, le nez dans les pots d'échappement, impossible d'ouvrir les fenêtres. Mon Dieu, je n'ai jamais vu d'endroit aussi laid, se dit-il. Mais passé le choc, le lycée est plutôt calme. Les classes de Candice ont l'air de se tenir.

Dans la cour, vue d'en haut, les élèves dérivent comme des canards dans une mare de béton. La plupart portent une doudoune noire ou une longue parka. Quelques-uns seulement un blouson de sport léger. Ils bougent plus que les autres, courent parfois, alors que les doudounes ont tendance à se replier sur elles-mêmes, les mains au fond des poches et le cou rentré dans les épaules, et Paul se demande qui a le plus froid, finalement.

Elle a haussé les épaules tout à l'heure quand il lui a demandé des précisions sur ses élèves. « Les élèves », elle a dit. Pas « mes élèves ». Les élèves, ici, ils font médecine ou une prépa dans les mêmes proportions qu'ailleurs, tous les ans il y en a qui s'en sortent très bien. Elle avait ajouté, comme il paraissait un peu étonné, On parle des 85 % d'une classe d'âge au niveau du bac et tout ça, mais vous savez, pour ce qui est du bac général, ça n'a presque pas bougé, en trente ans on est passé peut-être de 36 à 38 %, alors les élèves de Bondy qui s'en sortent bien, ils font des études, comme tout le monde. Ce n'est pas l'école qui fabrique l'ascension sociale ou son échec, c'est le marché de l'emploi. Les grandes écoles aussi, mais c'est un autre problème. À quinze ans, il n'y a pas encore de différences. À quinze ans, ils sont jeunes et ambitieux. Ils veulent être médecins, avocats. Ils sont intelligents, ni plus ni moins que les autres. Ils écoutent la même musique. Ils regardent les mêmes conneries sur les plateformes. Et quand ils ont 20 en maths, c'est qu'ils ont résolu la même équation. Quand on travaille avec des jeunes, c'est une évidence. À quinze ans, on peut encore devenir milliardaire ou président de la République, un jour. Presque n'importe qui.

Il observe les lycéens. Leurs têtes, baissées ou pas, leurs attitudes, ou ce qu'on en devine, de dos, ceux qui s'appuient contre le dossier de la chaise et la font basculer légèrement vers l'arrière, ceux qui s'affalent sur leur table comme s'ils étaient en train de se liquéfier, qui ont gardé leur blouson, ceux qui se penchent vers leur voisin, échangent quelques mots à voix basse, se lancent des regards à travers la salle comme des messages supersoniques.

De temps en temps, la classe s'anime tel un cheval qui s'ébroue et tremble. Un élève participe, d'autres commentent, et des remarques fusent. Des rires ou des moqueries. La sociabilité, chez les adolescents, est un champ de mines, se souvient-il. Candice laisse s'ouvrir la soupape, mais jamais trop longtemps, elle reprend le contrôle au bout de quelques secondes. Tape dans ses mains, siffle, interpelle. Se déplace. Reste près de ceux qui s'étaient agités, comme on surveille une eau frémissante. Poursuit d'une voix claire, légèrement surarticulée, peut-être un peu théâtrale.

Il est question de la mère de la princesse de Clèves.

10:00

B212

La deuxième heure consiste en effet en une explication de texte, quasiment ligne à ligne, d'un extrait de *La Princesse de Clèves*. En classe de première, c'est le bac. Candice se lance dans l'étude de l'éducation de la future princesse par sa mère, qui évoque tous les dangers de l'amour. Le texte est clair, bien construit, facile à suivre. Candice demande des volontaires pour la lecture et, comme à chaque fois, ce sont plein de mains qui se lèvent, les élèves la supplient, Moi, moi, moi, Inès elle a déjà lu, siouplé, moi m'dame. On commence avec Bakary.

Il se redresse sur sa chaise et lève la feuille photocopiée distribuée quelques instants plus tôt par Candice, un peu comme s'il était presbyte, obligé de l'éloigner pour la lire. Très peu d'élèves ont des lunettes. Il s'éclaircit la voix en surjouant quelque peu le raclement de gorge, et Candice réclame le silence. On changera de lecteur régulièrement, suivez bien sur vos feuilles. De sa voix lente et accentuée, un peu éraillée dans les aigus, Bakary commence.

Il parut alors une beauté à la cour, qui attira les yeux de tout le monde, pause. Bakary hésite, ne voit pas bien le lien avec le « on » qui suit, se lance, *et l'on doit croire que c'était une beauté parfaite, puisqu'elle donna de l'admiration* pause *dans un lieu* pause *où l'on était si accoutumé* pause, on n'est pas habitué à dire « accoutumé », *à voir de belles personnes.* Ouf. La première phrase est passée. La voix gagne en puissance. *Elle était de la même maison que le vidame de Chartres,* incompréhension totale de Bakary qui ne capte pas du tout ce qu'il lit mais ne se démonte pas. De toute façon plus personne ne sait qu'un vidame est un titre de noblesse lié à l'Église, Candice a bien expliqué que les lecteurs ont l'habitude de ne pas s'arrêter sur les mots qu'ils ne comprennent pas. Il poursuit, imperturbable, *et une des plus grandes héritières de France. Son père était mort jeune, et l'avait laissée sous la conduite de madame de Chartres, sa femme, dont le bien, la vertu et le mérite étaient extraordinaires.* C'est un gros morceau, là. Très bien, au tour de Sofia. Bruits de chaises et de papier. Sofia n'écoutait rien, discutait avec Saba, qui lui montre cependant où on en est, sur sa feuille. Ah, oui. La lecture reprend avec une voix claire et perchée. Sofia n'écoute jamais rien mais c'est une élève très enjouée. *Après avoir perdu son mari, elle avait passé plusieurs années sans revenir à la cour.* Elle dit ça sur le ton banal et badin de, Après avoir avalé son bol de café, elle avait décidé de venir au lycée en bus. *Pendant cette absence, elle avait donné ses soins à l'éducation de sa fille ; mais elle ne travailla pas seulement à cultiver son esprit et sa beauté, elle songea aussi à lui donner de la vertu* pause, la phrase commence à être longue, *et à la lui rendre aimable. La plupart des mères s'imaginent qu'il suffit de ne parler jamais de galanterie devant les jeunes personnes* pause *pour les en éloigner.* Sofia hausse les sourcils, qu'est-ce que c'est que cette histoire de galanterie ? Aujourd'hui cela ne s'emploie plus guère, comme dirait l'autre, et déjà du temps des parents de Sofia ça signifiait tenir la porte. Elle ne peut pas imaginer qu'au XVIIe siècle cela ait simplement voulu dire sexe. Et heureusement, parce qu'elle se serait sans doute étranglée en lisant : *Madame de Chartres avait une opinion opposée ; elle faisait souvent à sa fille des peintures de l'amour ;* Stop ! Candice sait qu'il n'y a plus que des points-virgules. Si on ne l'arrête pas, Sofia va dévaler le texte comme une pente, en roue libre. Elle ne relève déjà plus le nez de sa feuille. Anis, vous prenez la suite. Mais j'avais dit avant ! À la table voisine de celle d'Anis, Laïla geint et fait la moue. C'est jamais moi. Autant dire, vous ne m'aimez pas. OK, Laïla. Voix posée de bonne élève, mais pourtant hésitante. Des difficultés à lire à voix haute. Candice se demande toujours pourquoi même les élèves qui ne lisent pas bien se battent pour le faire, mais après tout. Ça doit leur rappeler l'enfance. *elle lui montrait ce qu'il a d'agréable, pour la persuader plus aisément*, elle le redit trois fois. Zézaiement. Il y a quelque chose de louche dans ce zézaiement-là. Un problème avec la liaison. Plus zézaiement, *sur ce qu'elle lui en apprenait de dangereux ; elle lui contait le peu de sincérité des hommes, leurs tromperies et leur infidélité ;* Laïla parle fort pour couvrir les garçons qui se réveillent, Comment ça ? Encore une espèce de féministe. Ils disent espèce de féministe comme si c'était une insulte, et c'est sans doute à peu près ce qu'ils pensent. On n'est pas des infidèles. *les malheurs domestiques où plongent les engagements ; et elle lui faisait voir, d'un autre côté,* hésitation fatale de Laïla, obligée de remettre son doigt sur la feuille pour ne pas perdre la ligne. Les garçons continuent à chuchoter mais Candice les calme en les regardant droit dans les yeux, un par un, façon sniper. *quelle tranquillité suivait la vie d'une honnête femme,* à partir de là, Laïla ne comprend plus du tout ce qu'elle lit, *et combien* pause. Reprise, *et combien la vertu donnait d'éclat et* pause, sourcils arqués, circonspects, *d'élévation,* mouvement de sourcils qui veut dire quelque chose comme : n'importe quoi, *à une personne qui avait de la* OK, elle voit la fin de la phrase arriver, et il n'y a que des mots qu'elle connaît, même si le sens de la phrase s'est totalement perdu en route, elle prend une inspiration, fonce, *beauté et de la naissance ;* Stop. On arrête le massacre. Candice ne le dit pas. Elle dit : Merci, Laïla, on passe à Anis maintenant. Ton monocorde. Allure constante. Ce petit gars sait lire, mais il préférerait que ce soit un article sur les matchs de championnat d'hier, *mais elle lui faisait voir aussi combien il était difficile de conserver cette vertu, que par une extrême défiance de soi-même, et par un grand soin de s'attacher à ce qui seul peut faire le bonheur d'une femme,* et là, quand même, Anis câble quelques secondes, il s'arrête avant d'avaler la fin de la phrase, terrible, *qui est d'aimer son mari et d'en être aimée.* Rires des garçons, remarques sexistes plus ou moins adressées, sur le mode, Je te l'avais bien dit, et une ou deux filles qui répondent, Je te parle pas à toi, Va te faire foutre. Quoi ? Vous avez entendu, m'dame ? Comment tu me parles, toi, attention, zarma. Hop, hop, hop, hop, hop ! dit Candice en tapant légèrement dans ses mains. Allez, allez, on y retourne ! Et comme ça ne se calme pas, elle tape du plat de la main, un grand coup sur le bureau en prenant de l'élan depuis son épaule, bien à plat et direct, un *Bang !* qui résonne dans toute la salle de cours, la main qui chauffe instantanément mais, au moins, tout le monde a sursauté, même Paul. Silence total. Lila, prenez la suite. Lila lit parfaitement. Lui donner la parole, c'est comme donner un coup d'accélérateur.

Cette héritière était alors un des grands partis qu'il y eût en France ; et, quoiqu'elle fût dans une extrême jeunesse, l'on avait déjà proposé plusieurs mariages. Madame de Chartres, qui était extrêmement glorieuse, ne trouvait presque rien digne de sa fille. La voyant dans sa seizième année, elle voulut la mener à la cour. Rayan siffle entre ses dents, seize ans c'est jeune, mais baisse les yeux sans demander son reste lorsque Candice le fusille du regard. *Lorsqu'elle arriva, le vidame alla au-devant d'elle ; il fut surpris de la grande beauté de mademoiselle de Chartres, et il en fut surpris avec raison : la blancheur de son teint et ses cheveux blonds lui donnaient un éclat que l'on n'a jamais vu qu'à elle ; tous ses traits étaient réguliers, et son visage et sa personne étaient pleins de grâce et de charmes.* Merci, Lila.

L'extrait porte sur l'éducation, commente Candice. D'après la mère il y a trois dangers principaux, dans l'ordre : le mari d'abord, puisqu'on ne peut pas se fier aux hommes, à leur *peu de sincérité, leurs tromperies, leur infidélité* ; l'amant ensuite, et l'amour lui-même, *les attachements* qui ne peuvent attirer que de *grands malheurs* ; la vertu enfin, qui ne saurait constituer un rempart fiable, tant il faut garder vis-à-vis de la tentation *une extrême défiance de soi-même.* Il n'y a donc pas d'issue. On ne peut faire confiance ni au mari, ni à l'amour, ni à soi-même.

À moins, explique-t-elle à sa fille, et Candice en disant cela monte le ton et fait miroiter la promesse ou le suspense d'un espoir, à moins bien sûr de réussir à faire coïncider l'amour et la conjugalité, parce que alors l'amour serait heureux, il n'y aurait pas de problème de tentation, d'amant, d'infidélité. Faire coïncider l'amour et la conjugalité, c'est très moderne comme idée. C'est ce qu'on appelle un mariage d'amour, deux cents ans plus tard Emma Bovary et Anna Karénine se suicideront de ne pas y être arrivées, mais à l'époque de la princesse, ça n'existait carrément pas, ou alors seulement dans les comédies de Molière, parce que, justement, ce sont des comédies, ça ne correspond pas à la réalité, le mariage d'amour, c'est-à-dire, dans les mots de la mère de la princesse, *s'attacher à ce qui seul peut faire le bonheur d'une femme, qui est d'aimer son mari et d'en être aimée.* Légère pause. Si l'amour existe, évidemment. Sourire rouge.

Retour à la ligne : *Cette héritière était alors un des plus grands partis qu'il y eût en France.* Voilà, la seule solution, on vient de nous dire que c'était le mariage d'amour, et puis on nous annonce platement, en passant, parce que c'est une évidence à l'époque, qu'il n'aura pas lieu. C'est sa mère qui va la marier. Qui va négocier sa fille, puisque c'est une question d'argent et de pouvoir. Le prince de Clèves, elle ne le connaît même pas. C'est un mariage arrangé, elle a quinze ans, elle est dans sa *seizième année*. Mais j'attire votre attention sur ce qu'on a dit tout à l'heure, sur le début du texte. Qu'est-ce qu'on sait de la mère ?

Quand on la présente on dit : cette femme *dont le bien, la vertu et le mérite étaient extraordinaires. Après avoir perdu son mari, elle avait passé plusieurs années sans revenir à la cour*. Le bien ? Elle est riche. Comme sa fille, c'était un des plus grands partis de France. La vertu ? S'il en a fallu, c'est qu'il y a eu des tentations, la vertu c'est le rempart inutile au désir, on le sait, c'est elle qui l'a dit, il y a eu un amant, donc, ou l'ombre d'un amant, un Nemours en somme. Le mérite ? C'est ce qu'il faut pour persévérer dans la vertu, pour résister aux infidélités du mari ou à ses propres tentations. Et qu'est-ce qui lui est arrivé ? Qu'est-ce qu'on peut deviner de cette vie ordinaire de femme ? Lisez bien la phrase d'après : *Après avoir perdu son mari, elle avait passé plusieurs années sans revenir à la cour*. C'est exactement ce qui va arriver à sa fille. Elle va fuir la cour, et à la fin elle va se retirer dans un couvent, elle va fuir la cour parce que c'est là que se trouve le danger, Nemours, l'homme qu'elle aime. Alors je pose la question : la mère n'aurait-elle pas vécu exactement ce qu'elle s'apprête à faire vivre à sa fille ? Et je note même qu'elle s'apprête à lui faire vivre ça, cet échec sentimental, cet amour malheureux, cette tragédie, elle s'apprête à la lui faire vivre en parfaite connaissance de cause. Elle en connaît même le remède – l'amour conjugal –, et elle le lui refuse en arrangeant un mariage flatteur.

Réfléchissez à ça : le rôle de la mère dans le malheur consenti de la fille, vécu comme une fatalité alors que ce n'est qu'une tradition. Une tradition imbécile transmise par les femmes, c'est-à-dire par les mères, qui ont toujours été les gardiennes de la tradition.

Candice dit ça de ses lèvres rouges qui ne laissent pas le temps de réfléchir.

Il ne faut pas trop s'en prendre aux mamans.

André Breton avait censuré Artaud quand celui-ci avait entrepris, après ses adresses au pape, au dalaï-lama et au recteur des universités, d'en écrire une aux mères. Le chef de *La Révolution surréaliste* avait dit Sauf maman, et avait viré Artaud de *La Révolution*. Candice avait écrit un mémoire là-dessus quand elle était étudiante.

La plupart des élèves ne disent rien, continuent de regarder dans le vague comme à travers un voile éblouissant, en plissant légèrement les yeux. Ils ne font pas le lien entre le savoir et la vie. Ils apprennent leurs cours, mais rien ne les ébranle. La sonnerie de la récréation va bientôt retentir et aucun lycéen sensé ne se lancerait dans une question maintenant.

Alors elle continue.

C'est sa mère, sur son lit de mort, qui va lui faire jurer de rester fidèle, quoi qu'il en coûte. Sa mère qui a tout deviné, parce qu'elle sait trop bien quel mal ronge sa fille : elle a connu le même. La tradition, la tradition, la tradition. Franchement, vous en connaissez beaucoup, des filles qui ont envie de vivre exactement comme leur mère ? Pause. Nouveau sourire rouge.

Quelques élèves lui répondent par un sourire, surtout des filles. D'autres, surtout des garçons, baissent le front, ferment les sourcils. Ils sentent bien que c'est encore une provocation de la prof. Les profs n'arrêtent pas de les provoquer. Parfois même des débats éclatent. Celles qui sourient défendent la prof, ceux qui baissent la tête l'attaquent. Des taureaux. Mais ce n'est pas pour eux que cette corrida se joue. Ce n'est jamais pour le taureau.

Il y a toujours, parmi celles qui se taisent, des jeunes filles qui ont très bien entendu le message et qui n'en pensent pas moins. Elles ne peuvent pas l'exprimer parce qu'elles ont été élevées pour ne pas formuler ce genre d'idée, mais elles écoutent la prof, elles regardent bouger ses lèvres rouges, ses yeux qui les percent, elles regardent ses jambes longues, ses cuisses qui tendent la toile de son jean quand elle bouge, son soutien-gorge qui se devine sous le chemisier, elles regardent la prof, et ses mots rouges s'impriment en elles. Elles pensent : C'est donc possible. Elles sont elles-mêmes en train de se métamorphoser, mais elles ne savent pas bien en quoi, encore.

C'est pour celles-là bien souvent qu'elle fait cours.

Des gamines comme Sara, dans sa classe de seconde.

10:20

Cour de récréation

Quand il regarde les filles, Mo est plutôt du genre à se sentir maladroit. Le genre crapaud qui aurait bien aimé que la princesse l'embrasse en premier, pour prendre l'assurance d'un prince. Sauf que ça n'arrive jamais.

Au lycée, certaines filles à faux cils et longs cheveux lisses sont aussi sophistiquées que des fiancées américaines. Perchées sur les talons compensés de leurs chaussures de safari urbain, elles pourraient monter sur des podiums ou tourner dans des clips de rap, la silhouette entièrement redessinée par des ingénieurs de la NASA, soutien-gorge rembourré et jean taille haute qui remontent les fesses et gainent les cuisses de façon indécente. Elles suivent des tutos et possèdent des vanity-cases de maquilleuse d'Hollywood. Elles sont, parfois depuis la troisième, des petites bombes remplies de phéromones, *belles à faire changer d'attitude tous les hommes qu'elles croisent.*

Les garçons comme Mo, hormis que ça ne les touche pas beaucoup, ça ne contribue pas à leur donner confiance. Ça leur foutrait plutôt la trouille.

Il faut dire que ce n'est pas non plus un modèle, Mo. Pas particulièrement grand ni musclé, pas réellement sportif, jamais inscrit dans un club de foot ou de boxe thaï, le visage un peu long et le corps qui suit, souple, style spaghetti. C'est un petit mec, Mo, pas spécialement nerveux, pas du genre à agiter la jambe tout le temps dès qu'il est assis, à danser d'un pied sur l'autre, à parler avec les mains, d'une voix forte, pas grande gueule du tout, plutôt réservé même, mais pas sombre non plus. Le môme sympa et doux qui a envie qu'on lui foute la paix, qui n'a plus beaucoup grandi depuis la fin de la troisième, le sourire gentil, ça se sent, le sourire vraiment gentil, presque féminin, le sourire de sa mère, c'est ce qu'on lui dit, et à chaque fois ça lui fait plaisir, parce qu'il aime sa mère, et ça lui fait un peu honte aussi, parce qu'il n'aura jamais les mâchoires saillantes.

Les mâchoires saillantes, c'est un peu comme les gros seins pour les filles, se dit Mo, on n'y peut rien. Faut trouver d'autres arguments.

Ou s'intéresser à d'autres filles.

Des filles comme Sara.

Elle est de plusieurs camps, Sara. Elle vient du quartier Blanqui, c'est au sud, un quartier qui se résume essentiellement à une cité qu'on appelait Bab El Oued dans les années 1960. À l'époque c'étaient les seuls immeubles de dix étages de Bondy Sud et presque une image de la modernité, pas comme les cités au nord du canal. Elles ont toujours été maudites, les cités du nord. C'était là que Paris déversait toutes les populations que la capitale ne voulait plus voir alors qu'elle commençait à réhabiliter la Goutte-d'Or. Mais Bab El Oued, à côté de la mairie, avait été mieux entretenue. Dans les années 2000, comme elle s'est retrouvée isolée au milieu d'un quartier sans histoires et qu'elle a été peu à peu rénovée, on s'est mis à l'appeler « le 10 des Gaulois ». Elle vient de là, Sara. Elle marche bien à l'école, toujours dans les premières, depuis le collège. Elle est intelligente et ce n'est même pas sûr qu'elle ait besoin de travailler beaucoup pour donner le change. Elle comprend vite, elle veut bien faire, et quelque chose en elle sait qu'elle y arrivera. Un jour, elle partira.

Elle a son coin dans la cour de récréation. Tout le monde a son coin, plus ou moins, ses habitudes. Elle, c'est près du banc de ciment qui est sous le châtaignier, du côté du B. Le muret qui sépare la cour en deux, c'est le coin de quelques bandes, dont celle de Mahdi et de ses copains, mais pas les bancs, juste le muret, les bancs c'est plutôt pour les filles.

Mo sort par le préau du B, entre la cafète et la cantine. Il passe au milieu de la file qui s'étire devant la machine à chocolat-cappuccino, entre les groupes qui discutent comme dans un hall de gare, les grands de terminale qui s'observent du coin de l'œil, l'épaule collée au mur, pendant que tout le lycée défile. Dans la cour il hésite à aller jouer avec ceux qui tournent en criant autour des deux tables de ping-pong en ciment sans filet. Ils jouent avec une balle de tennis et sans raquette, courent autour des tables, s'envoient des bourrades et de grandes baffes en riant. Non loin, derrière le préfabriqué au centre de la cour, des plots de béton de hauteurs différentes forment une sorte de jeu de plateforme idiot qui consiste à sauter de l'un à l'autre sans se casser les dents.

Mo continue d'avancer, les mains dans les poches. Il cherche les copains du cours de français de ce matin. Des copains à qui il pourrait dire : C'est Sara. Qu'est-ce que tu penses de Sara ? Est-ce que tu crois que je devrais lui parler ?

De l'autre côté de la cour, le préau, sous le D, n'est occupé que par des collégiens, assis par terre le long des murs ou en train de taper comme des mules dans des ballons de mousse qui ne cessent de se croiser à hauteur de tête, dans tous les sens, rendant la traversée impossible aux surveillantes qui voudraient y mettre un peu d'ordre.

Ils ne sont pas nombreux à se promener tout seuls, comme Mo. Ils marchent. Ils font tous semblant d'aller quelque part, d'avoir quelque chose à faire, d'avoir quelqu'un à retrouver. C'est important, de ne pas rester seul. Ne pas avoir de copains, c'est pas normal. C'est louche.

Les jeunes, ça se déplace en bande.

Mo retourne du côté du B, vers le châtaignier. Du coin de l'œil, il voit que Sara est là, avec ses copines, et il sait bien que lui tourner autour, ça ne se fait pas, mais il ne peut pas l'ignorer. Sara, c'est comme un aimant, c'est comme s'il avait une boussole dans le cœur, se dit-il. Il tourne en rond dans la cour. Il y a des groupes un peu partout, des filles qui se promènent par deux, des garçons qui se courent après en hurlant. Il y a même des groupes sous le châtaignier, dans cette espèce de cercle que forment les branches basses de l'arbre, en couronne, mais du côté du banc, c'est le coin de Sara et de ses copines.

Mo se rapproche.

Il fait des ronds dans le béton.

Et à chaque fois qu'il l'aperçoit, ça lui déclenche un arc électrique, une détonation dans la poitrine. L'impression de rater une seconde, ou une respiration, peut-être un battement de cœur, l'impression que le temps a fait comme une petite syncope. Il se rapproche. Ça y est. Ça va se voir, alors il faut se décider. Il se met à chercher un prétexte pour l'aborder, mais ça ne vient pas, tout lui semble grossier, ridicule. Elle va s'en rendre compte s'il reste là planté comme un idiot. Il faudrait lui dire n'importe quoi. Le poème, c'est pour toi. N'importe quoi. Mais il ne peut pas. C'est un truc de garçon à forte mâchoire.

Il a repéré un copain à lui qui discute sous le châtaignier, du côté du B, pas du banc, il s'incruste dans le commentaire du championnat. Mo ne regarde pas le foot, mais le commentaire du championnat c'est une espèce de bruit de fond, tout le monde sait ce qu'il faut dire, les critiques surtout. De l'autre côté des racines qui éclatent le ciment, il y a Sara et ses copines. Tout près. Il peut les entendre. S'il fermait les yeux, il pourrait la voir.

Elle est brune, avec les cheveux frisés évidemment, comme tout le monde, mais au lieu de passer deux heures par jour à les lisser, elle les porte courts, avec des mèches qui rebiquent sur le front, sur les tempes et devant les oreilles, dans la nuque, et rien que ça, cet air de garçonne effrontée, ça ne se voit presque pas par ici.

Sa drôle de beauté qui n'en est pas une. Son caractère.

Syncope.

Elles tiennent conseil, conciliabule. La bande de Fanny-Joyce arbore une nouvelle parka North Face, celle avec de la fausse fourrure tout autour du col, comme si on avait écorché une colonie de hérissons, mais tout le monde sait que c'est des tombées-du-camion. Tes baskets c'est bien de la contrefaçon. Du marché parallèle, à Noël à Marrakech. Ces fous, ils chauffent pas l'hiver, les blédards ils croient que le désert, il reste chaud ou quoi ? Le matin il faisait quatorze degrés dans ma chambre. Leslie et Mina, sans rire, elles se promènent à poil en leggings, tu as vu leur tee-shirt on dirait une brassière. C'est des *kahbas*. Faut pas dire ça, c'est les mecs qui disent ça. Elles peuvent bien s'habiller comme elles veulent. Ça se fait pas.

De son côté de l'arbre, Mo relance en une-deux, comme un qui ferait des passes à chaque fois qu'on lui donne le ballon, balance le nom d'un joueur ou d'une équipe, et la conversation roule, presque sans lui.

Il écoute, de l'autre côté de la dalle de béton fissurée par les racines noueuses de l'arbre, à quelques mètres, sous la couronne des premières branches, les filles, comme une sorte de cour féerique, les filles et Sara qui cancanent, commentent la vie du lycée. Les prénoms courent sur leurs lèvres. Qui sort avec qui. Qui sont les filles sur qui on a quelque chose à dire. Imen, Sonia, Samia, Awa, Sana. Qui sont les garçons fiables. Jordan, Samir, Anis, Malik, Rayan. Les couples. Qui l'a fait. Il paraît que Mélissa. Ça se voit à sa façon de se maquiller, on dirait qu'elle a pris deux ans, Mélissa, depuis la rentrée, ça se voit à sa façon de sourire avec les dents, de faire la madame avec son petit sac. Mais c'est une fille qui a une histoire compliquée parce qu'elle a été placée, personne ne le sait ici. C'est même pas sûr que les profs le sachent, enfin pas tous, c'est le genre d'information qui reste confidentielle. Pourtant tout le monde l'a bien vu. Au début de l'année, elle arrivait presque toutes les semaines avec des bleus, même sur le visage. La prof de français en a parlé avec elle, une fois, mais elle n'a rien voulu dire, et puis elle est allée voir la CPE. Il y a eu un signalement et elle a été placée tout de suite, son petit frère aussi. Du coup, sa mère lui en veut. Mélissa, ça lui fait plus trop peur, qu'on parle d'elle. Qui le fera. Qui peut le faire. Les garçons ne sont pas pressés de se caser, alors ils poussent à la faute. Il faut bien être en couple, même si c'est juste pour prendre le bus ensemble. Sans grand frère ou sans petit ami officiel, autant ne même pas regarder les garçons.

Mo écoute, il n'entend que des bribes, des prénoms de temps en temps, de son côté de l'arbre et de la couronne de branches noires. Autour de lui il est question d'un joueur du PSG qui a refusé de porter un maillot arc-en-ciel et qui a été sanctionné parce qu'on a soupçonné que son geste était homophobe. Les rires fusent.

Sara, elle va faire des études. Sûr, elle va pas rester là. Mo aimerait bien savoir ce qu'elle en pense, mais pour ça il faudrait lui parler. Lui aussi, il voudrait se tirer d'ici, mais ça ne va pas être facile.

Autour de lui la discussion s'envenime. OK, il faut être tolérant, alors moi je suis tolérant, mais c'est pas pour ça qu'on doit en faire la promotion, c'est pas vrai ? C'est difficile de savoir s'ils sont réellement homophobes, ou si c'est une attitude sociale, un truc de groupe, pour ne pas avoir l'air d'en être, ou si c'est par idolâtrie pour le club, ou pour le joueur, mais pour quelle raison au juste, si c'est parce que le joueur paraît être de la même communauté qu'eux, mais c'est quoi ça encore, pas la communauté des millionnaires, alors quoi, celle des homophobes ? Et Mo rate complètement la conversation de l'autre côté de l'arbre, mais le ton monte un peu, Sara ne parle plus. Elle est peut-être en colère, comment savoir ? Mo se rapproche. Il dit à ses copains, J'ai un truc à faire, et il commence à tourner doucement autour de l'arbre aux racines qui défoncent le béton.

Quand il arrive à leur portée, il a bien calé ses mains au fond de ses poches et il fait attention à regarder devant lui, l'air de rien.

Les filles sont en plein conseil de guerre. Le con. Il manque pas d'air pour venir te dire ça. Non, mais pour qui il se prend ? Je m'en fous de ce pauvre mec. De qui parlent-elles ? Et puis elles changent de sujet, parce que ce n'est pas le lieu, ni le moment. Il est question de racisme, de Mahdi, de la baston de ce matin, sous l'autoroute, à l'arrêt du 347. On peut pas laisser passer ça. Ils se prennent pour qui, ces mecs. Il paraît que Mo a vu le type qui a fait ça. Il paraît que c'est un flic. Qui ? Eh ben, le facho, là. Non, je veux dire, qui l'a vu ? Mo. Mohamed, quoi. Silence. Peut-être que Sara réfléchit. Elle lance : Roméo et Juliette ? Mo, c'est Roméo ? Et elles rient. Momo-Roméo ! Romomo et Juliette ! Et elles éclatent de rire. Elles rient tellement que Mo prend le large, modifiant brutalement sa trajectoire et regardant de l'autre côté de la cour, comme si c'était impossible qu'il ait entendu un traître mot de cette conversation de filles.

Il fonce droit sur le muret du milieu, où il y a Hamza et Omar et quelques autres. Des copains de Mahdi qu'il n'aime pas. Hamza vient de lui faire signe de la main.

La prof de français traverse la cour avec son couillon de poète qui croit que la beauté sauve même de la mort. À cet instant, Mo la déteste.

10:35

Parking fumeurs

La récré, c'est quelque chose. Il y en a deux par jour, à 10 heures 20 et à 15 heures, plus la pause de midi. C'est d'abord une course et, pour les profs, une course à la photocopieuse. Tu arrives dans les derniers, tu perds ta récré. Je sais, c'est un vocabulaire de gosse, mais qu'est-ce que tu veux, dit Candice, on n'est jamais sortis de l'école.

La première photocopieuse a lâché à 10 heures 22 et, pendant quelques minutes, le prof de maths qui l'avait en main à ce moment-là, un certain Philippe qui poussait un peu le bouchon, c'est vrai, en lui demandant du recto-verso-assemblé-agrafé, a tenté de la réparer tout seul en suivant les instructions qui s'affichaient à l'écran, comme l'ordonnait la machine. Il a donc suivi avec le sourire, puis en s'escrimant à genoux les mains dans les rouages du ventre de la bête, les instructions affichées sur une bonne dizaine d'écrans présentant des images fléchées des parties à ouvrir, des molettes à tourner, des plaques amovibles à faire coulisser sur leurs rails, encore brûlantes, à sortir, à mettre de côté, à la recherche de bouts de papier froissés déchiquetés dispersés façon attentat, et à la fin, après avoir démonté la machine sans succès, il a claqué le capot central en jurant, en promettant tout un tas de choses à la mère de toutes les photocopieuses, avant de se retourner, Désolé, les mains noires de toner, paumes tournées vers le ciel, sourire un peu gêné, C'est cassé. Plus qu'une de valide.

Une course contre la montre s'est alors enclenchée, dont les nouveaux, les stagiaires et les vacataires de passage n'ont aucune idée. Il faut absolument que le technicien vienne très vite réparer la première photocopieuse parce que le report des cent cinquante-sept profs sur la seconde va la faire exploser en deux heures. Les élèves n'ont plus de manuel depuis quelques années. C'est une décision de la Région qui assure le financement du matériel des établissements. Une enveloppe globale, comme une subvention déguisée à l'édition scolaire – essentiellement les gros groupes comme Éditis et Hachette qui se partagent le marché –, donne accès à un portail numérique. Les élèves de seconde ont été dotés d'un ordinateur, mais aucun ne l'utilise. C'est lourd, ça ne tient pas dans un sac à main, ça n'a pas plus de deux heures d'autonomie, c'est fragile et la caution est plus élevée que le montant de l'argus.

Bref, on fait tout avec des photocopies, conclut la prof d'histoire, Virginie, qui porte une longue robe fleurie assez joliment décolletée et des cheveux en cascade qui vont bien avec. On pourrait projeter le cours au tableau grâce aux TNI, mais ça ne marche pas partout et puis, quand on éteint, il n'en reste rien. Paul affiche une mine effarée, il regarde Virginie dans sa jolie robe comme si elle venait de parler chinois. TNI, c'est le tableau numérique interactif. Ça fonctionne avec un logiciel spécial dont personne ne se sert, et des feutres que, de toute façon, on a perdus. Ça a dû être conçu par une start-up de polytechniciens, au moins, parce que ça a coûté quinze mille euros par tableau. Et plouf ! Tu veux un café ? Il se souvient du précédent. Je vais essayer le thé à la menthe. C'est sur l'autre machine, celle-là, c'est potage à la tomate, mais je déconseille. Personne n'en prend. La voisine commente. Une jeune. Personne ne sait trop qui c'est ni ce qu'elle enseigne, mais ce n'est pas grave, ici tout le monde se tutoie. Un jour, j'ai vu un reportage sur les machines à café d'autoroute. Le type de la société d'entretien venait remplir les bacs de poudre et, évidemment, il y avait des cafards et, évidemment, c'était dans les bacs qui n'étaient pas changés souvent parce que personne n'en prenait. Les potages. Exactement. Ça ne doit plus être comme ça, elles sont super modernes maintenant, les machines sur les autoroutes. Et celles-là, franchement, tu les trouves comment, super modernes ? Candice rit rouge. OK, café. Je sais, il a goût d'endive cuite.

Oui, et puis c'est pas comme s'ils manquaient d'écrans, nos élèves. C'est Chantal, la coordo de français, qui est rentrée dans la conversation d'avant, sur les photocopies. Quand je suis arrivée et que je convoquais des mamans parce qu'il y avait un problème avec le rejeton, un gros problème d'apprentissage, un échec scolaire, c'est la première question que je posais, Est-ce qu'il a un écran dans sa chambre ? À l'époque, c'était des petites télévisions portatives et, parfois, des ordinateurs. Les parents disaient, C'est pour travailler, il a eu un ordinateur à Noël. Ils se sentaient un peu penauds parce qu'ils voyaient bien qu'il y avait un problème. Ils avaient acheté leur tranquillité, On n'est jamais d'accord sur les programmes, comme ça il peut regarder son foot. Et c'était frappant, la corrélation. Moins de sommeil, moins de concentration, échec sco, ça marchait presque à tous les coups. Aujourd'hui, ils ont tous un écran dans la poche, et les parents trouvent ça normal. Tu parles ! Ils sont pareils. C'est mes élèves de l'époque.

Ils sont pires même ! C'est eux qui ont arrêté de lire, poursuit la coordo de sa voix pointue. Regardeles dans le métro. Tous avec leur téléphone, maintenant ils regardent des séries. C'est *Dallas* et *Colombo*, à 8 heures du matin. On dirait des zombies. La fin du film de Wenders, tu sais, en Australie avec ce savant fou qui construit un moniteur vidéo pour sa femme aveugle. Le prof de maths est cinéphile, il est entré joyeusement dans la conversation à son tour. Il revient des toilettes où il s'est lavé les mains, elles sont encore mouillées parce qu'il n'y a pas de serviettes à côté du lavabo. Il enregistre ses rêves. C'est la fin du monde et il y a tous ces paumés qui trouvent refuge dans sa clinique et qui se baladent sur une plage déserte en regardant leurs rêves sur ces petits écrans. C'était en 92, quinze ans avant l'iPhone. Steve Jobs, il a bien fait de mourir. Si on lui avait dit qu'il n'avait pas inventé les smartphones, mais juste miniaturisé la télé. Eh ben franchement, le métro le matin, c'est la fin du monde. *Jusqu'au bout du monde*, c'était le titre du film. C'est le dernier que j'ai vu avec un entracte au cinéma, se souvient avec gourmandise la prof d'histoire à la jolie robe qui vient de rejoindre le petit groupe, alors qu'ils s'éloignent de la photocopieuse, de la machine à café et de la salle des profs, qu'ils se dirigent vers le parking devenu la zone fumeurs du lycée, pour le personnel. Normalement, ils n'ont pas le droit. Ils devraient fumer véritablement en dehors de l'établissement, c'est-à-dire sur le trottoir avec les élèves, devant le S, mais ils ont fait valoir que ce n'était peut-être pas très pédagogique, de fumer avec les élèves.

Un des délégués syndicaux est justement en train de produire à la vapoteuse électrique un nuage au caramel d'une impressionnante densité dans lequel, bouche ouverte et yeux exorbités, il semble suffoquer comme un poisson hors de l'eau. Ce n'est pas le représentant du syndicat majoritaire, mais c'est celui qui a la plus grosse voix. Il a un public de quelques jeunes femmes qui fument encore et ont choisi ce boulot par engagement, par fibre sociale. Elles parlent de l'assemblée générale qui aura lieu à 11 h 30. Le lycée pro de Bobigny est déjà en grève, il faut faire une liste de nos revendications. Salariales, Denis. On manque de profs. Judith, la collègue de français, n'a pas été remplacée depuis trois mois, et c'est pareil en éco depuis que Thierry est parti. Candice secoue la tête. Je n'ai pas eu le temps de les connaître, ces deux-là. Trois mois sans prof de français, t'imagines la liste de textes de ses premières au bac. Thierry avait des spé pour le bac, lui aussi. Il manque deux profs d'anglais. Dans le meilleur des cas, on nous enverra des vacataires recrutés en speed dating par le rectorat. Il faut les titulariser. C'est pas des conditions de travail. Ils n'ont qu'à passer les concours, ils seront fonctionnaires. Mais ça ne fait plus rêver personne, ma pauvre Candice. Alors c'est qu'il faut revaloriser la profession. C'était pas votre boulot à vous, les syndicats, de défendre la profession ?

Tout le monde se remet à parler en même temps. Elle est un peu raide, Candice.

Il paraît qu'il y a eu du grabuge à Bondy Nord. Des coups de feu. C'est toujours un peu étrange d'entendre parler de ce qui se passe à Bondy Nord, juste de l'autre côté du canal, où vivent la moitié des élèves, comme si c'était une autre planète. Parmi les profs, personne n'y vit. En fait, personne n'y est allé, jamais. C'était hier, les coups de feu. Un règlement de comptes, une histoire de dealeurs. Non, non je parle d'aujourd'hui, il s'est passé encore quelque chose. Tu sais bien, c'est Bondy Nord. J'ai entendu dire qu'un de nos élèves était impliqué. Vous avez vu la rixe, ce matin, sous le pont, j'étais en train d'arriver. C'est Mahdi, en seconde 13. Celle-là, il va falloir arrêter, je crois qu'elle porte malheur. Oui, c'est rien, c'est Mahdi. Comment savoir si c'était lié à Bondy Nord. C'est toujours lié à Bondy Nord. Mais avec de la chance, ça n'arrivera pas jusqu'ici.

Une ombre file au sol et tout le monde lève la tête en même temps. Les pigeons du Chinois se sont mis à tourner. Ils sont cent, peut-être plus, c'est une nuée dont on ne sait pas trop si elle est menaçante ou poétique. Aucun pigeon du carrefour n'aurait l'idée de les rejoindre là-haut, dans le ciel. C'est une bande, les pigeons du Chinois, ils sont élevés ensemble et ils volent à heure fixe. Ils ressemblent à un essaim dont le bourdonnement aurait été remplacé par un froufrou qui ne s'entend que lorsqu'ils se rapprochent. Ils ne se posent jamais. Ils volent en cercle, en ellipse, enchaînant des pointes de vitesse en descente et des remontées plus lentes, des virages sur l'aile en planant, et ce qui est le plus frappant dans tout ce mouvement, c'est la cohérence du groupe, son aspect à la fois grouillant et ordonné qui est la marque du vivant. On dirait un essaim de sauterelles, un banc de sardines, tous ces animaux qu'on ne voit d'habitude qu'à la télé ou sur Internet. Personne n'a jamais vu autant de pigeons voler ensemble. Ceux du carrefour, ils traînent dans les caniveaux de la départementale, autour des gares et des Abribus, devant les restaurants turcs, partout où il y a des gens. Ils doivent regarder les pigeons du Chinois avec étonnement, peut-être avec envie. Ils avaient oublié qu'ils peuvent avoir la moindre grâce.

Ils apparaissent toujours comme par magie, soudain sortis de la maison du Chinois, ils vont tourner sans s'arrêter toute la journée, tellement qu'on les oublie parfois, jusqu'à ce qu'on les entende ou qu'on lève les yeux vers le ciel, par hasard ou parce qu'on a aperçu quelque chose, comme une ombre, un mouvement qui s'abat vers le sol, disparaît derrière un immeuble, s'éloigne et gagne l'altitude des régions où l'air, même ici, doit bien être plus pur.

Le Chinois, on ne le voit jamais. Juste au début, quand il s'est installé, et puis plus rien. Il a racheté l'ancien local de la Fédération de basket, qui a aussi été une aumônerie il y a très longtemps, c'est encore marqué sur une plaque en bois peinte, sous le toit, qu'il n'a pas pris la peine de décrocher. On dit qu'il les vend, ses pigeons, sur Internet. Que ça peut valoir des milliers d'euros.

En attendant, ils volent. Paul les suit du regard quelques minutes, incrédule. Ils s'élèvent, s'éloignent, ils plongent, ils reviennent toujours. C'est le plus étonnant, avec les pigeons, lui dit Candice. Ils tournent en rond. Ils ont tout le ciel pour eux, mais ils reviennent toujours dans leur cage. Ils survolent le lycée en escadrille. Ce sont bien les seuls à voir tout ce qui s'y passe.

10:40

Salle des profs

Les écrivains font tout un tas de boulots, de résidences, d'ateliers, de visites en prison et de stages à l'hôpital, tout un tas de voyages plus ou moins défrayés par des magazines ou des institutions publiques, pour se convaincre qu'ils font un métier comme un autre, au contact des gens, du réel, au cœur de la cité, là où les choses se passent. Ils déploient des efforts infinis pour raconter qu'ils sont comme tout le monde, d'extraction modeste et d'ambition folle, confrontés aux malheurs, aux murs de la réalité, blessés, amputés du rêve, comme tout le monde. Alors qu'ils ont tout fait pour ne pas exercer un métier comme celui de tout le monde.

Un lycée de banlieue, c'est pas mal, comme réel, se dit Paul.

Il ne peut s'empêcher de sourire. Pourtant ce qui le frappe, alors qu'il n'est là que depuis ce matin, c'est à quel point le monde est encore une fois tenu à distance. Chaque cours dans sa salle, avec son prof, sa classe et ses habitudes, ses places attitrées, ses bouffons et ses bons élèves, et comme ça tout au long du couloir dont les portes coupe-feu empêchent de voir le bout. Et chaque élève jouant son rôle.

Chaque événement se produisant dans une sorte de discontinuité. Les coups de feu du trafic de drogue ordinaire, la veille, et la baston, le matin même, sous l'autoroute, là où il est passé peut-être quelques minutes plus tard et où il n'y avait déjà plus que des usagers attendant leur bus et des lycéens se dirigeant vers le lycée, toutes les rumeurs qui courent, paraît-il, sur Internet, et ces quartiers nord de légende où aucun prof ne met les pieds. Le lycée subit toutes sortes de pressions sociales, culturelles, mais en aveugle. Des choses se passent en ville ou se racontent sur les réseaux, mais au lycée on n'en perçoit qu'un écho léger, distordu. Au lycée, on essaie d'avoir la moyenne. Tout un programme.

Lorsque Paul se retrouve seul en salle des profs, il est d'abord un peu mal à l'aise. Dans un coin reculé, loin de la porte, il s'assoit à une table ronde encombrée de documents et de cartons de photocopies, et se demande si quelqu'un va finir par remarquer son intrusion, lui signifier qu'il n'a rien à faire là. Il sort son cahier ligné pour prendre quelques notes, préparer son atelier de l'après-midi, avec la coordo de français. Qu'est-ce que ça veut dire, coordo ? Candice lui a expliqué qu'elle s'occupe des achats de livres, des sujets de bac blanc, de l'organisation des oraux d'entraînement, c'est un travail d'équipe mais c'est elle qui fait remonter tout ça à l'administration. Malgré ses cheveux longs et ses lunettes comme des yeux de chouette, Nana Mouskouri s'appelle en réalité Chantal.

Il tourne le dos à une rangée de casiers en mélaminé laqué beige, dont les portes bâillent. Il doit y avoir trois ou quatre profs qui vaquent à leurs occupations, vont et viennent, font des photocopies, montent à l'étage régler un détail administratif ou imprimer un document dans la salle informatique où sont mis à leur disposition une dizaine d'ordinateurs, C'est ce qui se rapproche le plus d'un bureau, lui a dit Candice en lui faisant visiter les lieux, tout à l'heure. Ceux qui rentrent le saluent d'un signe de tête ou d'un Bonjour. Il passe inaperçu, ou alors on s'est habitué à ne pas connaître tout le monde.

La salle des profs, dans le bâtiment A, ne donne pas sur la cour mais sur le gymnase municipal situé derrière le terrain de basket en béton lézardé sur lequel sont disposés, à cette heure-là, une quinzaine de marchepieds de deux degrés qui figurent autant de débuts d'escaliers. Par groupes de deux, des collégiennes et des collégiens qui doivent avoir treize ou quatorze ans enchaînent une série de pas dignes des séances d'aérobic des années 1980, sur fond de musique pop américaine tonitruante sortie d'un sound system posé au sol, enceintes chromées, disques laser. La prof en jogging fluo, un pied sur la chaîne hi-fi portable, montre les gestes à effectuer avec les bras, et compte en boucle jusqu'à huit. Les élèves ne semblent pas tous convaincus par la puissance artistique de cette chorégraphie, ni par l'intérêt de cette dépense énergétique un peu folle, à 10 heures, alors qu'il va falloir passer toute la journée qui suit dans le même jogging. Les filles, notamment, hésitent à transpirer de si bon matin. Elles discutent en agitant les bras juste assez pour faire croire qu'elles suivent la choré, mais sans mettre de zèle à leur montée sur le marchepied, jambe droite, jambe gauche, un-deux-trois-quatre-cinq-six-sept-huit, un-deux-trois-quatre...

Paul se revoit, c'est inévitable, au même âge en train de se cacher dans les buissons pendant les tours de piste, attendant avec un complice la fin de l'exercice pour se joindre au peloton et terminer la course en soufflant de manière peut-être exagérée. Le prof devait bien se douter de quelque chose, mais il ne disait rien, surtout qu'il ne s'agissait pas non plus de mimer un exploit, juste de tirer au flanc et de se complaire dans une médiocrité physique qui était censée être inversement proportionnelle à l'intellect. Le prof s'en foutait, sauf quand le dispensé du jour, qui tenait le chrono pour lui, était un fayot qui les dénonçait. Le ton montait. Ça se terminait par une bonne raclée à l'heure de la pause, mais les petits collabos n'en démordaient pas, toujours prêts à te balancer quand tu fumais une paille aux toilettes ou que tu avais séché un contrôle de maths à l'infirmerie. Les petits collabos sont toujours prêts, de vrais boy-scouts. Paul n'a jamais été un élève extraordinaire.

Il avait pourtant fait une classe prépa. Avait obtenu son passage en deuxième année grâce aux profs de russe et de grec qui l'avaient défendu bec et ongles au conseil de classe, alors qu'il ne faisait ni l'un ni l'autre. Il était dégourdi, sans doute un peu charmeur. Il lisait beaucoup. Il écrivait déjà un peu, avait monté une revue. Il avait invité certains profs chez lui, le soir, à écouter en buvant de la vodka le poème radiophonique d'Artaud qui venait d'être réédité, après cinquante ans de censure, dans un coffret avec sa conférence du Vieux-Colombier, c'était arrivé une ou deux fois. C'est une époque qui pourrait aujourd'hui paraître très ancienne, bien que ce ne soit pas si loin. Et puis sa mère était tombée malade, et puis morte pendant la khâgne, et Paul n'a jamais passé le concours. Bifurcation en fac et au bar du Cordial, en face, pendant quelques années, une autre revue et un nombre incalculable de débuts de manuscrits.

Il en est toujours un peu là.

Maintenant, il les publie.

Paul regarde les collégiens faire semblant maintenant de sauter à pieds joints sur leurs escaliers de deux marches, les pigeons qui volent au-dessus du gymnase en escadrille, et il chasse de son esprit la nostalgie qui s'insinue comme le froid de la matinée sous sa chemise. On ne chauffe pas, ici ? Il n'y a que deux radiateurs, et il n'y en a qu'un qui marche, lui répond un ancien, un vieux prof en veste de blazer élimée aux coudes et aux poignets. Tu veux un café ? Paul refuse en pensant au goût d'endive cuite.

Ça ne doit pas leur faire ça, aux profs. Ils sont habitués. Mais de revenir aujourd'hui dans un lycée pour mener, quatre demi-journées par semaine, des ateliers d'écriture avec ces jeunes, de franchir de nouveau, adulte, la porte d'un lycée, c'est une drôle de sensation. Bien obligé de constater qu'on ne les comprend plus, ces jeunes, et bien obligé de se rappeler qu'on est soi-même passé par là.

C'est comme de se rencontrer tel qu'on était quand on était jeune, et de constater qu'on n'a plus grand-chose à se dire.

Tout le monde est passé par l'école. Tout le monde y a laissé de bons et de mauvais souvenirs. Des copains.

Des histoires de cœur. Des souvenirs de profs trop sévères, trop bizarres ou trop cool. Et quelque chose de pas tout à fait réglé, quand même, avec ce qu'on a fait de tout ça, se dit-il. Comme si ça pouvait être de leur faute, ce qu'on est devenu. Ce qui nous est arrivé ensuite, et ce qu'on est devenu. De la faute des parents ou des profs.

Même quand on réussit, on trouve à y redire. On ne se sent pas autorisé, entre l'imposture et la trahison, parce que, Tu comprends, je n'étais pas né comme ça. Mais t'es grand maintenant, mon chéri, il serait temps que tu t'autorises, tu sais. Paul se fait le dialogue, tout seul, devant la fenêtre de la salle des profs. Paul n'y croit pas beaucoup, à toutes ces histoires de transfuges et de déterminisme. Des gens comme Candice, des adultes comme ses collègues, la CPE, la proviseure et tous les profs, chacun pour sa part, tous se démènent pied à pied pour fournir à ces gamins la possibilité d'une émancipation. Lui-même, il a dû se battre pour faire ses choix, pas ceux d'un autre, pour être artiste, pour être libre. Parce que ça veut encore dire quelque chose, la liberté. C'est trop facile, les déterminismes. Évidemment, c'est une façon de décrire la société, mais la société, ce n'est pas les gens. Pour ce qui le concerne, il n'en a rien à foutre, des déterminismes. Il est né de la mort de sa mère, à dix-neuf ans, un 18 novembre. La fleur de l'âge : des chrysanthèmes. Démerde-toi avec ça.

Pourquoi ça rend si nostalgique, la fréquentation des jeunes ?

Deuxième période

10:55

Bondy Nord

Bondy Nord est en train de s'animer, en effet. C'est le genre de quartier d'où les travailleurs partent très tôt le matin, avec les premiers transports en commun. Suit une période de calme, puis l'agitation reprend vers 11 heures. Les commissariats comme les lycées relèvent très peu d'incidents avant 11 heures du matin. Pour ce qui concerne Mahdi, l'animation reste pour l'instant cantonnée à sa chambre, où son grand frère l'a reconduit, la capuche relevée, une main sur la nuque, comme un petit chat. La mère a demandé ce qui se passait mais, tant qu'elle ne voit pas le visage boursouflé de Mahdi, les choses demeurent à peu près sous contrôle.

Mahdi est assis sur le bord de son lit. Il regarde par terre en serrant les lèvres. Il sait qu'il vaut mieux ne pas parler.

Depuis qu'il est revenu de détention, Adama est encore plus dur qu'avant. C'est pas un grand frère, c'est un surveillant. Pas question que tu suives mon chemin, il dit. Et il en connaît, des voies de traverse dans les cités du voisinage.

C'est toujours la même histoire. Tu as grandi avec ces types-là, les méchants, ils font partie du paysage, tu les tutoies, tu connais leurs prénoms, leurs surnoms, et jusqu'à un certain point tu sais que tu peux leur faire confiance. Ils habitent le même escalier, ils ont des nourrices dans tous les immeubles, des petites vieilles parfois à qui ils paient le loyer contre une chambre inoccupée dont ils se servent de planque pour la drogue. Ils sont capables de porter les courses des mamies quand l'ascenseur est en panne. Ils jouent au foot le soir, sous les réverbères orange. Tout le monde sait qu'il ne faut pas traîner avec eux, pourtant la plupart du temps ce sont juste des voisins, d'anciens copains d'école primaire.

Il y a deux règles à observer pour rester en dehors de tout ça.

La première, c'est d'éviter le faux pas. Ces mecs-là te font des sourires et se souviennent du prénom de ta mère, et tant que tu ne mets pas le bout du petit doigt dans l'engrenage, ils te foutent la paix. Tu fais partie du paysage. Il faut des voisins, un quartier, tout le monde est de quelque part. Mais si tu touches un jour à leur dope, si tu leur demandes le moindre service, alors leur sourire découvre les dents. La première dose est toujours gratuite, on te tape dans le dos et c'est fini, tu es marqué, ils vont te hameçonner sans aucun scrupule, ils vont te faire descendre en enfer en chute libre, calculer tes dettes, te demander de rembourser en faisant des petits boulots, te recruter, mais en bas de l'échelle, version chair à canon, et en moins de deux tu te retrouves complice et délinquant, et sacrifiable s'ils ont besoin de balancer un nom, parce qu'en fait ils en ont rien à foutre de toi. T'as rien demandé, si, un peu d'argent pour le loyer parce que ton patron venait de te refuser une avance sur salaire, ou de quoi fumer pour arrêter de t'énerver sur la télé du voisin sri-lankais qui t'envoie de la musique de charmeur de serpent tous les soirs dans ta piaule. Fallait pas.

La deuxième règle, c'est chat noir. Si t'as pas de bol, un de ces gars-là qui était en primaire avec toi, l'école au coin de la rue, va t'aborder un jour avec plein de tchatche et de sourires aux dents blanches, et il va te dire en substance, Rhey, frangin, ça m'embête de te demander ça, mais tu pourrais me rendre un service, parce que je me retrouve temporairement sans permis de conduire à cause d'un contrôle, j'avais bu tu vois, c'était samedi soir et on était allés en boîte, il y avait ma copine et tout, ç'a été la honte mec, et là il faut que j'apporte un truc à un copain mais je peux pas, alors que toi, si tu veux ce qu'on fait c'est que je te prête ma caisse, tu vois, ouais la Audi du VTC, elle est assurée tu vois, c'est vrai qu'elle a la classe, et tu fais la course pour moi, et t'inquiète pas tu sais je te dédommage, je peux te donner un billet de cent pour ça parce que ça m'enlève une grosse épine du pied, wallah il y a pas d'embrouilles, je te le jure ma gueule, c'est à Paris 16ᵉ, c'est bien la preuve, chez les bourges, ça va te prendre une heure, wallah tu me rendrais un grand service mon reuf. Et ce jour-là, parce que tu es un chat noir, c'est-à-dire un de ces types qui portent malheur, qui attirent la poisse et les emmerdes, évidemment les stups qui suivaient ce mec qui n'est même pas ton copain mais à qui tu ne peux pas te permettre de refuser un petit service, il faut bien être un bon voisin, c'est le jour qu'ils ont choisi pour l'appréhender, faire un flag. Ils ont toutes les autorisations, ils suivent sa bagnole depuis deux semaines, ils ont toutes les adresses, les noms, il leur manque plus qu'un flagrant délit pour le faire tomber. Et bim, avenue Mozart c'est toi qui sors de la caisse. Tu n'as même pas le temps d'atteindre la porte cochère. Tu pars direct au dépôt, et puis en préventive, vu ton nom et ton adresse, et puis comme c'est la première fois tu ressors peu après ton jugement, parce que tu as déjà fait six mois. Avec les compliments de la maison. Maintenant, si on te prend avec un pain au chocolat volé, c'est récidive, tu repars en prison direct. Déjà que c'était pas facile, c'est même plus la peine d'espérer trouver du boulot, alors autant se lancer dans le business. Justement, tu connais quelqu'un qui t'en doit une.

C'est si facile de tomber quand tu as grandi là. Les voyous et les ennuis, il faudrait les éviter tout le temps, mais dans une cité où on vit tous les uns sur les autres, c'est mission impossible.

C'est ce qui est arrivé à Adama, assez jeune pour qu'il commence une petite carrière. Il a fini par en faire partie pour de vrai, des méchants, a déjà conduit en Espagne des bolides qui remontent de Malaga jusqu'à Bruxelles, le châssis lesté de cocaïne, par groupes de trois ou quatre, comptant sur les statistiques. Il a pensé qu'il était chat blanc. Il s'est mis à sortir, à claquer du fric, à avoir facilement des femmes qui n'en avaient pas l'air. Pas assez de fric pour s'acheter une

Porsche Cayenne, la préférée du 93 pourtant département le plus pauvre de France, mais assez pour avoir la belle vie. Sans doute un peu trop. Il a dû éveiller des jalousies. Il a pris des vacances à Ibiza comme un ministre, et puis il s'est fait cueillir à sa descente d'avion.

En prison, il a rencontré Dieu. Pas vraiment, mais ça ne coûte rien de se laisser pousser la barbe et de raccourcir ses idées et ses pantalons. Il faut bien avoir la protection de quelqu'un en sortant, le temps de savoir si ça vaut le coup de replonger, ou s'il vaut mieux se ranger des bagnoles. Tant qu'il est sous contrôle judiciaire, libéré avant la fin de sa peine avec un bracelet au pied droit – son bon pied au foot c'est le gauche –, tant qu'il doit se tenir tranquille, il bosse aux abattoirs. La mosquée des frères mus, comme il dit, c'est celle de Sevran, juste à côté. À Bondy les gars sont tranquilles, ils travaillent plus ou moins avec la mairie.

Depuis son retour de détention, Adama s'est donné une mission. Un truc de grand frère, de responsabilités. Il prendra tout sur lui. Si la famille a besoin d'argent, il reprendra le trafic sans sourciller. Mais Mahdi ne doit pas tomber dedans. Sa mère le lui a fait jurer quand il est revenu, en pleurant toute une semaine, tellement que c'était pénible à vivre, à la fin, tout ce désespoir qui geignait et qui sanglotait sans arrêt. Promets-moi qu'il n'y a que toi qui iras en prison, Adama. Il a juré. Tout le monde aime sa mère.

Je vais trouver ton gars, je vais le trouver. Wallah, si c'est un flic qui t'a fait ça, je vais savoir comment il s'appelle et où il habite. Toi, tu fais rien.

Mahdi baisse la tête.

Son téléphone vibre pour la troisième fois. C'est la CPE. Absence à justifier. Et ce n'est pas la première. Une histoire de bagarre, à présent ? C'est la CPE. Rendez-vous urgent. Mahdi ? Il faut qu'il y retourne.

11:05

Bureau de la CPE

Avant, on disait surveillant général, ou surgé, aujourd'hui Nathalie est conseillère principale d'éducation, ou CPE. Le métier consiste toujours à être la cheffe des pions, c'est-à-dire la responsable des surveillants, en l'occurrence des surveillantes. Ce n'est pas une mince affaire. Autrefois job étudiant, surveillant est à présent un emploi précaire qui attire le genre de jeunes gens courageux qui n'ont pas vraiment le choix. Il faut avoir le sens des responsabilités, le contact facile avec les ados, une certaine forme d'autorité naturelle. Ce n'est pas simple. Même si cette personne existe, il faut encore qu'elle ait envie de faire ce travail ridiculement mal payé, contraignant et ingrat, et qu'elle ait envie de le faire à Bondy. En d'autres termes, il faut qu'elle n'ait pas peur. Qu'elle connaisse déjà. Qu'elle sache que, en fait, ça se gère. C'est-à-dire qu'il faut qu'elle vienne de là. C'est la définition du ghetto.

Le vase clos. Nathalie explique ça très bien. Avec ses mots précis, ses petites lunettes en acrylique noir et ses gros seins moulés dans du mohair rose, elle tient le bureau, les surveillantes et les quatre cents élèves qu'on lui a confiés. Elles sont quatre CPE, au lycée.

Elle dit : En gros, ici, les élèves ont toujours été arabes ou noirs. Il y avait un peu plus de mélange avant, c'est vrai, il y avait même des enfants de profs. Les Blancs ont fini par déserter complètement le quartier, ils se débrouillent pour aller au Raincy par le jeu des options, et sinon dans le privé. On serait aux États-Unis, on appellerait ça le *white fly*. Mais disons que les élèves sont à peu près les mêmes. C'est pas grave. C'est un échec social et politique complet, c'est la honte d'une nation civilisée, mais c'est pas grave. Tant qu'ils ont en face d'eux des adultes qui leur montrent autre chose, qui les élèvent, qui leur disent que le monde est plus vaste que ça et qui leur donnent des exemples et des codes, parce que l'exemple ça marche, quand même, en matière d'éducation, tant que tu as des adultes différents, c'est pas si grave. Ça fonctionne. Ça frotte, mais du coup ça fonctionne. Quand tout le monde est pareil, en vase clos, avec quatre pions sur cinq qui sont des anciens élèves, voilà, c'est le ghetto. On fait le boulot quand même, mais c'est de plus en plus dur.

On enregistre toutes les absences des élèves et on leur tape sur les doigts quand ils ne les justifient pas par une excuse valable ou quand, tout simplement, on les prend en faute, à sécher, à faire des conneries dans les couloirs, à voler les billes de roulement des souris d'ordinateur, à se bagarrer, à sortir un couteau, un taser ou toute autre arme pour intimider quelqu'un ou le blesser, à mettre le feu aux poubelles, voire à une voiture du parking, voire à l'établissement, à casser les chaises en les lançant du deuxième étage dans la cour. Ce ne sont que des exemples. Tout ça arrive tous les jours, heureusement pas au même endroit. Le collège de Sevran a brûlé l'an dernier. Au moment des conseils de classe, qui ont eu lieu malgré tout, le commissariat a proposé aux profs de les escorter jusqu'au RER, et leur a demandé d'éviter de faire ce trajet seuls dans la mesure du possible.

On dirait que ça la fait rire, Nathalie. C'est un des effets de la lassitude. Pour prendre du recul, on tourne tout en dérision.

Elle pianote sur son ordinateur, dos à la fenêtre, dans un bureau qui peut contenir une dizaine d'élèves et dont la porte n'est presque jamais fermée. Toutes les informations sont gérées par informatique. Le mouvement de numérisation des données des élèves s'est accéléré avec le Covid. Les absences notamment, lors des appels en début de cours, sont immédiatement traduites en mails envoyés par le logiciel aux parents et aux élèves eux-mêmes, doublés d'un SMS. Tout le monde trouve ça très pratique, mais ça n'a presque aucun effet. Les parents qui laissent traîner leurs enfants, ça les irrite plutôt que l'administration le leur rappelle. Ils n'ont qu'à faire leur boulot, disent-ils. C'est quoi, notre boulot ? Garder les enfants, les enfermer ? Avec les grilles en acier qui ouvrent à heures fixes, les couloirs numérotés et les surveillantes, ils trouvent que ça ne ressemble pas déjà suffisamment à une prison ?

Et qu'on ne vienne pas me dire que ce n'est qu'un problème de banlieue, avec le coup du village africain et toutes ces conneries. Ils sont à qui, les jeunes tarés à la campagne qui sèchent les cours et se tuent à motocross aux carrefours des départementales en fonçant sur les camions comme des moucherons ?

On fait le boulot quand même.

On les appelle un par un quand on a leur numéro.

On essaie de les coincer quand ils vont aux toilettes, c'est pour ça que le bureau est à côté.

On les aide quand on peut, parce que souvent ils ont besoin d'aide, même ceux qui nous en font voir. Surtout ceux-là.

Il y a aussi les viols. Les avortements sans que la famille le sache. Les mauvais traitements. Aider à porter plainte. Faire un signalement à la Protection judiciaire de la jeunesse. Évaluer quand c'est nécessaire, quand c'est une question de danger imminent et quand ça risque de faire trop de dégâts, parce que le placement en famille d'accueil, c'est dur. Il y a des gamins qui se retrouvent à la rue. Ou pire. L'an dernier, un élève de cinquième qui s'endormait en cours, et faisait des cauchemars dont il se réveillait en criant, a fini par expliquer qu'il vivait dans une ancienne clinique de Bondy reconvertie en hôtel pour sans-papiers, où les loyers des chambres étaient exorbitants. Comme il n'y avait plus assez de place quand ses parents sont arrivés, on l'avait mis, lui, avec d'autres enfants, dans l'ancienne morgue de la clinique, dans les tiroirs sortis du mur comme si c'étaient des lits superposés.

On n'imagine pas ce qu'on fait aux enfants.

Mais pour l'instant Nathalie s'occupe du cas Mahdi D., un client régulier comme elle dit. Elle est en train de le harceler de textos parce qu'elle a appris qu'il a vu l'infirmière à cause d'une bagarre. Et Nathalie aimerait bien savoir ce que c'est que cette bagarre à 8 heures du matin, dont elle a déjà entendu parler quatre fois par d'autres élèves. Elle aimerait bien savoir si elle doit se faire du souci. Alors elle le convoque, qu'il revienne en cours ou pas. Elle lui envoie trois textos en dix minutes. Il va venir.

Les petits gars comme Mahdi se prennent pour des caïds, ils n'aiment pas se faire engueuler, en général ils se murent dans le silence et ils haussent les épaules, Vous pouvez rien me faire. Mais ils aiment bien avoir des conversations respectueuses avec des adultes en mohair rose.

Elle est interrompue par des bruits dans le couloir. Des bruits lointains, des cris, et des pas qui se rapprochent précipitamment. Une professeure vient s'encadrer dans la porte, échevelée et haletante. Elle a l'air complètement paniquée. Nathalie se lève en même temps qu'elle lui demande ce qui se passe.

C'est les secondes sport. Je ne sais pas comment c'est arrivé. Quand je me suis retournée il y en a deux qui s'étaient levés, peut-être trois ou quatre d'ailleurs, c'est allé très vite. Qu'est-ce qui ? Ils se sont battus. Ils ont commencé à se battre. J'ai crié pour les arrêter, j'ai crié mais ça continuait. C'est devenu une espèce de. Enfin, je sais pas. Tout le monde criait en même temps. J'ai envoyé des élèves vous chercher. Parce que je m'en sortais pas du tout, vous comprenez. Deux filles. Elles ne sont pas revenues. Mais c'était quand ? Là, maintenant. Et ils sont où ? Ben, en classe. En B105. Vous les entendez pas ? Mon Dieu.

Nathalie part en trombe. Elle ne demande même pas à la prof de venir. Elle croise le petit Mohamed dans le couloir, un seconde, devant la salle de théâtre, et il a l'air aussi étonné qu'elle, il regarde vers le bout du couloir. Qu'est-ce qu'il fout là, lui ? Il doit être en train de sécher. On verra plus tard. Il est 11 h 15. Elle franchit les portes coupe-feu qui jusque-là l'empêchaient de voir les dernières salles, et elle marque un temps d'arrêt. Une chaise vient de voler à travers le couloir et de se fracasser sur le mur d'en face. Elle marque un temps d'arrêt par pur réflexe de peur, le temps d'un battement de cœur, d'une respiration manquée. Le prof de maths des terminales, Philippe, vient de sortir de sa salle à cause du bruit. Il regarde la chaise par terre, puis Nathalie qui a l'air déterminée à y aller, et il comprend à peu près ce qui se passe, les grandes lignes. Alors ils se lancent et courent tous les deux et, un peu avant d'arriver au niveau de la salle de classe, se mettent à hurler pour signaler leur présence.

Ils crient tellement fort en rentrant que la plupart des élèves se figent.

11:20

B120

Quand elle ouvre la porte, ça fait un moment déjà que Candice entend des bruits qui proviennent de l'autre bout du couloir. Les élèves se mettent immédiatement à parler quand elle sort la tête à l'extérieur. Au bout, là-bas, elle aperçoit la CPE, Nathalie, en train de hurler à un niveau de décibels qui doit fendre le cristal, c'est sûr. Philippe, le prof de maths, ressort de la classe avec trois garçons devant lui, qui marchent la tête basse. Qu'est-ce qui se passe, m'dame ? Il leur a fait le coup du stage antiviolence. Candice sourit.

C'est un truc de Philippe. Les situations tendues sont de plus en plus difficiles à désamorcer. Un problème de violence quotidienne, et sans doute de vocabulaire. De capacité à écouter. On ne s'écoute plus. Un problème de codes aussi. C'est toujours la même histoire : tu engueules un élève parce qu'il parle ou qu'il vient de lancer un truc, ou qu'il ne prend pas le cours en notes, ou n'importe quelle raison en fait, mais tu tombes mal. Il a d'autres problèmes, ça l'énerve, il ne veut pas qu'on l'emmerde, alors il réagit. Il répond.

Je m'en fous. Problème d'autorité. Il hausse les épaules. Tu hausses le ton, il fait pareil. Engrenage. Tu t'approches physiquement, c'est une menace, il se lève. Il te fait face, il te défie. Il te regarde dans les yeux. Il aurait sans doute le dessus s'il fallait en venir aux mains.

Le théorème de l'ancienne prof d'anglais. Les menaces, c'est comme les promesses : si tu ne peux pas les tenir, ferme ta gueule.

Philippe a trouvé la parade. Le code.

Ça lui est venu en regardant des séries télé, comme tout le monde, des feuilletons comme il en pleut depuis quelques années, des millions d'heures de divertissement mondialisé, de situations plus ou moins absurdes, de caractères invraisemblables, de meurtres toujours plus atroces et de retournements de situation de plus en plus prévisibles, à chaque fin d'épisode. Philippe surjoue le flic américain. L'excès de politesse, à la limite du robot. Au lieu de monter dans les tours, il dit d'une voix exagérément calme et posée des trucs bizarres et très protocolaires, du genre : Attention, monsieur X., je vous rappelle que vous êtes élève au lycée, dont vous avez signé le règlement en début d'année, vous faites face à un membre de la communauté éducative du lycée, vous êtes en train de parler trop fort et de façon irrespectueuse à un professeur du lycée, je vais donc vous demander de vous rasseoir doucement, de laisser les mains sur la table et de respirer à fond, et de me dire si vous êtes prêt à suivre la suite du cours, ou si vous préférez sortir le temps de vous calmer, est-ce que vous m'avez bien compris ? Je vais donc compter jusqu'à trois et vous poser la question, etc. L'élève comprend. C'est dingue : ça marche. Il perçoit très clairement l'exagération dans la politesse et le protocole, et il l'interprète sans hésiter comme le signe qu'il a franchi la ligne. C'est comme s'il voyait apparaître sur la ligne d'horizon derrière Philippe, derrière le tableau les voitures bleues avec les barres de gyrophares et les shérifs qui préparent leurs six-coups de chez Smith & Wesson et leur Remington 870 à pompe. Il baisse les yeux. C'est fini.

Rien, c'est fini.

Candice reprend le cours de son cours de théâtre.

Elle a décidé de faire travailler les élèves sur des scènes du *Bourgeois gentilhomme* de Molière, parce que c'est le 350e anniversaire de sa mort. C'est une pièce facile qui repose sur une suite de scènes drôles. Elle a laissé tomber les intrigues secondaires de mariages pour se concentrer sur les confrontations du Bourgeois avec ses différents maîtres, puis avec sa femme, puis avec l'ambassadeur du Grand Turc, et sur la cérémonie finale où il est intronisé « Mamamouchi ». Le rôle-titre est distribué à une brochette d'élèves qui se succèdent au fil des scènes, ce qui permet d'employer, avec des intermèdes musicaux et dansés, la vingtaine de secondes qui participent à cet atelier d'initiation au théâtre. Certains, qui ne jouent pas, fabriquent des décors rudimentaires faits de voiles et de drapés. D'autres sont chargés des chorégraphies et de la musique, essentiellement du rap.

Ce n'est pas dans la salle polyvalente en sous-sol, équipée d'une estrade qui tient lieu de scène, d'un écran qui tient lieu de décor et de lumières qui font la rampe, qu'elle donne ce cours, mais dans une salle assez grande qu'on lui a permis d'aménager un peu. Elle a poussé les tables comme on dit, c'est une expression mais c'est aussi une réalité, elle a poussé toutes les tables contre le mur du fond, collées les unes aux autres, sacs posés pêle-mêle dessus, chaises devant, sur deux rangées, pour ceux qui ne sont pas en train de présenter leurs scènes, le public en somme. De petits groupes d'élèves se récitent leurs textes à voix basse. Trois sont au tableau, d'une voix claire ils jouent la scène qu'ils ont apprise, texte en main, pour que la mémoire à ce stade ne soit pas un obstacle au jeu. Candice les aide, les replace, les touche, les imite, leur montre un geste, une intention, prend la place de l'un, de l'autre, leur fait échanger leurs rôles, et parfois elle s'assoit, réclame le silence, Allez-y, On vous écoute.

Mohamed est absent, pourtant il était là tout à l'heure avec le groupe de français, à l'atelier d'écriture. Elle veut le remplacer au pied levé par Sara, et au départ celle-ci accepte sans faire de difficulté, elle prend le texte que Candice lui tend et s'avance devant le tableau blanc pour jouer la scène. Certains élèves font remarquer que Mohamed jouait un personnage masculin. Le maître de philosophie.

C'est un sujet sensible, alors Candice explique calmement l'illusion théâtrale et la convention, le déguisement, le jeu, mais ça ne les convainc pas tout à fait. Elle dit, Par exemple, ça ne vous gêne pas qu'il soit noir, le Bourgeois. Ce n'est pas pareil. Quand même, dans une scène il est noir parce que c'est Boubacar qui le joue, et dans une autre il est devenu arabe parce que c'est Sofiane, et ça ne vous gêne pas. Mais ça vous gênerait si c'était Sara ou Zineb. Sofiane et Bouba, c'est des garçons tous les deux. Et puis ? Et Sara et Sofiane, c'est des Arabes tous les deux. Alors c'est quoi, le plus important ? Vous pouvez pas changer de sexe et vous pouvez changer de couleur ? En fait, vous savez, on change plus facilement de sexe que de couleur de peau aujourd'hui, alors je ne vois pas pourquoi Sara, elle pourrait pas. Changer de sexe, ce serait dommage. C'est Hamza qui a lancé ça comme une vanne et là, les choses glissent vers un truc qui échappe complètement à Candice. Ça va pas, eh, je suis pas une transsexuelle ou je sais pas quoi. Sara se dirige vers les rangs de chaises en disant cela, elle repose le texte, regarde Candice dans les yeux d'un air de défi. Il s'agit justement d'un déguisement. C'est pareil, je suis pas un travesti. Mais enfin, Sara, vous avez bien compris que ce n'est pas ça le problème.

Il reste quoi ? Cinq minutes. Et après, à 11 h 30, il y a AG en salle des profs. Tout le monde va lâcher ses élèves et, pendant une heure, ça va être un drôle de cirque à gérer pour les surveillantes.

Sara ne lui a jamais fait un coup comme ça. Elle est plus réfléchie d'habitude, plus discrète aussi. Candice ne comprend pas bien ce qui se passe. S'ils jouaient la scène, ça prendrait juste le temps qu'il faut. Je vais vous montrer, elle dit. Sara rentre la tête dans les épaules, sa frimousse et sa mauvaise humeur, elle garde tout ça dedans, regarde par la fenêtre ostensiblement. Le ciel est devenu bleu, de ces bleus clairs et métalliques des ciels d'hiver, transparents comme de la glace. Une nuée de pigeons plonge derrière le bâtiment D.

Et Candice fait le maître de philosophie. Elle essaie de retrouver une légèreté. De déclencher quelques sourires. Elle exagère l'articulation, les mimiques. A, O, U. Allongez les lèvres. La scène s'y prête. *Tout ce qui n'est point vers est prose, et tout ce qui n'est point prose est vers. Oh, la chose admirable que de savoir quelque chose.*

11:30

Parvis du lycée

Sara n'a pas lu son poème devant les autres ce matin. Elle l'a plié et l'a glissé dans son sac. A enchaîné sur un cours de maths et l'atelier théâtre où la prof lui a pris la tête, à vouloir qu'elle joue le personnage d'un autre qui n'était pas là. Pourquoi il n'était pas là, d'ailleurs ? Mohamed. C'est bizarre, un garçon qui écrit un poème d'amour. C'était quoi, son personnage ? Le maître de philosophie. Hors de question. De toute façon ça allait sonner.

Après la pause, elle a cours d'histoire-géo. C'est une matière où elle marche plutôt bien et qu'elle envisage de prendre en spécialité, l'an prochain, mais la plupart de ses copines détestent le prof, elles prétendent qu'il est misogyne. Il leur parle mal. Il dit : Si vous continuez à ne pas lire, vous allez être la première génération à être encore plus bête que ses parents. Genre, il critique les parents. Ce n'est pas ça, la misogynie, et ce n'est pas sûr qu'il soit misogyne, les copines ne sont pas toutes d'accord à ce propos, parce qu'il n'épargne pas les garçons non plus. Alors raciste, peut-être. Ça lui irait bien. La preuve, il est vieux, il a les cheveux gris. Il est mal rasé et mal coiffé, et ses cheveux bouclés lui font une tignasse plus ou moins emmêlée dans laquelle sa main gauche plonge en permanence comme s'il avait des poux, pendant que la droite menace : Vous n'êtes même pas fichus de vous engager collectivement, vous n'êtes bons qu'à consommer et à faire défiler les réseaux sociaux, comme des andouilles, là ! Et il mime le pouce qui scrolle, la bouche ouverte, limite il bave. Il est tout rouge quand il s'énerve. Prenez-vous en main, vous ne pouvez pas vous comporter juste comme une bande de victimes ! Les profs d'histoire-géo, ils voudraient toujours qu'on fasse la grève et des manifs.

Et voilà qu'il débarque dans la cour et vient la voir. Elle est près du châtaignier, comme d'habitude, là où il y a des bancs et une espèce de table en ciment, du côté du bâtiment B. Il dit : Vous préviendrez les autres. Il y a une assemblée générale. J'en ai parlé à mes élèves de terminale qui vont se mettre en grève cet après-midi. Bien sûr vous pouvez. C'est à cause des profs qui manquent, partout. Dites-le aux autres en tout cas, il n'y a pas cours à 11 h 30.

Des copines demandent si ça concerne aussi la prof d'espagnol, et il répond : Qu'est-ce que vous comprenez dans « assemblée générale », ça concerne tout le monde, même vous, vous devriez vous sentir concernées, mesdemoiselles. Tu vois qu'il est misogyne.

Sara et ses copines sortent du lycée avant que les grilles ne ferment. Sinon, dans ces cas-là, tu restes enfermée une heure, les pions ne veulent rien entendre. Les filles se retrouvent dans la rue, entre le S et le lycée, avec quelques centaines de gamins qui se dispersent vite. Beaucoup restent là, sur le parvis, dans l'espoir de faire un foot, ou simplement pour traîner, pour discuter ou par habitude. Il fait beau. C'est une de ces journées de janvier où le ciel est tellement bleu et l'air tellement froid qu'on a l'impression de manger un bonbon à la menthe rien qu'en regardant au loin.

Alors que Sara et ses copines sortent dans la rue, les pigeons du Chinois jettent une ombre sur le parvis du lycée en plongeant droit dessus, et tous les élèves lèvent les yeux vers le ciel en même temps. Les pigeons se redressent et gagnent en un clin d'œil des hauteurs inaccessibles, survolent le bâtiment D derrière lequel ils disparaissent de nouveau. Ils doivent être quelque part au-dessus de la cour à présent, infatigables et mystérieux. Putain de pigeons, d'où ils viennent ? Il doit y avoir un pigeonnier dans la baraque en face, mais on ne le voit pas. On ne voit rien derrière le portail, le grillage vert et les canisses, que la maison de parpaings sur un premier étage de pierre, rideaux toujours fermés, et les panneaux de bois au lettrage de plus en plus vintage, au-dessus de la porte : FFB Bondy, Aumônerie.

Les groupes se forment. Certains discutent de la grève. Le lycée pro de Bobigny est déjà en grève, Amir le sait par son grand frère qui est élève là-bas. Fermé depuis plusieurs jours. Il y a des grappes d'élèves tout le long de la rue, mais, devant le lycée, c'est une masse assez compacte qui occupe toute la chaussée. Un mouvement de foule agite soudain les lycéens lorsqu'une motocross fait gronder son moteur et fend finalement le groupe en roue arrière, enchaînant de petites accélérations dans un bruit de mitraillette. Les jeunes se répartissent sur les trottoirs devant le lycée et en face, il y a maintenant la place pour laisser passer le ballet des motos, qui ne s'arrêtent plus. C'est la bande de la cité du Potager, à l'ombre du S, les gars font savoir que le territoire est à eux. Ils ont des casquettes et des cache-cols en Néoprène, remontés jusqu'au nez, des sweats noirs aux couleurs de labels locaux comme le 140 Squad. Les plus sages et les plus jeunes parmi les lycéens ont rejoint le carrefour. Il y en a qui traînent encore un peu au bout de la rue, et les groupes se défont au fur et à mesure des arrivées des bus, dans toutes les directions. Devant le lycée, l'attroupement est plus clairsemé à présent, c'est un de ces moments de rien où il ne se passe plus grand-chose. Quelqu'un a tagué sur le mur du Chinois, à la bombe noire, en profitant du couvert de la foule tout à l'heure : Plutôt pigeon que poulet ! Et tout le monde rigole. Tout le monde croit savoir qui c'est. BendX.

On parle de Mahdi, de Bondy Nord et de la bagarre de ce matin. Un nom commence à circuler. Le policier serait un certain Florent B., et ce n'est pas tout à fait un inconnu. Certains disent qu'il travaille au comico du Raincy. On raconte qu'il a déjà traversé la vitre d'un mec d'un coup de poing, comme ça, pour le sortir de sa voiture au bout de son bras. C'était à Noisy, devant la gare. On le décrit comme une espèce de brute surnaturelle. On raconte que Mahdi a perdu un œil. On devrait faire une manif. On devrait profiter de la grève et faire une marche. On bloquerait la nationale. On devrait attaquer le commissariat. On raconte que son frère Adama. On raconte n'importe quoi. Mais peu à peu, l'excitation monte. Une voiture arrive, se gare en quinconce, le nez dans le portail du lycée, toutes les portières s'ouvrent et crachent le son. *Bondy c'est Compton, j'ai mis l'détaille dans la sacoche, et comme d'hab, grosse liasse dans la poche.* Il y a comme un climat d'effervescence qui est en train de prendre des allures de révolte dont la banlieue a le secret.

Sara reste en retrait. Sofia voudrait rentrer, faire un détour par la boulangerie, pourquoi pas ? Inès propose qu'on se pose chez elle. Ses parents ne sont pas là et elle habite en pavillon. Mais Sara hésite, Je vous retrouve, les filles. Allez, tu vas faire quoi ?

Elle ne sait pas trop. Elle voudrait qu'il se passe quelque chose, mais elle ne sait pas quoi. Il ne se passe jamais rien, ici. Elle fait la moue, promène son regard sur les voyous autour de la voiture, sur les garçons et les filles plus âgées qui discutent de la manif. Elle se sent prête pour n'importe quel événement, pour n'importe qui l'emmènerait loin d'ici.

Elle voit Mohamed s'approcher, sans comprendre vraiment que c'est vers elle qu'il avance. Il est en train de traverser la rue. Les mains dans les poches et la capuche relevée, le sac sur l'épaule, comme d'habitude, sa petite silhouette traverse la rue sans faire de bruit et Sara ne peut pas s'imaginer qu'il vient droit sur elle, mais il continue d'avancer et il est tout proche à présent, elle se dit que ce n'est pas possible qu'il ne l'ait pas vue. Et au moment où elle va le pousser pour le réveiller, Oh, je suis là, voilà qu'il se fige, qu'il lève les yeux vers elle. Ils sont peut-être à quarante centimètres l'un de l'autre.

Sara ? Petit signe de tête. Sara, tu sais, ce matin, le poème : c'était pour toi. Non, il ne peut pas dire un truc comme ça. Ça ne sort pas.

Sara, tu sais. Ce n'est même pas une question. Il rougit. Il sent qu'il a les joues qui chauffent. C'est pas possible d'être aussi con.

Putain, quoi ? Elle le regarde avec intensité, du fond de ses yeux, ni gris ni verts, ses yeux noirs. Des boucles de cheveux lui tombent sur le front. Son sweat-shirt large laisse voir une de ses clavicules et son cou malgré le froid. Il baisse les yeux. Il continue de se tenir là, devant elle, mais c'est déjà presque comme s'il était reparti. Ses yeux ont battu en retraite. Il parle à son sweat, au logo Carhartt sur sa poitrine, sans relever la tête. Et sa phrase se perd en murmure dans le brouhaha des autres. Quoi ?

Tu veux que je te raccompagne ?

Depuis quand tu me raccompagnes ? Eh, Mohamed, c'est pas parce qu'on a pris le bus une fois. Ça va pas la tête ?

J'avais cru comprendre. Tu sais, tu as liké mon snap. Le flic, de ce matin. Tu m'as même mis un commentaire, un cœur, tout ça. J'ai rappé un truc, tu vois, et je me suis dit. Et de nouveau, la fin se perd dans les bruits de conversations qui les entourent.

Sara a les yeux qui s'arrondissent sous les sourcils. Il a cru comprendre. Ils sont fous, les garçons. Quoi ? Parce que je t'ai mis un like ?

11:30

Je voulais. Enfin, te dire. Et ça ne sort pas. Ça ne peut pas, ça ne veut pas, ça ne sait pas sortir. Les yeux dans le Carhartt. Sara, tu sais je.

Va te faire, Mohamed, putain, va te faire foutre !

Il est devenu dingue, ce mec ?

Et elle se casse. Attendez-moi, les filles.

11:35

Je vis dans des bâtiments, comme au lycée,
Le A, le C, le D,
Il y a de longs couloirs et des ascenseurs,
Des cages d'escalier, des portes qui mènent à la cave,
Qui claquent dans le silence du matin,
Des bruits qui résonnent, au loin.
Lorsque je sors de l'immeuble il fait encore nuit,
Il fait froid et j'ai toujours cette drôle d'impression,
En passant, une sorte de frisson,
Il n'y a que quelques fenêtres allumées,
Comme dans un jeu, comme des cases d'un échiquier,
Elles clignotent, elles se réveillent,
Des cuisines blanches et des petites fenêtres de salles de bains surtout, la cage d'escalier aux larges carreaux de verre dépoli,
Elles se réveillent dans un grand silence,
Le reste de l'immeuble est encore dans la nuit,
Dans l'allée le réverbère grésille,
On dirait qu'il hésite,
Les bruits résonnent,
Une bouteille qui roule,

Une poubelle ou quelque chose qui tombe,
Des pas, des talons qui claquent et des baskets qui couinent, qui raclent,
Des pas qui viennent ou qui s'en vont, qu'on n'a pas vus,
Des voitures qui démarrent,
Sur le fond d'un immeuble tout noir
– On dirait qu'il est vide,
Comme si tous ces gens avaient disparu, subtilisés pendant leur sommeil.
Je pars avant qu'ils se réveillent.
Je ne les aime pas.
Je pars, sans me retourner, sans dire au revoir, inaperçue,
Je glisse le long du D, je le contourne jusqu'à la rue,
Jusqu'aux lumières, jusqu'aux maisons,
Les croisements dessinés dans la nuit par les lampadaires plantés aux coins des allées,
Comme un chemin d'île en île vers un autre quartier,
Leur lumière jaune orangé sur les bandes de stop, les bordures blanches des trottoirs,
Les portails qui brillent,
Leurs serrures métalliques, leurs grilles,
Au-dessus des murets de pierre,
Des maisons précieuses,
Silencieuses,
Leurs gueules de garage dans l'ombre et leurs fenêtres du premier qui clignent des yeux quand je passe devant,
Clignotent et s'allument en se réveillant,
Les pavillons,
Monstres gentils, chiens méchants,

Laissent voir leurs ombres, leurs silhouettes, rideaux de soie, volets de fer,
Leurs petits arbres dans la cour,
Leur muret, leur grille autour,
Et les marronniers devant, dans la rue,
Leurs carrés de gazon derrière,
Leurs toits pointus, leurs grands airs
– famille heureuse,
Leurs airs de tartines et de bols de chocolat,
Leur boulangerie au coin de la rue, face au square, derrière le gymnase, dans les allées, de plus en plus éclairées par les réverbères et les voitures qui passent, d'un quartier de plus en plus fréquenté,
Leur boulangerie et ses odeurs de croissants par la grosse grille d'aération du soupirail,
Ses odeurs écœurantes de beurre et de levure qui s'échappent, fermentées, acides, chaudes,
À vous tordre le bide,
Et c'est l'heure,
À mesure que je me rapproche du lycée,
De son aura de lumière comme un vaisseau spatial,
Atterri au bord de l'autoroute et du canal,
C'est l'heure de retrouver les sourires malgré le froid,
Malgré la nuit, le chemin, la solitude, malgré le petit matin,
Malgré ce temps de chien,
De loup,
En attendant, les sourires malgré tout.
Pourtant je ne les ai jamais aimés.
Un jour, je partirai.

11:40

Parking fumeurs

Paul attend en salle des profs la fin de l'atelier théâtre de Candice. Il est allé au parking fumeurs, une fois, à 11 heures, mais s'est aperçu qu'on ne peut pas sortir sans badge par la lourde grille qui ferme l'accès de l'établissement, sinon ça oblige à déranger le gardien par l'interphone et à expliquer qui on est, ainsi que les raisons de sa présence. Paul fait partie de ces gens qui détestent déranger qui que ce soit. Et puis, à l'extérieur, sans elle, il a l'impression de n'être pas tout à fait à sa place. Ce n'est pas sa ville, ce ne sont pas ses voisins, ses enfants, ses élèves, ce n'est pas sa vie, son combat, ce n'est pas sa place. Après tout c'est elle qui a proposé cet atelier à l'association, c'est elle qui l'a fait venir ici.

De toute façon, elle ne va plus tarder, se dit-il, et il se rend compte qu'il pense à elle comme s'ils se connaissaient. Il pense : Candice fait ci, Candice va venir ici, Candice est comme ça. Il a des avis. Sur ses cheveux, sur ses mains fines ornées de bagues fantaisie, même à l'index, sur les bracelets qui s'entrechoquent à ses poignets sans montre, puisqu'elle la dépose, à chaque début de cours, sur le bureau et qu'elle ne la consulte presque plus ensuite. Il a des avis sur ses coudes, sur ses épaules, ses clavicules et le creux qu'elles font, sur son cou dégagé, tendu. Il a des avis sur ses petits seins qui naissent dans l'ouverture fugitive de son chemisier blanc. Sur ses hanches et sur ses fesses, dans son jean pourtant ordinaire. Il a des avis sur ses cuisses qui ne se touchent pas quand elles bougent et donnent à la toile des courbes tendues. Sur ses lèvres inattendues.

Paul a toujours été comme ça. Rêveur. S'amusant du trouble. Sans désir réel. À quoi bon ? Il suffirait peut-être de l'écrire. Aurélie le lui avait assez reproché. Velléitaire, disait-elle. Fainéant. À quoi bon, c'est un truc de bon à rien, disait-elle. Tu ne peux pas plutôt nous pondre un truc qui marche ?

Elle a fini par s'en taper un qui court. Bonne chance.

Il redresse la tête. Croise son reflet dans la fenêtre. Tiens, ça faisait longtemps que je n'avais pas pensé à Aurélie, songe-t-il. C'est cette Candice qui me fait du bien.

Il suffirait d'écrire.

Oh, c'est absurde bien sûr. On ne peut pas se mettre à rêver de tous les gens qu'on croise. Mais Paul est comme ça. Un écrivain, c'est comme ça, peut-être. Quelqu'un qui rêve plus qu'il ne vit. Et c'est déjà plus que la plupart des gens.

Depuis 11 h 25 et les accords guimauve de la sonnerie, les profs arrivent dans la salle – où veux-tu qu'ils aillent –, et font la queue au distributeur de cafés dégueulasses. Pardon, oh, pardon ! Paul se lève pour permettre l'accès aux casiers qui bâillent derrière lui, remplis de feuilles et de vieux manuels, de copies, de pots à stylos Bic de toutes les couleurs. Il cherche une place, un endroit où il ne dérangera personne et d'où il la verra entrer. Il a déjà sorti une clope. Joue avec son briquet. Le cul sur le radiateur. Est-ce que c'est normal qu'il fasse froid comme ça dans cette salle ? Le seul radiateur qui chauffe est encombré de fringues de cyclistes, des tee-shirts, des gants, en train de sécher tant bien que mal.

Personne ne fait attention à lui.

On parle de choses qu'il ne comprend pas. C'est l'AG qui se prépare. Il est question de DHG, de volume d'HSE, d'ETP et de spé qui arrive en mars. De l'interpro d'hier à la Bourse du travail à Bobigny. Quelqu'un est allé au dépôt, ce matin. Des noms de gamins aussi. Il est toujours comme ça ? Ah oui, celui-là, je l'ai eu l'année dernière, qu'est-ce qu'il m'a fait chier !

Paul croit comprendre qu'il y a eu une sorte d'incident pendant qu'il était ici, mais lorsque Candice arrive, elle l'emporte loin de là, On a cinq minutes. Oui, Denis, je sais que c'est l'AG, mais là, tu vois, c'est plus fort que moi, faut que je fume. Sourire à pleines dents, elle l'attrape sous le bras, On y va, et cette fois c'est lui qui rougit, heureusement qu'il fait froid.

Elle accepte la cigarette qu'il lui tend et se la colle entre les dents, bien serrée, continuant à sourire et à lui parler tout en marchant vers la grille, puis elle s'arrête, sort son briquet, penche un peu la tête. Quand elle a fini d'inspirer et qu'elle coince la cigarette entre ses deux doigts tendus, ses lèvres font un petit bruit en se décollant, et la fumée hésite alors qu'elle ouvre grand la bouche et la fait disparaître d'un coup derrière sa langue, les yeux mi-clos. Elle la recrache avant d'avoir passé la grille et la surveillante le lui fait remarquer. Elle hausse les épaules, se retourne. Tend son briquet vers lui pour allumer sa clope, et il se rapproche d'elle, met les mains en coupe autour de ses mains à elle et de la flamme du briquet, penché vers elle, tout près, comme d'une vieille copine avec qui on partage tout un tas de gestes familiers, d'habitudes.

Putain, je suis en train de craquer complètement, se dit-il en lui rendant son sourire.

11:45

Nationale 3

Mo marche seul.

Le prof d'histoire-géo les a lâchés. Assemblée générale. Grève. Révolution. Le prof d'histoire se donne toujours des airs importants.

Il les a plantés là. Sara aussi. Elle n'a pas voulu qu'il la raccompagne.

Pire : elle l'a envoyé se faire voir. On ne pouvait pas être plus clair. Mo se trouve minable. Idiot. Maladroit. Laid, sans doute.

Dans les rues du quartier mal éclairées la nuit/
À l'aube aux doigts dorés sur le pont de Bondy/
Dans la cité au bord de la nationale 3/
Mo traîne ses remords comme on porte une croix./
Dans ses grands yeux qui brillent les feux sont des larmes/
Amant de pacotille, suicidé sans arme/
Roméo de banlieue tombé aux oubliettes/
Qui survit malheureux à la froide Juliette.

C'est quelque chose qu'il fait souvent, parler à mi-voix, chantonner, essayer de trouver des rimes. Marcher seul, aussi. Mo est parti le long de la nationale. Les mains dans les poches de son blouson de sport léger, poings fermés, le sac sur l'épaule, les écouteurs sous la capuche, branchés sur de l'électro sans paroles, un peu jazzy, un peu chill, chuchotée à l'oreille sur une ligne de basses arythmiques, syncopées comme une maladie de cœur. Il marche tranquillement, sans but. Si c'était un endroit agréable, le bord de la nationale, on pourrait croire qu'il flâne.

Il repense à la bagarre de ce matin, à l'œil poché de Mahdi, aux épaules du type qui l'avait amoché, qui roulaient sous son bombers. Il repense à la photo qu'il a envoyée sur Snap. Se demande si cela peut lui valoir des ennuis. Il n'a pas besoin de ça.

Il n'a pas envie de rentrer. A dit à sa mère qu'ils avaient une heure de trou, mais a prétendu qu'il en profitait pour manger dehors avec des copains, un grec ou comme ça. Il prend la direction du Darty géant annoncé par des panneaux qui surplombent la route. Un peu au hasard. Un peu par habitude.

Le trottoir n'en est pas tout à fait un. Trop étroit, envahi d'herbes et de terre boueuse en hiver. En sens inverse, les trois-voies sont cachées par un terre-plein central, une sorte de friche, de vaste no man's land sec et caillouteux dans lequel, aérienne et molle, vient s'échouer doucement la bretelle de sortie d'autoroute qui continue de courir ensuite entre les deux moitiés de la nationale, cependant que dans l'autre sens, vers Paris, c'est elle, la nationale, qui enjambe le départ de bretelle qui rejoint l'A3, trente mètres au-dessus du carrefour. C'est une sorte d'échangeur géant, au bord de la ville, un enchevêtrement de voies. Ce n'est pas fait pour les piétons, ce genre d'endroit, mais ça ne veut pas dire que ça n'a pas sa poésie. Mo regarde autour de lui.

Il dépasse le terrain vague, enfin cette espèce de parking étrange, entre le camp de Gitans déserté et la casse automobile, il n'aime pas cet endroit où l'on aperçoit le soir des ombres furtives, peut-être des trafics, argent contre désespoir, entre deux veines, entre deux voitures, des ombres qui se croisent dans des rayons de lune et s'échangent contre argent liquide tout ce que la misère peut vendre, des corps au vent et des âmes au diable.

Un peu plus loin, il rejoint le canal face à la cimenterie blanche de poussière, de cailloux, de pistes tracées par le passage des camions. Il va s'y promener parfois. Les ouvriers l'engueulent, le chassent, le poursuivent. C'est un jeu comme un autre. Un univers intéressant. Les grillages, les panneaux, éclairs et têtes de mort, danger, travaux, danger, propriété privée, les caméras. Il paraît que les entreprises de sécurité qui les installent proposent en option la reconnaissance faciale et l'accès à des bases de données dérégulées. Technologie chinoise. Mo a lu ça dans un journal qu'il consulte de temps en temps au CDI du lycée. Alors qu'il passe derrière de grands entrepôts, la cimenterie disparaît, occultée, comme toute l'autre rive et le canal aussi, par des murs et des camions, des remorques abandonnées, des containers échoués là, des empilements de caisses et des poubelles. Aucune indication d'entreprise. La zone.

Un restaurant improbable mais sûrement pas cher où il n'a jamais vu entrer personne offre sa vitrine de néons et de fleurs en plastique, Le Tic-Tac Joe ou quelque chose comme ça. Mo imagine des serveuses en patins à roulettes, habillées de minijupes et de chemisiers croisés, petits tabliers, couleurs vives, mais il les imagine chinoises, trop maquillées, un peu replètes et boudinées dans leur tenue de cheerleadeuse. Une sorte de rêve américain qui aurait mal tourné. Un *cauchemar climatisé*.

Mo a dans la tête, entre ceux de David Lynch et de John Carpenter, des films déjà cultes qui ne sont pas encore tournés.

Et puis, en lettres noires sur fond rouge et blanc, le Darty géant se profile, annoncé par des panneaux publicitaires, alors qu'à droite le terre-plein s'amenuise, la nationale rencontrant les bretelles d'accès à l'autoroute dans un sens et dans l'autre, le temps de former, sur quelques centaines de mètres, une sorte de monstrueux plateau de bitume à deux fois six voies au moins. Sous la rampe qui finit d'atterrir, un parking sauvage. Et tout cet univers hurle autour de lui, des cris de moteurs et des klaxons. Son trottoir qui n'en est pas tout à fait un est de plus en plus étroit. Terre poussiéreuse et increvables pissenlits. Avant le Darty, en bleu et jaune, un Castorama gigantesque lui aussi, comme si la banlieue, c'était habité par des géants, le sous-sol aménagé en parking. Ça fait comme une rue à traverser, ou plutôt deux, l'entrée, la sortie.

Le magasin de bricolage est suivi de plusieurs concessions automobiles, et Mo se dit que c'est paradoxal, d'avoir installé des concessions dans un endroit où on ne peut accéder quasiment qu'en voiture. Où vont les gens pour acheter leur première voiture ?

En bas de chez lui et un peu plus loin, dans la zone du marché où il y a davantage de cinq-étages, les parkings explosent. Le week-end, il n'y a plus une place pour se garer. Entre les voitures des parents, qui en ont deux si le père est artisan, celle de la grande sœur qui a trouvé du boulot à Roissy ou au Bourget, celle du fils qui est VTC, qu'on met dans le garage pour des questions d'assurances, ça en fait vite trois ou quatre par appartement. C'était pas prévu comme ça.

Ça doit marcher, concessionnaire. SUV et bolides coupés derrière la vitrine, berlines grande classe, vitres passagers fumées, intérieur cuir et tous les gadgets connectés. Enceintes de grandes marques de hi-fi. Écran tactile sur le tableau de bord, façon Tesla. Dans la boutique au sol de résine teintée dans la masse, lisse et brillante à faire crier de plaisir les pneus même au ralenti, le défilé des modèles de la marque s'exhibe dans des couleurs exotiques de fruits qui n'existent qu'en bonbons. Les prix ne sont indiqués, sur de petites affichettes, que par mois, tels des loyers, à travers le prêt sur dix ans accordé par le constructeur lui-même qui file l'argent pour acheter sa caisse. Plusieurs astérisques renvoient à des mises en garde légales que personne ne lit. C'est le symbole du glissement de la société industrielle à la société de consommation, avait prévenu la prof d'initiation à l'économie : Il ne s'agit plus de faire, mais de vendre. Ce sont les Chinois qui font.

De l'autre côté de la route, des soldeurs de chaussures et de vêtements sans marques alignent leurs entrepôts transformés en magasins minimalistes, deuxième circuit, invendus et surplus, fins de stock, fonds de containers. Mo déteste ces magasins où sa mère le traîne avant chaque rentrée scolaire, pour l'équiper, comme elle dit, de pied en cap. Qu'est-ce que ça veut dire, de pied en cap ? Elle prétend que les fringues sont les mêmes qu'ailleurs, mais c'est bien évident que si elles atterrissent là, c'est que personne n'en a voulu ailleurs. Les caisses sont tout juste déballées sous les rayonnages, pointures et tailles selon l'arrivage. Les couleurs sont laides et les coupes font pauvre. Mo grimace en les voyant.

Mo arrive enfin devant le Darty géant, un des plus vastes de la région parisienne. Il entre. Il aime bien y flâner de temps en temps. Celui-là aussi, il est conçu pour qu'on s'y rende en voiture. Il est sur un seul niveau, vraiment gigantesque. L'électroménager, la photo, les téléphones, les ordinateurs et les gadgets, le son, les casques, les enceintes et les chaînes hi-fi, les tablettes, les mixeurs et les friteuses, nom de Dieu, c'est une arche de Noé des objets, ce magasin. Ils sont venus se réfugier là. On peut le visiter un peu comme un musée. Il n'y a jamais personne.

Un vieux vendeur moustachu qui s'appelle Serge tient la boutique comme si c'était une épicerie de quartier. Son collègue s'occupe du drive-in et lui, il erre dans le magasin pendant des heures. Plus personne n'achète ce genre de matériel ailleurs que sur Internet. Serge a fini par arrêter d'interroger Mo quand il le voit, avec un regard suspicieux comme font les adultes, un sourcil exagérément levé. Ils ont même sympathisé tous les deux. À la manière d'un vieux vendeur moustachu et d'un petit gars des quartiers nord.

Alors, qu'est-ce que tu viens encore traîner aujourd'hui ? Tu rêves de voler quoi ? Le Samsung, là, celui qui se plie en deux. C'est pour ça qu'il vaut un smic ? Ils observent une bonne seconde de silence réglementaire, comme s'ils envisageaient sérieusement la chose, puis ils rigolent tous les deux. Serge tend la main pour que Mo tape dedans. Les vieux adorent les checks. Il fait plus chaud ici que dehors, hein ? Mais il n'y a pas de fenêtres. Il fait beau, aujourd'hui ? Le vieux a des yeux qui vont tomber si ça continue, ils sont au milieu de ses joues et ils penchent dangereusement vers les coins. Il lui sourit. C'est bientôt midi. Je vais prendre ma pause.

Il mange un sandwich mou, assis par terre, derrière le magasin, sur un talus en terre qui donne sur le canal. On nous a fait une salle de repos, qu'ils appellent ça, mais c'est comme le magasin, elle n'a pas de fenêtres, alors je préfère venir ici. Il a pris, en passant, un Coca pour Mo au distributeur de la salle de repos, où il a laissé son gilet rouge et blanc et attrapé son blouson.

Quoi de neuf ?

Je lui ai dit. Enfin je ne lui ai pas dit, mais c'est pareil. Je lui ai écrit un poème. Tu déconnes. Tu lui as donné ? Je l'ai lu devant tout le monde. Tu déconnes. Ça a été le plus gros échec de toute ma vie. Elle me calcule même plus. C'est fantastique ! Là c'est toi qui déconnes, Sergio. Moi, à sa place, je t'aurais trouvé génial. Serge, tu entends ce que je te dis ? Elle ne m'aime pas, elle ne m'aimera jamais. Elle sait à peine comment je m'appelle, tu vois. Et moi, avec tous vos conseils à la con, à toi et à ma prof de français, tous vos trucs de Faut dire les choses, et puis Faut croire aux sentiments, et Faut se faire confiance, Faut s'exprimer, Faut que ça sorte, non mais vous ne vous rendez pas compte du bordel que je me suis mis dans la tête à cause de vous. Croire en ses rêves et tout ça. Mais moi, en l'écrivant ce poème, ce matin, j'y croyais tu vois. Moi, je suis vraiment tombé amoureux d'elle, à force. Je me demande même si, de l'écrire, ça rend pas les choses plus réelles, en fin de compte. Serge ? Le vieux hoche la tête sans se tourner vers Mo, le menton vers le canal, les yeux dans le sandwich. Je sais, c'est le plus dur. Faudrait pas tomber amoureux. Mais je vais pas te mentir, petit. Il y a que ça d'intéressant. Tu peux y passer toute ta vie.

Merde. Mo sait très bien que Serge est célibataire. Sa femme est partie il y a quelques années avec son meilleur pote. Il traversait alors une période difficile, c'est comme ça qu'il dit. Au chômage depuis longtemps et tout ça. Je ne peux pas lui en vouloir. J'étais vraiment chiant, dit-il. Et, ironiquement, c'est quand j'ai trouvé cette place chez Darty qu'elle est partie, Sandrine. Mo a déjà entendu l'histoire.

Ça le déprime encore plus aujourd'hui.

De l'autre côté du canal, sur la gauche, vers le pont d'Aulnay et les abattoirs de volaille, il y a comme un énorme embouteillage et des klaxons qui hurlent de façon de plus en plus répétée. On dirait aussi qu'on entend une sorte de rumeur, mais on ne distingue pas clairement de quoi il s'agit d'ici, et Mo a beau mettre ses mains en visière, ça ne suffit pas. Il se lève. Salut, Serge. Va pas te foutre dans le canal, hein, ça vaut pas le coup. Mo hausse les épaules. Il n'a pas regardé son portable depuis le cours de français, mais ça s'énerve pas mal à présent sur les réseaux. Son nom revient plusieurs fois, sous toutes ses formes, Mo, Momo, Mohamed. Celui qui a balancé la première photo. Celui qui a reconnu le flic. On l'accompagne de commentaires, d'icônes de flammes et de visages en colère. Il est devenu depuis ce matin une sorte de célébrité locale. Comme s'il faisait partie du groupe, et pour une fois personne ne se moque de lui. Ce n'est plus Mohamed, le bon élève, mal habillé, apprécié par les profs. C'est Momo de Bondy Nord, du clan, Momo de la tess, pour une fois dans le bon camp. Momo, le héros.

Le vieux mord dans son sandwich mou, ne cherche pas à le réconforter alors qu'il s'éloigne. Son regard se perd dans l'eau froide et noire comme un poison.

Les chagrins d'amour, il n'y a pas pire.

12:00

Bondy Nord

Mahdi n'a pas filé voir la CPE, pas tout de suite. Il a appelé, Je reviens pour la cantine, Oui, m'dame, je passerai au bureau. De toute façon, à 11 h 30 ça n'aurait servi à rien, Il y a AG, elle a dit. Mahdi s'est demandé une demi-seconde si c'était à cause de son histoire de bagarre.

En fin de matinée, il se fait une assez bonne idée de l'identité du type qui l'a agressé ce matin, et qui n'est autre qu'un certain Florent B., policier. Brigadier. Carrure de boxeur, épaules larges et torse taillé en trapèze sur des cannes minces et souples comme des spaghettis. Des petits pieds qui sautillent. L'énergumène ne passe pas inaperçu avec son bombers et sa coupe de skinhead. Il fait partie de la BAC du Raincy, qui sillonne les quartiers de Villemomble à Bondy, en passant par Montfermeil et Noisy, en patrouille toute la journée, à la recherche de flagrants délits de petits larcins et de deals, pas de procédure, pas d'enquête, on t'a vu on t'embarque, affaire résolue sans même qu'il y ait eu de plainte, ça c'est du chiffre, la BAC appelée de temps en temps quand il faut des gros bras pour rentrer dans une cité, façon GIGN du pauvre. Le Florent, il a une sacrée réputation chez les cow-boys.

Ça fait une heure qu'Adama, le frère de Mahdi, a envoyé la photo du flic sur les réseaux, et les choses sont allées très vite. On dit que sur Facebook les vieux sont toujours à moins de six amis d'une personne connue, n'importe laquelle, une actrice d'Hollywood, le président de la République. Mais ces gens-là ne peuvent pas vraiment résoudre tes problèmes. À Bondy, tu es toujours à moins de trois clics d'un vrai patron, et il va vraiment faire quelque chose si ta cause est juste. Les infos défilent sur son téléphone, dans les commentaires et sur les différents fils de discussion qu'Adama a entamés avec quelques voisins choisis qu'il connaît depuis longtemps. Ça lui dit quelque chose cette tête-là, à ton frère ? J'ai entendu qu'il lui avait mis une golden. On va lui niquer sa race. Et, peu à peu, les informations plus utiles tombent, son nom, le commissariat où il bosse, et les affaires dans lesquelles il a déjà été. Les types avec qui il s'est tapé, et il y en a plein.

Il m'a dit, Il fait moins le malin, Jackie Chan. Les témoignages affluent. Il a demandé à son collègue de fermer la porte. Je jure wallah on m'a jamais défoncé la tête comme ça. Les rumeurs vont bon train, ce type est une légende. Il a un poing américain dans la poche, il m'a éclaté l'arcade. Les témoignages sont accablants. Il m'a dit, Tu veux jouer du pieds-poings avec moi. Ce mec ma parole il se prend pour Batman. Ses collègues, ils l'appellent Flo. Ses collègues, ils l'appellent Skoll, comme la bière. Les témoignages sont affligeants.

Adama trouve même des articles sur lui. Le mec est célèbre. A déjà fait l'objet d'une enquête. De plaintes. Trois fois.

Il fait partie des enfoirés qui sont dans le business de l'outrage.

C'est une affaire qui marche. Adama connaît la combine. Ici, tout le monde connaît la combine. Quand ils manquent de flags, quand ils manquent de chiffres, les gars de la BAC contrôlent à tour de bras, des jeunes comme ça, au hasard, qui marchent par deux ou trois, une fois, deux fois, dix fois par jour, les mêmes petits lascars, du vrai harcèlement de rue, plaqués contre le mur, et ils les tutoient. Vous devez me respecter, m'sieur. Tu vas voir. Une clé de bras, le tonfa sur les omoplates. Ils insultent. Le ton monte. Ils donnent des tapes, des taloches, des baffes, et ça dérape. Étranglement, les coups qui pleuvent, les menottes. Tu te retrouves en gard'av. Encore une affaire de résolue. Mais cette fois, les flics portent plainte. Outrage, violences. Les pourris comme Florent se constituent partie civile. Au procès, c'est pas rare que tu sois condamné à leur verser trois cents balles, cinq cents balles. De quoi arrondir leurs fins de mois.

Florent B., du commissariat du Raincy, il a été dans vingt-quatre affaires d'outrages. De l'avis des copains, c'était une vraie pourriture.

Les histoires surgissent sur les fils de discussion, les snaps et les skyblogs. Tout remonte à la surface. Ça fait dix ans qu'il est là. Les récits et les invectives se recoupent et s'enchaînent dans la confusion. On mélange ce qui date de plusieurs années avec ce qui vient d'arriver à Mahdi. On a vite l'impression que le Florent, il vient de déclarer la guerre à tout Bondy Nord. En plus, il est du comico du Raincy et tout le monde les déteste. Dix ans. Des histoires, il y en a plein.

Même des trucs qui n'ont rien à voir commencent à apparaître au fil des rebonds sur le réseau d'Adama, en boucle. L'histoire des Roms qui volaient des enfants dans une camionnette blanche et qu'on n'a pas retrouvés. La police ne voulait rien faire. C'était il y a trois mois. On a organisé des chasses aux Roms et des expéditions sur le bord du canal, mais les flics sont arrivés pour les défendre et il y a eu des affrontements. On se souvient de la rafle du Nouvel An. Les baqueux ont embarqué des gamins qui tiraient des feux d'artifice. Ils ont appelé ça des mortiers, des tirs tendus de mortiers ils ont dit au procès, comme si c'était la guerre. On se souvient de la surveillance de tous les jours. Des contrôles. Des arrestations arbitraires. Du harcèlement des points de deal. Du Marché en flammes, cet hiver. Et d'une école à Saint-Denis. Un collège à Sevran. On se souvient de la colère, et la colère monte.

C'est un truc dont la banlieue a le génie. Peut-être que c'est une question d'entraide.

On est avec toi, Adama. Force. 9-3, le bendo. Le Carré. Le Marché. Avec toi. Noue-Caillet en force. Potager. Merisiers. Léo-Lagrange. Le pro, en grève. 140 en force. 9-3 140, c'est le code postal de Bondy. Nordibon.

Je retourne au lycée, sinon la CPE va me faire la misère. Mahdi dit ça à son frère, qui hausse les épaules, les yeux rivés sur son téléphone. Il voit le bruit grossir. Il voit l'affaire qui prend des proportions qu'il n'avait pas imaginées. Vas-y mon reuf et surveille tes arrières. Pas de délire, hein. T'inquiète, frérot, tu peux égorger tes poulets tranquille.

Mais pendant que Mahdi retourne au lycée, Adama descend retrouver les copains qui n'ont pas bougé, en bas des blocs, les copains d'enfance et les voisins, et des gars qu'il ne connaissait pas, qui regardent l'œil de son frère sur son téléphone portable avec considération, l'air de dire, C'est donc vrai, on y va. On y va où ? Il ne le sait pas lui-même, Adama, mais il se sent plus fort. Il a choisi son camp, son rôle. C'est un boulot, grand frère. Il serre les dents, fait pas de grands discours, il marche. Ils sont bientôt vingt, trente. Il transforme le fil de ses conversations en itinéraire. On passe prendre Malik et David à la Noue, puis Driss, Adel, Farid, on enchaîne les rues, Albert-Camus, Jean-Moulin, Lucie-Aubrac, Rol-Tanguy et Suzanne-Buisson, ils sont tous là, ils sont bientôt cinquante – fallait pas donner des noms de résistants à toutes ces rues de Bondy Nord.

Jean-Zay, le collège du ter-ter.

L'hôpital. Le pont, derrière Darty. Le lycée pro a débrayé. Ils sont cent, dans la rue. Peut-être plus. Ils commencent à être difficiles à compter, à contenir, à canaliser. Ils débordent sur la nationale.

On envoie une voiture de patrouille blanche avec les bandes Police et le gyrophare, mais elle est obligée de garder ses distances avec cette foule qui menace de la charger. Les réseaux crépitent. La voiture recule encore, fait demi-tour, disparaît. Les réseaux hurlent à présent.

Adama est au milieu de la foule, il a retrouvé ses vieux copains et tous ils n'en croient pas leurs yeux. Il y a tout un tas de mecs qui se sont déjà équipés. Cagoules ou masques de moto, casquettes, vestes de sport à cache-col, capuches. Des gars plus âgés, comment ont-ils su ? Ils ont des barres de fer ou des battes. Ils avancent dans la foule en bombant le torse, en frappant le sol, bruit de dingue et étincelles, en gueulant des ordres autour d'eux, On y va, on y va, on y va.

On y va où ? La foule, comme un banc de poissons-pilotes, souple et titubante, épouse la forme des rues, des immeubles, des ponts. Elle repasse un temps à Bondy Nord et sort des radars.

12:20

Salle des profs

L'assemblée générale n'a aucun rapport avec toute cette histoire de bagarre. Il y a des enchaînements sans lien qui ont parfois plus de poids que les causes.

En l'occurrence, le sujet est aux conditions de travail, aux salaires, aux remplacements des collègues et à la titularisation des remplaçants. Plus personne ne veut faire ce boulot, voilà le problème. Quelques lycées du département le plus pauvre de France ont entamé l'année en grève, et cela donne des idées aux syndicats. On prévoit un mouvement, le jeudi suivant, dans toute l'académie. Les syndicats ont déposé des préavis. La défense des statuts, des acquis des luttes et l'opposition aux réformes en cours, quelles qu'elles soient, ajoutent comme toujours leurs jokers à l'ordre du jour.

Les profs doivent être une trentaine, peut-être un peu plus, à participer, ce qui est un score tout à fait honorable. Avec treize classes en seconde, en première et en terminale, il ne peut guère y avoir plus de quarante enseignants occupés en même temps, sur les cent cinquante-sept que compte le lycée. Bien sûr, il y a aussi ceux qui sont là mais ne travaillent pas à cette heure. Quelques profs du collège, parmi les plus impliqués, sont également venus pour faire nombre mais il leur est plus difficile d'abandonner leurs classes à des jeux de béton dans la cour. Un peu plus d'une trentaine de profs sont donc là. La plupart par conviction. Ils ont prévenu leurs élèves à l'avance, en leur expliquant les revendications des syndicats et les enjeux de la grève, quitte à sortir un peu de leur fameux devoir de réserve. D'autres se sont contentés de laisser les élèves tirer leurs propres conclusions en arrivant dix minutes en retard devant la porte de leur classe. Aux trois gamines qui restent là quoi qu'il arrive, et qui seraient sans doute restées même en cas de tremblement de terre, ils ont dit en haussant les épaules, On ne va quand même pas faire cours pour trois élèves. Vous avez besoin que je vous ouvre la grille ? Vous attendez la cantine ici, bon, c'est entendu. Ils sont repartis vers le bâtiment A sans réelle envie de suivre les débats d'une assemblée générale, mais convaincus tout de même que c'est une bonne occasion de ne pas faire cours. Certains sont carrément rentrés chez eux en douce.

Quelques-uns ont fait cours quand même. N'ont pas été informés, c'est ce qu'ils diront ensuite, ou n'ont pas su comment s'organiser, ou n'ont pas su comment le dire aux élèves. Quelques-uns sont contre, par principe. Contre les syndicats, les grèves, les revendications qui ne sont jamais écoutées, les luttes et la politique, surtout de gauche. Ils sont sans doute aussi contre les profs, tout simplement. Ils pensent que s'ils réussissent à être de droite, libéraux et capitalistes, ça fera d'eux des gens positifs et des gagnants, ça suffira à les classer dans le camp des vainqueurs, alors que tous ces profs de gauche qui se prennent pour des victimes se paupérisent comme des traîne-savates. Bien fait pour eux. C'est une sorte de méthode Coué.

Dans l'ancienne salle des profs fumeurs, le club Tupperware des profs en surpoids fait tourner le micro-ondes à fond.

Dans la salle des profs, à côté, les tables ont été repoussées pour ménager une sorte de cercle, d'arène centrale où vont se succéder les orateurs.

À 11 h 40, tout le monde a pris son quatrième café de la journée, la machine ne va plus ronfler et couiner davantage. Les profs attendent que ça commence, debout, assis sur des chaises et, parfois, sur un coin de table. Ils se regardent en chiens de faïence. Il y a une écrasante majorité de femmes. Certaines parlent à voix basse avec leur voisine. On a fermé la porte de séparation avec la salle Tupperware, qui continue de commenter les mérites du boulgour avec insouciance, pendant que le vaisseau coule. Denis s'éclaircit la voix.

Avant qu'il ne se lance, Candice l'interrompt d'un geste de la main, deux pas en avant vers le centre de l'arène. Avant que l'AG démarre, je voulais vous présenter Paul. Il est écrivain et il passe la journée avec nous, sur le lycée. Il anime des ateliers d'écriture, ce trimestre. Il va revenir assez souvent et vous allez avoir l'occasion de mieux le connaître, mais là, c'est son premier jour. Voilà, je voulais pas que sa présence vous gêne.

Paul s'avance à son tour et tout le monde le dévisage, de la tête aux pieds. Certains échangent quelques mots à voix basse. Certains regardent ailleurs, parce qu'il leur a suffi d'un coup d'œil. Les boots bleues et les cheveux mi-longs, je vois le genre. Les amis de Candice qui l'ont déjà rencontré à la pause clope-café-récré-caca-photocopieuse de 10 h 20 lui sourient. Philippe lui adresse un clin d'œil qui le réconforte un peu. Comme l'a dit Candice, je suis écrivain. Ne vous inquiétez pas, je ne vais pas écrire un roman sur vous. Paul sourit maladroitement. Ne jamais sourire à ses propres blagues. Je viens animer des ateliers. Je crois que Candice a déjà fait circuler le projet, et l'emploi du temps est pas mal chargé aujourd'hui, en effet, je vais voir plusieurs classes et tout. J'anime des ateliers d'écriture, et d'ailleurs si ça vous intéresse pour une de vos classes on pourra en parler après si vous voulez. Je fais ça aussi dans des maisons d'arrêt parfois, et puis pour des étudiants. Je suis très content d'être là. Paul ne sait plus trop quoi dire. Je trouve que vous faites un boulot incroyable. Merde, non, pas ça. Ma mère était prof. Non, non, non. Et pourquoi pas : elle aimait Mozart et Sardou, mais vous inquiétez pas, je suis plutôt Clash et Bashung ? Bon, ben voilà, si ça vous dérange que je reste, vraiment, je peux sortir, je comprendrais très bien, mais enfin je voulais vous dire que je suis avec vous. Je veux dire, je pense que c'est important, ce que vous faites et, à mon échelle, dans mon boulot, eh bien j'essaie d'apporter ma contribution, quoi. Candice reprend la parole. En tout cas, Paul est ici parce qu'il passe la journée avec nous, en tant que simple observateur. Il ne participera pas aux débats. Si quelqu'un préfère qu'il s'en aille… Elle laisse la fin de sa phrase en suspens, sans y mettre cependant de point d'interrogation. Une AG obéit à certaines règles codifiées, mais ce n'est quand même pas un conseil de guerre.

Denis s'avance et tape sur l'épaule de l'écrivain, une forme d'adoubement. Tu peux rester. Pendant que Paul et Candice retournent s'asseoir côte à côte sur le bord d'une table, non loin, Denis reprend la parole.

Je voudrais commencer en faisant le point sur nos propres besoins, parce que je crois qu'on a tous le nez dans le guidon depuis la rentrée et qu'on ne se rend pas bien compte de tout ce qui ne va pas. Il manque encore deux collègues en anglais. Un en histoire-géo et un en éco, qui avait des groupes de spécialité pour le bac. Un en français, je crois… Tu confirmes. On n'a toujours pas récupéré le demi-poste de CPE, ce qui fait que certaines classes n'en ont pas non plus. Les surveillants, bien sûr. Enfin bref, dit-il, voilà le tableau, j'ai fait le calcul : on a 15 % d'heures qui sont absorbées par les heures supplémentaires, et 15 à 20 % de collègues vacataires qui sont recrutés en cours de route en fonction des besoins, sur des heures qui ne sont donc pas transformées en postes réels. Ça fait quand même un tiers, pas loin. Un tiers des heures, un tiers des cours. On en est là. Un tiers du boulot qui est fait dans ce bahut ne l'est pas par des professeurs fonctionnaires de l'Éduc, dans des conditions normales. Dès que quelqu'un tombe malade, on n'y arrive plus.

Le problème, c'est que plus personne ne veut faire ce boulot. Celle qui vient d'interrompre Denis se lève et fait un pas vers l'arène, comme de coutume. C'est Claire, une des deux documentalistes dont les cheveux courts, les lunettes et le ton sec s'accordent avec un tee-shirt des Sex Pistols, une minijupe et des docs jaunes sur un collant vert. Comme elle fait partie de la cellule syndiquée qui se réunit de temps en temps en D212 avec des chips et du cidre, elle a le droit d'interrompre Denis. Les autres n'osent pas trop parler. Les AG ressemblent souvent à des réunions syndicales. Cette année, au capes de maths, il y avait moins de candidats que de postes, dit-elle. La pénurie touche aussi les lettres, l'histoire et l'anglais de façon alarmante. Plus personne ne veut être prof. C'est un problème de salaire. De toute façon ils veulent notre peau, lance sa collègue du CDI en jogging, qui ne se lève pas, qui ne se lève presque jamais, plus timide ou plus déprimée. Ils ont tout fait pour.

Denis essaie de revenir à ses histoires de dotation horaire globale, le nombre d'heures données au bahut par le rectorat, qui détermine tous les arbitrages, les dédoublements de groupes, les options, les heures sup., les structures de classes, dans ce lycée-là on va faire du latin, de l'allemand et des maths, dans celui-ci peu à peu on va glisser vers le lycée technique, mais c'est un problème compliqué et personne ne comprend bien comment ça marche. De sa voix de cantatrice, Chantal la coordo de français, qui a enlevé sa parka et son écharpe violette, assure que ce sont, comme toujours, les élèves qui paient les pots cassés, qu'en français, par exemple, un élève de 2022 a perdu un an d'enseignement par rapport à un élève de 1992, quand elle-même a passé son bac. Un an ! Elle agite le doigt en l'air pour que tout le monde le voie bien.

Il paraît que l'an prochain nos STG passent à trente-cinq élèves.

La prof de gestion qui vient de parler ne connaît pas bien les usages de l'AG. Tout le monde se tourne vers elle. On ne connaît pas son prénom. Elle fait partie de ces vacataires qu'on a embauchés en début d'année et qu'on larguera en juin. Elle a sans doute une licence de gestion, ou d'éco. Elle est à la fois le problème et la solution. Elle sourit. Ce qu'elle vient de dire fait peur à tout le monde. Denis reprend la main.

Si on rejoint le mouvement jeudi, faut pas rêver, on ne va pas obtenir gain de cause ou changer quoi que ce soit, mais on peut aider à lancer un mouvement que les syndicats ont du mal à initier depuis les grandes grèves sur la réforme. Tout le monde acquiesce, tout le monde s'en souvient. Trois mois de grève, des pertes de salaire conséquentes, un boycott des notes aux examens, du jamais-vu, et puis rien. Ils ont eu la peau du baccalauréat. C'est vrai qu'on s'est bien ramassés. Les collègues qui se sont mis en grève dans le 93 ont démarré quelque chose, et il faut qu'on les suive pour forcer les syndicats à passer à l'offensive, ça ne peut plus repartir que de la base.

Avec un peu de chance, on peut avoir les parents avec nous, ajoute-t-il. Même si ce n'est pas facile. Les parents, ils ont aussi leurs problèmes.

Mais la contestation rampe dans les murmures au fond de la salle. On va encore faire une manif juste pour se compter. Perdre une journée de travail et leur faire faire des économies. C'est encore l'académie à 21 points qui s'y colle. Candice explique à Paul, en se penchant vers lui, que l'académie à 21 points est une expression pour désigner l'académie de Créteil, qui est la moins chère, celle où tout le monde débute avec les 21 points que l'administration donne la première année pour effectuer sa mutation, trouver son premier poste. Ça veut dire l'académie qui vaut zéro, dit-elle en souriant. À côté d'eux, Philippe se lève, va reprendre un café. La machine renâcle et tremble et vrombit comme si elle allait décoller, tandis que Denis tente de crier plus fort qu'elle. Il évoque l'état des bâtiments, la fuite d'eau par le toit du E, le préfabriqué au milieu de la cour, qui a fait un gros trou au-dessus du bureau, en 103, et déclenché avant Noël un court-circuit qui a failli griller le prof de philo, Loïc, qui n'est pas là malheureusement pour nous raconter la scène. L'accès à Internet qui saute. Le Wi-Fi qui devait être installé il y a trois ans. Le local à vélos, idem. Les photocopieuses qui tombent en panne à tour de rôle. D'ailleurs vous avez sûrement remarqué ce matin. Ça ne va pas tenir la journée. Et en effet, Sarah a raison, les STG qui vont passer à trente-cinq. Il s'est souvenu de son prénom. Et finalement, Louise explose.

C'est une vieille prof de physique qui ne quitte pas sa blouse, des feutres rouges dépassent de sa poche, et des cheveux jaunes, fins et frisés comme on en faisait à la campagne, tombent sur ses épaules façon Beetlejuice. Elle vient de Bretagne et elle y retournera sans doute finir sa carrière. Elle doit mesurer à peu près un mètre cinquante, mais elle a du coffre et elle donne de la voix avec assurance. Ça fait trente ans qu'elle est là. Elle assiste à toutes les AG, mais elle préférerait se convertir à l'islam que prendre sa carte dans un syndicat.

Mais Denis, tu proposes quoi ? Les gens ne veulent plus être profs, mais tu sais quoi, ça tombe bien.

L'agrég, quand je l'ai passée il y avait moins de réussite qu'à HEC. À quoi ça sert ? Pour former nos élèves, je veux dire. Des Arabes et des petits Africains qui viennent d'arriver, ils ont bien le temps de réussir, trois ou quatre générations, c'est ce qu'on dit, non ? Faut qu'ils construisent un peu nos maisons et qu'ils nous fassent à bouffer, en attendant. Et qu'ils s'occupent de nos vieux. Tu peux quand même pas dire ça. Mais si Denis, parce que je dis ce que je veux. Tout le monde est content que tout le monde reste à sa place. Tu crois qu'il y aurait autant de travaux dans les rues à Paris, si le Mali, la Syrie et l'Afghanistan ne nous envoyaient pas autant de chair à béton ? Les nanas noires, elles n'aiment pas plus que moi torcher ma mère et lui faire prendre sa douche, mais c'est elles qu'on a envoyées en Sanitaire et social, à la fin de la seconde. Je ne te dis pas que c'est ce que je pense, mais c'est ce qui arrive, non ? Et les syndicats non plus ne font pas grand-chose contre la misère, parce que dans le fond ça justifie leur rôle. On est bien, tiens. Abandonnés par la gauche et dézingués par la droite. C'est pas moi qui ai voulu ça. Alors oui, c'est la zone, tout s'écroule, ça tient par l'opération du Saint-Esprit, toute cette histoire d'Éducation nationale, mais on s'y est habitués. Ça dysfonctionne de partout, mais on s'y est habitués. On dysfonctionne, en permanence. Même toi, même moi. On va refaire la même manif, jeudi et puis le jeudi suivant, et puis on va tenter un peu le mardi d'après aussi, et il se passera rien. Les gamins seront de plus en plus débiles et durs et ce sera un métier de chien. Les gens auront de moins en moins envie d'être profs. On embauchera de plus en plus de précaires. Quelques bras cassés et des pédophiles aussi, mais on fait pas d'omelette sans casser des œufs. Et, tu sais quoi ? Un jour, on sera tellement peu nombreux, à être vraiment fonctionnaires et diplômés, dans cette salle des profs, on pourra même plus faire une manif.

T'es complètement nihiliste.

Réaliste.

Anarchiste.

Idéaliste.

Comme il est déjà 12 h 20, Denis organise le vote. C'est bientôt l'heure de la cantine, et avec tous les lycéens qu'on vient de laisser sur le béton, il va y avoir de l'attente. Pas mal de profs sont déjà en train de se préparer. On enfile son manteau. On se remet à parler. Chantal adresse un clin d'œil à Louise, et Virginie lui sourit avec admiration. Philippe lui envoie une tape dans le dos, avant de se diriger ostensiblement vers la sortie. Le club Tupperware a ouvert la porte de séparation et leurs éclats de rire se répandent dans la salle atterrée. Tout le monde est debout ou presque. Des vrais gamins, les profs. Il n'y en a plus que vingt quand on lève la main. Le genre de score d'abstention qui fait gagner la présidentielle. Claire, la documentaliste, compte 13 pour, 5 nuls et 2 contre. On est en grève jeudi.

12:25

Salle des profs

C'était un peu tendu et Paul l'a senti, on sent ces choses même lorsqu'on ne connaît pas les gens. C'était quoi, cette sortie de la prof en blouse, là ? Tu veux dire, Louise ? Paul hausse les épaules. Ça ne le renseigne pas beaucoup, son prénom. C'était pas un peu… Il ne sait pas comment le demander, parce que poser la question c'est déjà porter un jugement. C'était pas un peu raciste, ce qu'elle disait sur les élèves ? Candice ouvre de grands yeux ronds, lève les sourcils. Louise, raciste ? Ça doit faire trente ans qu'elle est là. Non, franchement, si elle était raciste, elle serait vraiment maso de rester. Mais tu sais, ajoute-t-elle avec un sourire en coin, ça fait longtemps qu'il ne règne plus chez les profs la légendaire unanimité sociale-démocrate qui a fait les beaux jours du PS et la victoire de Mitterrand. Comme il fait mine de ne pas comprendre, elle explique.

Je vais pas te refaire l'histoire de la trahison de la gauche et tout ça. Merci. Sur le fond, on a le droit de ne pas être d'accord, mais ici, dans les quartiers populaires comme on dit, ça a pris des proportions tout à fait extraordinaires. De s'apercevoir que les mairies, les offices HLM, tout le monde joue le jeu de l'ethnicisation du problème. Depuis longtemps on organise le ghetto. Depuis les années 1970. Mais la gauche n'a pas fait mieux que la droite, malheureusement. Dans les années 1980, les émeutes de Vénissieux ont été suivies de la grande marche des banlieues. En 83, c'est ça. Elle devait s'appeler la « Marche pour l'égalité et contre le racisme », et tu sais comment on l'a appelée, tout de suite, comment les médias l'ont appelée ? La « Marche des beurs », sans déconner.

Après ça, ils ont repeint les cages d'escalier, acheté des sculptures toutes moches en béton à des copains, et fondé des assos de grands frères pour organiser des concerts de rap. Touche pas à mon pote, c'était Julien Dray. OK, depuis la droite, évidemment c'est pire, depuis Sarko et ses accointances financières avec le Qatar et son ambassade sur les Champs-Élysées, on leur a carrément donné les clés des cités à ces enfoirés. Les frères mus vont régler le problème, on a dit.

Et d'ailleurs, quel problème ? Les problèmes, ici, on en parle toujours en termes de cultures qui s'intègrent pas, de religions incompatibles avec la République, de communautarisme, de sécession. Mais en les assignant à leur race, à leur couleur, à leur religion ou à leurs coutumes, c'est la société française qui en fait des citoyens de seconde zone. Des citoyens inégaux. Candice parle un peu plus fort. Ils sont encore dans la salle des profs qui continue à se vider et les collègues qui passent à côté d'eux hochent la tête. Cette histoire ici, tout le monde la connaît. Elle la raconte sans doute pour la millième fois.

On les fout tous au même endroit et on s'étonne qu'ils vivent en communauté ? Qu'ils conservent des codes du bled ? Des façons de s'habiller, de se nourrir ? Une religion ?

Même la loi de 2004, elle est contestable. Elle a fait prendre un drôle de tournant à ce qu'on appelle la laïcité, sous prétexte de préserver les enfants. Le débat était tellement polarisé, à l'époque, avec le Front national au second tour en 2002, qu'il y avait un vrai climat raciste à ce moment-là. Tout le monde s'est mis à parler de laïcité, c'est devenu une obsession. Mais tu sais ce qu'elle dit, la loi sur la laïcité de 1905 ? La loi de 1905 sur la laïcité, elle dit que chacun a le droit de pratiquer sa religion. En fait, pendant longtemps, c'est la loi de 1905 qui a obligé l'État à payer des prêtres, qu'on appelait des aumôniers, pour garantir ce droit dans tous les établissements publics fermés, en prison, à l'hôpital, dans les casernes et dans les lycées. La loi sur le voile de 2004, elle a plutôt écorné le contrat laïque en faisant de l'école une exception. Mais bon, c'est comme ça. Moi, je suis arrivée après. Et de toute manière, depuis, ce n'est plus le problème.

Tu vois, je crois que je pourrais dire que j'ai vu éclater le consensus.

Là, en salle des profs.

Après Charlie.

Elle observe Paul et elle se demande si elle peut lui confier ça, si ça se raconte. Elle fait vite parce que c'est le genre d'idées dont on se débarrasse en les disant.

Paul fronce légèrement les sourcils. C'était comme un genre de psychodrame collectif, se souvient-elle. On a fait une réunion plénière en salle polyvalente, tout le bahut, enfin le personnel, tout le monde. Et il y avait dans l'air cette idée diffuse, tu vois, que ça concernait nos élèves. Elle dit « nos élèves » quand elle raconte cette histoire parce que tout le problème est là. Elle ne le regarde pas directement, elle regarde autour d'elle et se cogne aux murs sales, à la machine à café, à la porte grande ouverte.

On allait faire une minute de silence, comme partout, et comme partout il allait falloir expliquer aux élèves, mais ici, en plus, il y avait cette idée bizarre, à la fois complètement fausse et complètement inévitable, que ça les concernait, eux. Parce qu'ils étaient musulmans, voilà. C'est-à-dire que c'était très compliqué de ne pas faire le premier petit dérapage, le glissement qui n'a l'air de rien, tu vois, entre la religion majoritaire et sa déviance fanatique. L'amalgame.

Il y avait des gens, des profs qui avaient peur. Des comme moi qui étaient effondrés. Ils avaient tué Cabu, quand même. Un vieux monsieur, coupe au bol et lunettes rondes, soixante-huitard souriant, qui avait dessiné le grand Duduche, putain, ils l'avaient massacré. Et puis il y a eu des questions gênantes. Je ne sais pas trop comment raconter ça. Elle s'accroche au regard de Paul, et il sent qu'il n'a pas le droit de flancher. Il la soutient, il l'encourage en plongeant ses yeux dans les siens, et elle ne les lâche plus. Ses yeux qui sourient, bienveillants, ses yeux de chien qui joue.

Je ne sais pas comment dire ça. Il y avait des profs qui ne se sentaient sans doute pas de faire respecter une minute de silence, des profs qui se faisaient peut-être bordéliser, tu vois, des profs qui n'avaient pas de relation avec leurs élèves, je ne sais pas moi, peut-être des faibles, des sans courage, ou de simples trous du cul. Et bref, ces profs-là ont commencé à poser des questions insidieuses, à dire, Non, moi je ne me vois pas faire une minute de silence, moi je ne suis pas Charlie, avec l'air de la bourgeoise qui se pince le nez, toutes ces conneries pour se démarquer de la masse, pour déborder la gauche par sa gauche, comme d'habitude. Ils disaient, Et puis en plus, comment expliquer à nos élèves ? Quoi ? Comment expliquer quoi ? Que des terroristes qui sont le produit d'une haine, d'un obscurantisme et d'une bêtise absolus ont tué le grand Duduche ? Candice fait les répliques, elle s'anime. Ils étaient mal à l'aise, mais ça se formulait peu à peu, cette idée, ils disaient, Les caricatures et tout ça, c'est quand même, enfin c'est pas qu'ils l'ont cherché, hein, mais tu vois, c'est quand même un blasphème. Le truc sur les sensibilités. Putain, entendre des collègues dire ça ! Ça a été un gros choc.

Les salauds ne se rendaient même pas compte qu'en disant ça ils étaient absolument racistes. En refusant de condamner au prétexte d'éviter l'amalgame, ils étaient en train d'en faire un énorme, d'amalgame, et d'enfoncer le clou. C'est eux qui disaient au final que les élèves avaient quelque chose à voir avec toute cette merde. Parce qu'à Rouen ou à Limoges, ça leur a pas posé beaucoup de problèmes, de faire une minute de silence. Les élèves, « nos élèves » comme ils disent, leur milieu social, familial, leur origine ethnique, culturelle et religieuse, et c'est au nom de cette stigmatisation insupportable qu'il ne faudrait pas faire d'amalgame. Salauds ! Ils ont tout inversé, tout confondu. Et le consensus a volé en éclats.

On a préparé Samuel Paty.

Il y a comme une partition depuis, je la sens, je ne saurais pas bien te dire qui, comment, mais il y a deux sortes de profs en banlieue depuis. Et c'est plus compliqué que l'extrême droite, tu vois, parce que ceux qui n'étaient pas Charlie à ce moment-là, ils étaient plutôt à gauche de la gauche. Mais ça a coupé la salle en deux. La France, peut-être. En tout cas la gauche, et elle ne s'en est pas relevée. Il y a eu ceux qui ont fait cette minute de silence parce que les élèves méritaient d'être intégrés dans ce deuil, et ceux qui ne l'ont pas faite parce qu'ils avaient peur de stigmatiser des élèves qu'ils ne considéraient, finalement, que comme de pauvres Arabes. Mais en faisant mine d'être de leur côté, tu vois, en les considérant comme des victimes. Tu sais bien.

Ceux qui cherchent tout le temps des excuses, des victimes, et qui ne font qu'insulter la misère.

12:30

Canal

Mo s'éloigne du Darty, en marchant le long de la rive sud du canal, intrigué par les bruits, les cris qu'il a entendus, en proie à des pensées tordues.

L'amour à seize ans, ça vous serre le ventre et la poitrine, ça vous ramollit les jambes et ça fait tourner le cerveau à une vitesse qu'on n'arrive plus à suivre, comme les enjoliveurs d'une voiture qui tournent à l'envers, et les idées fusent et se croisent là dans le noir, s'évitent de justesse, on dirait des chauves-souris bondissantes. Il y en a qui reviennent. Qui tournent en boucle, qui s'imposent.

Sara s'en fout, par exemple.

Mais aussi : Sara est belle. Quand elle bouge, avec ses boucles, sa tignasse de garçonne, et son cou qui suspend sa tête sur un ressort léger, elle est belle quand elle rit parce que ses yeux se fendent, ils disparaissent presque, et parce qu'elle ouvre la bouche, quand elle rit, on voit ses dents.

Sara est émouvante. Quand elle parle parce qu'elle a la voix légèrement éraillée, et c'est comme si on entendait un souffle sur ses mots quand elle parle, un souffle chaud, un vent avec des grains de sable.

Mais Sara s'en fout.

Mo pourrait citer des moments précis, pour lui ce sont des souvenirs qui font partie de sa vie, des moments où il lui a parlé, où ils se sont retrouvés côte à côte dans le bus. Ça le forçait à faire semblant de repartir vers Pavillons-sous-Bois, où elle le quittait au niveau de la mairie, et à remonter ensuite à pied vers l'hôpital Jean-Verdier, ce qui rallongeait beaucoup son chemin. Il l'avait fait seulement quand elle était seule, pas avec ses copines. Ça n'a pas dû arriver plus d'une dizaine de fois, mais il se souvient de chacune d'entre elles, et de ce qu'ils ont dit, et si elle a ri, et si elle était habillée avec son sweat Carhartt vert pomme ou son espèce de pull en laine kaki, ou son jogging pour le sport, le noir Adidas. Il a l'impression de connaître sa garde-robe, ses horaires et ses habitudes. Ses goûts en matière de séries et de musique.

Une fois, il lui a fait écouter un son sur ses écouteurs, chacun une oreille, côte à côte dans le bus, elle était obligée de se pencher un peu vers lui, pas trop, ils n'étaient pas collés, et de toute façon il était tétanisé, il n'aurait jamais osé bouger d'un pouce pour se tourner vers elle. Il se rappelle très bien qu'il y avait là, à quelques centimètres de lui, à la périphérie de sa vision, le cou de Sara incliné légèrement, sa nuque, et ses boucles qui glissaient sur son front, son épaule presque contre la sienne, il se tordait les yeux mais n'osait pas bouger, et ça a duré toute la chanson, presque trois arrêts. À la fin elle a dit, en lui rendant son écouteur, avec un petit sourire, elle lui a dit, J'aime bien, c'est qui ? C'est moi. C'était lui. Il avait arrangé ça sur son ordinateur, enregistré la voix avec des applications sur son téléphone. Pas mal ! a-t-elle lancé en se levant. C'est mon arrêt. À demain ! Mais elle ne s'est pas retournée. Le lendemain, ils étaient redevenus deux étrangers.

Il pourrait décrire ces moments-là pendant des heures dans leurs moindres détails, mais pour elle, ce ne sont même pas des souvenirs. Elle est dans sa vie, là, dans sa mémoire, il peut la convoquer, son image, son rire, Sara, mais lui, il n'est pas dans la sienne. Il ne l'a jamais été.

Leurs vies, c'est comme des univers parallèles.

Avec quelques incursions et des paradoxes.

Peut-être qu'il y a des univers parallèles où il n'est pas rentré chez lui, où leur histoire a continué. Des univers où les choses vont prendre un tour beaucoup plus intéressant.

Mo arrive à portée de vue. Il y a des bandes et ça s'agite sur la rive nord, mais ça ne ressemble pas aux attroupements habituels. Il y a beaucoup de monde et beaucoup de bruit. Ça bouge vite et ça se déplace vers l'ouest, ils repartent vers le pont de Bondy. Mo remonte sa capuche et décide de se rapprocher en restant au sud du canal, en partie par curiosité, en partie parce que ça lui permet de penser à autre chose. Sur les réseaux, sur son téléphone, les messages s'accumulent à propos de Mahdi et du flic de ce matin, dont on a maintenant le nom. Mo est cité de temps en temps, son compte est mentionné dans tout un tas de posts plus ou moins vindicatifs qui le félicitent d'avoir identifié l'agresseur. Évidemment les messages ne disent pas « l'agresseur ». Ils parlent en général de la mère du flic. Et de la mère de tous les flics par extension, comme s'ils étaient tous frères. Mo n'en revient pas. Il est une sorte de célébrité locale. Sur les réseaux, on parle de lui. Il répond rapidement, des petites flammes et des rires essentiellement.

Mahdi lui fait signe quand il voit qu'il est connecté. Quelque chose comme Wesh gro T où ?? Et dix minutes plus tard, ils se retrouvent au carrefour, sous l'autoroute. Qu'on vienne du nord ou du sud du canal, comme Mo, on finit toujours au carrefour sous l'autoroute. Mahdi est avec Omar et Hamza, comme d'habitude, et un autre que Mo ne connaît pas, un plus grand avec un air mauvais. Tu as vu ce bordel, c'est le bordel wesh, c'est pas vrai ? Ça parle de toi dans le tiex. C'est réel ma gueule. T'es avec nous, frère.

Mo ne peut s'empêcher de sourire. Ouais. C'est réel.

Et subrepticement, au moment de lui empoigner le bras, de taper son épaule contre celle de Mahdi en signe de salut, de tendre la main vers les autres potes, une main ouverte un peu molle avec laquelle donner une petite claque muette, l'air de rien, dans les mains sorties des poches des copains et simplement suspendues dans l'air, traînantes, fugitivement Mo repense à Sara, et les chauves-souris dans sa tête font un dernier tour de piste.

Sara est belle. Elle est canon quand elle met un bonnet parce qu'elle a tous les cheveux qui disparaissent dessous et juste une ou deux boucles qui dépassent, qui rebiquent comme elle dit, une boucle sur son front, aplatie comme un tatouage, et une qui pointe vers le haut, sur le bord du bonnet, une boucle comme un ressort pété, qui se balance avec le vent et qu'on ne peut pas s'empêcher de regarder, une boucle comme un crochet pour attraper les regards. Sara, qu'est-ce qu'elle est belle.

Mais Sara va partir. Quand elle aura son bac, elle va faire des études et changer de fréquentations, elle va partir loin, c'est sûr, au moins à Paris, mais Paris, c'est déjà loin.

Ici c'est Bondy ! lui lance Mahdi, comme s'il avait lu dans ses pensées.

Check ça, gro ! Et Mo claque en silence dans les mains traînantes.

12:35

Cour de récréation

Candice s'excuse pour aller passer un coup de téléphone. Dans la cour, il y a déjà la foule de la cantine, un peu désorganisée aujourd'hui par la tenue de l'assemblée générale. Des gamins courent partout en criant, surtout des collégiens. C'est le bruit assourdissant de l'anonymat dont elle a besoin. Elle grimace pour mieux entendre, tient le téléphone fermement collé à son oreille, échange quelques mots avec une infirmière à l'autre bout du réseau, Il ne souffre pas. Elle ferme les yeux. Essaie de se le représenter mais c'est trop dur, maigre, décharné, immobile, le regard planté dans le plafond, quitté peu à peu par ses sensations, figé dans la rigidité de la mort et comme étonné, médusé dans son attente. Je vais venir ce week-end. Ce serait une bonne chose, je pense. Merci, madame.

Il n'y aura donc plus d'espoir, plus d'avenir de ce côté-là de sa vie. Candice tente de s'imaginer cela, que ce week-end sera le dernier. En vain. C'est impossible de s'imaginer la fin, d'un homme comme de l'Univers entier. Elle se souvient de s'être dit ça, enfant, chez son père justement, en vacances, dans les collines chaudes à pierres jaunes des monts du Lyonnais, en lisant un livre d'astronomie. À l'époque, Carl Sagan et Hubert Reeves popularisaient la *big bang theory*. L'Univers était en expansion. Candice pensait : Si l'Univers grossit c'est qu'il est comme un ballon gonflable, qu'à un moment il s'arrête, plus d'étoiles, plus de trous noirs ni de galaxies. Elle pensait : Si on est dans le ballon, la seule question raisonnable qui vienne à l'esprit, c'est, qu'est-ce qu'il y a après, de l'autre côté ?

La seule question raisonnable.

Ça la ferait presque sourire. Au lieu de ça, elle a les yeux qui se remplissent de larmes. Elle n'est pas croyante et, contrairement à ce qu'elle pensait, ça ne l'aide pas non plus. Il n'y a pas beaucoup de consolations.

Son père est trop jeune pour qu'on se dise qu'il a bien vécu, et la maladie trop injuste pour qu'on se dise qu'il l'a bien cherché. Ses organes sont simplement en train de lâcher l'affaire, comme s'il était très vieux. Il faut croire que les années avec alcool comptent double.

Candice se souvient de lui à plein de moments de leur enfance, avec son frère. Comme il pleurait à gros sanglots sur le quai de la gare à la fin des vacances. On se revoit à Noël. T'inquiète, papa. Je vous aime. Comme il allait la chercher, le soir quand tout le monde dormait, pour regarder au salon un film en noir et blanc dont le romantisme hollywoodien le bouleversait. Comme il lisait à voix haute des passages de journaux d'écrivains, suicidés de la sensibilité, des

Pavese, des Jean-René Huguenin, *Je ne dirai jamais plus je t'aime*, et il retirait ses lunettes, il se couvrait les yeux. Sa voix éraillée de trop dire, ses yeux fatigués de trop vouloir. Son léger sourire. Lèvres minces, effacées, bleues et crispées comme un tableau de Modigliani, mais toujours relevées un peu plus à gauche, selon les instants comme une trace d'ironie ou de complicité, On ne me la fait pas, sauf toi ma chérie, et les paupières qui dégringolaient, qui suppliaient et qui se marraient en même temps. Son visage d'émotions fragiles et changeantes. Les alcooliques sont malades, c'est sûr, mais c'est de trop sentir et de s'y abandonner, de chercher ça, même, et plus les années passaient, plus il buvait, plus il était saoul rapidement. À la fois capable d'effacer des bouteilles entières avant le petit déjeuner, et ivre au premier verre, parce que c'était cela précisément qu'il désirait : le tremblement, les fissures dans la digue.

Et elle n'arrive pas à se dire que c'est la dernière fois qu'elle pourra voir son visage, baiser son front, caresser ses cheveux gris, ses mains sèches, voir ses lunettes posées sur la table à côté de lui, près d'un livre qu'il ne lit plus depuis longtemps, lui qui n'ouvrira peut-être qu'un œil, si c'est encore possible et s'il la reconnaît, lui dont le souffle trop court ne lui permettra pas de lui dire une dernière fois Je t'aime.

Comme un trou noir.

C'est trop dur, elle se pince le nez pour ne pas pleurer, faire tomber les deux larmes qui sont coincées depuis tout à l'heure, et puis passer à autre chose. Regarder les pigeons du Chinois et leur inlassable ballet, leurs incompréhensibles changements de direction dans un ciel uniformément bleu. Laisser revenir le son des enfants, de la cour, des jeux, des cris, des poursuites, des exclamations, des insultes et des rires. Laisser remonter peu à peu la vie et refluer, à l'intérieur, les images qui fâchent, les sentiments qui glissent, les pensées, les questions, tout remettre dans le ballon, respirer à fond. Aux toilettes sans savon ni eau chaude elle s'asperge d'eau, passe la main dans ses cheveux. Elle se regarde dans le miroir et parvient à se sourire. Il n'y a rien de l'autre côté.

Paul l'attend en face des grilles du lycée, nonchalamment appuyé contre le mur du Chinois, un pied au sol, jambes croisées comme s'il était sur une chaise très longue, les mains dans les poches de son jean et son manteau ouvert tombant de ses épaules presque jusqu'à terre, comme une espèce de cape, il regarde dans le vague et ne bouge pas d'un cil lorsqu'elle s'approche : on dirait que quelqu'un l'a posé là. Autour de lui des grappes de gamins se forment et se défont au gré des conversations qui s'animent, ils parlent fort, fument des cigarettes fines roulées, se chamaillent et ne semblent pas le remarquer. Il s'est fondu dans le mur, juste devant l'inscription laissée ce matin par un certain BendX, *Plutôt pigeon que poulet !*, qui fait sourire Candice presque malgré elle.

Elle aime bien leur imagination, la façon qu'ils ont de jouer avec les mots, de mélanger les niveaux de langue et les contextes, de confondre leurs différents sens. Il y a de la poésie, sans doute il y a de la politique dans cette façon de faire, de maltraiter la langue officielle, de la politique dans la langue, c'est de la poésie, dit-elle, et il y a surtout beaucoup d'humour dans leurs manières de parler. Dans leur argot. Comment par exemple les centres-villes américains désertés, tels que Detroit les a rendus célèbres, les maisons que les habitants ont fuies, parfois incendiées dans un dernier espoir de toucher l'assurance, les immeubles vides et les vieux manoirs coloniaux transformés en *crack houses*, toutes ces *abandoned places* du ghetto, sont devenus, dans le vocabulaire d'ici, avec une ironie aboyante et mordante, le *bendo*, le quartier, la cité, l'endroit où l'on vit, plutôt abandonné de la République que de ses habitants. Il y a beaucoup de plaisir et de jeu dans leur attitude. Ces jeunes sont drôles.

Candice avait déjà connu quelques lycées en tant que remplaçante, quand elle a commencé sa carrière dans l'académie à 21 points. Ce qui l'a retenue à Bondy finalement, ce sont les trajets à vélo le long du canal et une poignée de collègues. Et aussi cette sympathie qu'elle a pour les élèves, même les plus affreux. Mais l'impression que les choses se dégradent peu à peu la mine. Le lycée, qui tombe en ruine, bâtiment après bâtiment, salle après salle. Le baccalauréat, abandonné. Les programmes, de plus en plus contraints, réactionnaires et inutiles. Les élèves, de plus en plus loin de la lecture, du savoir, de l'enseignement. Les collègues paupérisés, de moins en moins conscients d'appartenir à une sorte de bourgeoisie éclairée dont le rôle serait de guider le peuple vers l'émancipation – c'est ronflant mais que dire d'autre, c'est bien ça, professeur. Les collègues, de plus en plus semblables à des techniciens de la pédagogie. Les vices de la méthode contre les vertus de l'exemple.

Certains des profs recrutés par le speed dating du rectorat et envoyés au front sans autre formation qu'une licence de n'importe quoi sont si nuls que c'en est une honte. Ils parlent mal aux élèves, font des fautes au tableau et dans leurs mails. Dans le pire des cas, ils s'habillent comme eux et partagent leurs codes. Qui n'a pas peur de répondre à une annonce du genre : Cherche professeur de français pour vacations sur tout type de poste collège et/ou lycée sur l'académie de Créteil. Niveau licence requis. Sans garantie d'emploi sur l'année et sans congés payés. Éventuellement sur plusieurs établissements. Emploi du temps sur six jours. Salaire minimum. Postes à pourvoir en général dans les zones urbaines sensibles et les zones franches, dans des établissements situés en zone sensible, prioritaire +, ou prévention violence. Qui ? Qui n'a pas peur ?

Le ghetto, ce n'est pas quand tous les élèves viennent du même quartier pourri, mais également leurs professeurs. Le vase clos, abandonné de la République. Le *bendo*.

Candice s'avance et fend les groupes de lycéens qui s'attardent sur le trottoir. Tous la jaugent avec ce regard de haut que donnent les casquettes de base-ball, jusqu'à ce que certains la reconnaissent et la saluent, B'jour, m'dame, et que tout rentre dans l'ordre en quelque sorte, que les conversations reprennent, c'est une prof, elle a le droit d'être là.

Elle retrouve la proviseure qui observe tout ce petit monde, son petit monde, alors que la sonnerie de comédie dramatique au piano vient de retentir pour annoncer l'ouverture de la cantine. Elle vit sur place, la proviseure. Peut-être qu'elle croit que le lycée est une sorte de village dont elle serait la cheffe. Vous n'avez pas entendu de bruits de couloir ? Vous avez la seconde 13. J'ai reçu un appel du commissariat. Non, il va bien, mais ils ont surpris des rumeurs, des choses sur les réseaux. Vous savez, maintenant, c'est comme ça qu'ils les attrapent. Les gamins font une connerie, ils ne peuvent pas s'empêcher de la mettre sur Facebook. Sur Instagram ou sur Snapchat, les gamins n'ont pas Facebook. Elles voient Mahdi qui avance, son œil poché, la démarche volontaire, entouré de deux ou trois lascars que Candice ne connaît pas, et de Mohamed qui était absent à l'atelier théâtre, la tête baissée sous la capuche. Elles s'arrêtent de parler, la proviseure et elle, en suspens, prêtes à les saluer, parce qu'ils vont passer juste à côté d'elles pour rentrer dans la cour du lycée, mais ils ne relèvent pas la tête, ne leur adressent aucun signe. Le commissaire pense qu'il se prépare quelque chose, mais ils ne savent pas quoi. Ça s'agite beaucoup sur les réseaux. Ils nous ont demandé d'être vigilants. C'est ça, bonne journée.

Candice arrive à la hauteur de Paul qui l'attend toujours de l'autre côté de la rue, contre le mur du Chinois et, alors qu'elle commence à traverser en jetant des coups d'œil aux uns et aux autres, parce que les adolescents sont tout à fait capables de ne pas voir les gens à cause de leur myopie chronique, et de leur foncer dessus ou de leur lancer une balle à la figure, surtout sur les vieux qui sont toujours un peu inattendus, alors qu'elle continue d'avancer et qu'on ne peut plus douter que ce ne soit vers lui, à présent qu'elle a presque traversé la rue, Paul relève la tête et la dévisage comme s'il la voyait pour la première fois. Il lui adresse un sourire désarmant qui lui fait penser à son père. Ni charmeur, ni maladroitement emprunt de sous-entendus, un sourire large et franc, plein de bienveillance et de grâce, un sourire tout à fait humain, pour tout dire, sous ses yeux de chien sympathique et joueur, ses yeux encore jeunes dans son corps dégingandé, un sourire comme d'un vieil ami qui tombe à pic, dont elle aurait foutrement besoin, là, précisément maintenant.

12:45

Cantine

La cantine, c'est d'abord un des endroits les plus bruyants du monde. Ça commence dans la cour et sous le préau fermé du B qui sert de salle des pas perdus. Les jeunes s'entassent et se pressent et cherchent à se faufiler, de proche en proche, s'interpellant et se rejoignant les uns les autres, et parfois, avant même que la file d'attente ne vienne se coincer dans le goulot d'étranglement du couloir, des conflits éclatent parsemés d'injures et de prises à partie, on se saisit par l'épaule ou le col, on se bouscule, on se regarde de haut pour savoir si le coup de poing va partir. À l'entrée du couloir, les surveillantes hurlent le numéro des classes dont c'est le tour dans un mégaphone de manif qui leur fait une voix nasale et métallique, on dirait un film de science-fiction dans lequel une armée de figurants enfants mimeraient une émeute sans violences. Les 5ᵉ4, préparez-vous ! Les 5ᵉ4 pour la cantine ! Tenez-vous prêts, je veux voir les 5ᵉ4 dans la file ! C'est le fruit d'un effort désespéré pour organiser les choses car, bien sûr, il y a toujours des retardataires qui ont raté l'appel de leur classe, et d'autres en avance qui ont ce jour-là une bonne raison de passer devant tout le monde, le club échecs ou le club théâtre, ou le projet cinéma, ou à peu près n'importe quoi en fait parce que les surveillantes ne peuvent pas être au courant de tout et qu'elles n'ont de toute façon pas le temps de vérifier ni de contrôler chacun, alors elles se contentent de hurler le numéro des classes en continu dans leur mégaphone, elles font confiance à la gestion naturelle des mouvements de foule, au consensus majoritaire, à la démocratie en somme. À ce jeu-là tout le monde finit par essayer de resquiller. Ceux qui se font avoir et se retrouvent à manger en dix minutes sont seulement les plus timides et les plus petits. La cantine est aussi une expérience de sélection naturelle.

Mo avance, entouré de Mahdi et de sa petite bande, et il n'est jamais arrivé si vite au premier checkpoint, celui du mégaphone. Qu'est-ce que vous faites là ? Vous êtes au lycée, ce n'est pas encore votre tour. Mahdi relève la tête, la regarde dans les yeux, sans tension, presque en souriant, Mais, m'dame, c'est la CPE, on a rendez-vous dans une demi-heure, il faut bien qu'on mange. Les rangs poussent derrière eux, doucement mais sûrement, comme une pression tectonique du simple fait de l'accumulation d'êtres humains dans un espace réduit, et Mahdi, Hamza, Omar et Mohamed se retrouvent presque au contact de la surveillante qui recule instinctivement, non qu'elle se sente menacée mais c'est toujours compliqué, ces situations où il faut faire face, opposer son corps, c'est toujours compliqué avec des lycéens plus grands qu'elle et que ça amuse de la frôler dans la foule, alors elle fait un pas en arrière, recule derrière la petite table où sont posés les plannings imprimés et surlignés de différentes couleurs fluo, le mégaphone parsemé d'autocollants de syndicats et réparé avec du chatterton, et le talkie-walkie. Elle recule sans même y penser, sans avoir peur, simplement la pression est devenue physique, il faut aller vite. Allez-y. Merci, m'dame. Et derrière eux le flot des 5^{e}4 s'engage en piaillant dans le couloir de la cantine, avec leurs petites voix suraiguës qui résonnent contre le béton et se répercutent entre les parois, comme un million d'oiseaux qui se réveillent dans un arbre bruissant de leurs cris. La surveillante jette un coup d'œil à ses feuilles de planning, se saisit du mégaphone. Les 6^{e}2, préparez-vous ! Les 6^{e}2 pour la cantine ! S'il y a encore des 5^{e}4, dépêchez-vous ! Il n'y aura pas de retardataires ! Tenez-vous prêts, je veux voir les 6^{e}2 dans la file ! Les 6^{e}2 !

Le deuxième checkpoint est plus simple : il s'agit du distributeur automatique de plateaux. On passe sa carte de lycéen dans le lecteur de bande magnétique, et un plateau est libéré par le mécanisme. Une autre surveillante veille à ce que personne ne se mette à défoncer la machine en cas de problème, c'est arrivé deux fois, ou pour libérer un plateau sans carte. En cas d'oubli, elle peut aussi noter le nom de l'élève dans un carnet et le faire signer à côté de son nom, puis lui délivrer un plateau avec sa carte à elle, qui est une sorte de YesCard de la cantine, mais c'est long et la file d'attente ne cesse de pousser après l'ouverture de la porte du couloir. On a arrêté de permettre à un copain de faire passer sa carte deux fois, à charge de revanche, parce que certains qui étaient plus populaires ou brutaux se faisaient inviter presque tous les jours.

Les quatre garçons se faufilent au milieu d'un flux de cinquièmes excités comme des puces, persuadés qu'il va y avoir contrôle de maths, que leur prof d'histoire est sadomasochiste parce qu'elle portait une jupe en cuir rouge ce matin, et qu'un certain Kevin va se faire virer du cours d'espagnol à force de le sécher, ce qui ne va pas arranger son cas. Mahdi ouvre la marche, et Mo suit, encadré par Omar et Hamza. Ils poussent leur plateau sur les rails et choisissent une entrée, carottes râpées, concombre ou salade, avant d'arriver face aux cantinières aux sourires incertains, Viande ou poisson ? Juste les pâtes, Juste les pâtes, Juste les pâtes, Juste les pâtes, Merci, m'dame. Bon appétit, les enfants. Arrêt à la table des sauces, on noie l'entrée dans la vinaigrette jaune, on noie les pâtes sous le ketchup même si, de notoriété publique, c'est pas halal le ketchup, ça contient 0,4 % de vinaigre, et le vinaigre c'est fait avec de l'alcool, mais bon c'est du ketchup, quand même, remarque Hamza, si on mangeait que halal on n'irait plus au McDo, on ne mangerait plus de bonbons.

Ils pénètrent dans la salle de la cantine et le volume sonore est si incroyablement élevé qu'ils marquent, comme tous les nouveaux arrivants, un temps d'arrêt sur le seuil. Des centaines d'éclats de voix et de conversations rebondissent sur les murs de parpaings et de béton, se mélangent et résonnent dans un magma indistinct et assourdissant. Ils parcourent la salle des yeux, à la recherche d'un bout de table libre avec quatre places à côté. Des élèves se lèvent et d'autres s'assoient sans cesse. C'est comme de se garer dans le parking d'un hyper un samedi. Il faut calculer ceux dont le plateau est plein ou vide, ceux qui ne se promènent qu'avec une assiette, direction la queue pour le micro-ondes, la fontaine pour remplir la carafe, ou les sauces pour un rab de moutarde.

Ils finissent par trouver, poussent un collégien qui était tout seul vers le groupe de sa classe qu'il essayait sans doute d'éviter. Ils ont un conseil de guerre à tenir. Se penchent les uns vers les autres quand ils parlent. Mo ne sait pas trop ce qu'il pense de tout ça. Il regarde le collégien se lever et s'asseoir à une autre place sans demander son reste. Il n'aime pas Mahdi et ses copains débiles et violents. Il n'aime pas leurs airs de caïds. En temps ordinaire, il est plutôt le genre de garçons dont ceux-là se moquent et qu'ils bousculent dans les couloirs. Le genre du collégien qu'ils viennent de déloger. Tout est arrivé si vite depuis ce matin. Est-ce qu'on peut changer de camp ? Les autres lui parlent comme s'il faisait partie de la bande depuis toujours. Après tout c'est son témoignage qui a mis le feu aux poudres. Mahdi lui explique qu'une émeute se prépare, c'est son grand frère qui a pris les choses en main, Les gars sont passés par Bondy Nord, ils sont allés du côté de Bobigny, au lycée pro qui est en grève, dit-il, il y a des chauds là-bas, il y a des gars je les connaissais même pas, je vous jure, ça va chauffer cet après-midi. Faut qu'on se tienne prêts. Les flics, ils nous ont déjà envoyé une voiture au carrefour, mais on leur a mis leur race.

Les rôles sont à peu près distribués. Hamza, que Mahdi appelle Hamzou, a déjà fait passer le mot aux autres secondes et à des premières, et il y a de toute façon pas mal de monde qui voulait se mettre en grève cet après-midi. Les profs ont fait une AG. Omar a le regard dur. On va leur niquer leur race, aux keufs. Il braque ses yeux dans ceux de Mo et peut-être que celui-ci ne s'attendait pas à ça. Qu'est-ce que t'en penses, Momo ? Il ne sait pas ce qui l'effraie le plus, Mo, si c'est les proportions que c'est en train de prendre, ou le sentiment que ça lui échappe totalement, ou le fait que tout ça, tout ce remue-ménage à la cité et cette guerre qui se prépare, c'est à cause de lui, si c'est vraiment à cause de lui, il ne sait pas si c'est de se sentir coupable ou de faire enfin partie d'une bande qui l'effraie le plus, si c'est le regard d'Omar avec ses scarifications en forme de griffes de tigre sur le côté des pommettes, si c'est la tête de Mahdi, son œil qui s'est un peu ouvert depuis ce matin, jaune et marbré de vaisseaux sanguins éclatés, comme un trait de glaire, son sourire méchant, ça l'effraie, même les rires de cet imbécile d'Hamza qui ne se rend compte de rien. Mo se tait. Et la conversation continue parce qu'il faut que ça roule vite entre les copains, c'est une règle des échanges ici, quand tu as la parole tu balances tout ce que tu as à dire, quitte à te tromper de mots, à revenir, à rectifier, il n'y a que les profs que ça énerve, les copains ça les fait marrer.

Mo revoit Sara et ses copines qui se foutent de lui sous le châtaignier du B. Roméo et Juliette. Tu vas voir. Sara qui lui dit, Mais il va pas bien ce mec, qui lui dit, Va te faire foutre. Tu vas voir. Elle dit ça parce qu'elle ne sait pas que j'en suis capable. Elle dit ça parce qu'elle ne me connaît pas.

Après tout, Mo est de Bondy Nord lui aussi, comme Mahdi.

Qu'est-ce qui lui a pris d'écrire ce poème tout à l'heure ? C'était une idée de sa prof de français, encore, de leur ramener ce type, Paul Machin Truc, avec son manteau mou et son air de bobo, ses cheveux en bataille et son sourire idiot. Toujours la prof de français et ses grands discours, ses bouquins où tout le monde se plante, où tout le monde est bien malheureux. Vous méritez de réussir, Mohamed. Ça veut dire quoi, réussir ?

Sara elle va réussir, ouais, et elle va se casser d'ici.

Les quatre ados sont penchés au-dessus de leurs plateaux-repas à moitié finis. Ils ont mangé presque toutes les pâtes, et c'est à peu près tout. Les cinquièmes sont repartis, remplacés à l'autre bout de leur tablée par des troisièmes qui leur coulent des regards en douce. Mahdi a une sorte de réputation au lycée, et l'épisode de ce matin est comme un quart d'heure de gloire déjà inscrit dans sa légende. Omar leur jette un coup de menton, Qu'est-ce tu veux, et le garçon qui était en train de les regarder en coin se détourne rapidement, ostensiblement, pour bien signifier que ça ne se reproduira pas. Omar baisse d'un ton, vérifie que personne d'autre n'écoute, contrôle, derrière lui et derrière Mahdi qui lui fait face, qu'aucune surveillante n'a les yeux fixés dans leur direction. Il ouvre son sac à dos qu'il avait gardé sur ses genoux et donne un coup de coude à Hamza assis à côté de lui. Omar a les yeux qui brillent et, alors qu'Hamza reste bouche bée, le sifflet coupé, tellement surpris qu'aucun son ne sort de sa bouche, Omar sourit, ses yeux s'étrécissent et sa bouche, comme par un effet de vases communicants, s'élargit dans un sourire carnassier, une joie méchante. Il tend son sac sous la table à Mahdi qui se penche légèrement pour allonger le bras, glissant doucement vers l'avant de sa chaise, allongeant les jambes, se redressant une fois le sac bien en main et le ramenant sur ses genoux. Il l'ouvre et Mo jette un œil dedans.

C'est une arme. Ça se voit tout de suite, même comme ça dans l'ombre, au fond du sac d'Omar, sous la table, et même s'il n'en a jamais vu d'aussi près. Il n'y a qu'une arme pour avoir cette qualité d'acier noir qui brille comme une laque ou un serpent, lourd, déformant le sac et surgissant de son ombre comme une ombre solide, une obscurité plus dense et froide. Mo est paralysé.

Mahdi relève la tête. La surveillante est à la porte, en train d'indiquer de la main leur table, de les montrer du doigt à la CPE qui est légèrement en retrait derrière elle et les cherche des yeux. Merde. Il passe rapidement le sac sur les genoux de Mo. Tire-toi. Et tandis que Mo se lève presque automatiquement, saisi par la peur et une grosse décharge d'adrénaline, tandis qu'il jette le sac sur son épaule, qu'il prend son plateau et la direction de la sortie, la CPE déboule dans la salle du réfectoire comme une flèche, fonce droit sur eux.

Elle pose une main sur l'épaule d'Omar qui s'était levé à son tour, quelques secondes plus tard. J'aimerais bien vous parler, à tous les trois. Surtout vous, monsieur D. Elle regarde Mahdi dans les yeux. Se tient au bout de la table, à côté du siège vide de Mo, où le sac de cours est encore suspendu, et commence son sermon. Vous n'avez pas répondu à mes SMS.

À l'autre bout de la salle, parvenu au seuil de la sortie qui conduit au tri des déchets surveillé par les cantinières et aux chariots de plateaux, Mo se retourne une dernière fois, le plateau dans les mains et le sac d'Omar sur l'épaule comme si c'était le sien, pour vérifier que personne ne s'avise de lui courir après. La CPE est toujours debout, elle a les bras croisés et parle en regardant Mahdi, qui lève les paumes vers le ciel et secoue la tête, J'en sais rien, m'dame, j'ai rien fait. Mo croise le regard d'Omar, planté droit dans le sien. Omar lui adresse un clin d'œil et ses yeux se fendent. Son visage s'ouvre à nouveau d'un grand sourire.

12:55

Place de l'église

Paul l'attendait devant les grilles et c'était la première fois qu'il la voyait en entier, de loin, sa silhouette et sa démarche souple alors qu'elle s'approchait après s'être arrêtée pour parler avec la proviseure, qu'elle traversait la rue pour le retrouver, la tête penchée sur le côté, les épaules droites dans le blouson de cuir qu'elle a enfilé, qui reste là tout l'hiver en salle des profs, une espèce de perfecto un peu trop grand, râpé aux manches et aux bords. C'est une allure d'il y a vingt ans qu'elle porte encore, assez fièrement, ses cheveux courts en bataille, où brille une mèche grise qui a dû apparaître quand elle était encore toute jeune, ses yeux tout juste soulignés de noir, ses paupières fendillées comme une porcelaine, avec le temps. Et tout en se demandant quel âge elle peut bien avoir, sans avoir vraiment réfléchi à son geste et sans en mesurer toutes les conséquences, Paul lui a souri, il lui a offert plutôt son plus large sourire désarmé, la tête qu'il fait lorsqu'il est heureux et qu'il ne calcule rien. D'ailleurs, il était heureux. C'est l'impression qu'elle lui faisait.

Il fait beau et bleu dans le ciel glacé de janvier, troublé seulement par quelques cirrus fibreux et lointains. Un léger vent mordille le bord des oreilles et le bout des doigts. C'est fou comme on voit le ciel ici, dit-il.

À Paris, Paul vit au troisième étage sur cour d'un immeuble coincé entre plusieurs autres, dont le vis-à-vis est à quatre mètres de la fenêtre de sa cuisine, un mur presque aveugle, percé seulement de lucarnes dépolies, qui doivent être celles de toilettes ou de salles de bains, et des ouvertures en pointillé de la cage d'escalier. De sa chambre, en se penchant, il peut apercevoir un coin de ciel où le soleil ne s'aventure jamais, quelle que soit l'heure ou la saison, un coin qui ne sert qu'à vérifier s'il pleut ou s'il fait froid. Il allume la lumière en permanence, l'halogène du salon et l'ampoule nue au plafond de la cuisine. Ça fait un petit moment que je n'ai pas vu le ciel, dit-il.

Il sourit comme un gosse en observant les pigeons plonger derrière le gymnase voisin et réapparaître aussitôt de l'autre côté, s'élever au-dessus d'une ligne de peupliers frissonnants. Candice les suit des yeux un moment elle aussi. La plupart du temps je les oublie. Ils sont là. Puis elle sourit à son tour. Je meurs de faim.

Non, on ne va pas à la cantine. De toute façon je ne pourrais pas vous inviter, je n'ai pas la carte, je n'y vais jamais. Et c'est vrai qu'il l'imagine mal dans une cantine, cette drôle de prof, à discuter d'élèves avec des collègues, parler de celui qui a triché en maths et de celui qui ne rend plus ses devoirs, de celle qui a des problèmes à la maison, mais on ne sait pas trop quoi au juste, et de celui dont l'infirmière dit qu'il faut faire attention à lui, mais sans préciser pourquoi à cause d'une interprétation très étroite de son assujettissement au secret médical, le genre de conversation qui doit donner envie à une fille en perfecto comme elle d'avoir encore un Walkman et des écouteurs. Ils marchent jusqu'au carrefour de la nationale et du pont de Bondy, surplombé par l'autoroute qui dessine dans cette partie du ciel une courbe noire dont Paul n'a pas encore décidé si elle était élégante ou simplement effrayante.

Il l'aperçoit à présent sans le brouillard nimbé des réverbères orangés de l'aube. Brute, massive, en béton, reposant sur de larges piles épaisses et sans grâce, une de chaque côté de la nationale et une troisième probablement, qu'on ne voit pas d'ici, par-delà le canal qu'on devine seulement au pont qui l'enjambe.

Sur les vastes piles de béton, des fresques défraîchies aux couleurs délavées témoignent d'une rénovation plus ou moins récente. On y voit des familles de toutes nationalités, les Indiens sont les plus reconnaissables avec leurs saris colorés, souriant comme sur une photo de vacances, sur fond de coucher de soleil tropical. Sur la tranche du S, une publicité géante, accrochée au toit et recouvrant une bonne moitié de l'immeuble, vante les prix d'un magasin de discount installé un peu plus loin, sur la nationale.

Ils s'engagent dans une rue sur leur droite, une rue qui s'enfonce vers la ville, bordée d'immeubles plus bas. Un lycée professionnel de couture, un restaurant chinois, dont seule la façade offre un décor de pagode, le reste en parpaings apparents, sans fenêtres, sans doute un ancien hangar, des habitations de quatre étages un peu délabrées, aux balcons remplis de bric-à-brac, aux rez-de-chaussée occupés par des commerces, boucherie halal, pâtisserie algérienne et épicerie « exotique », dont les couleurs vert jaune rouge comme les légumes exposés sur le trottoir font surtout penser à l'Afrique occidentale. Quelques magasins de vêtements sans marques, du même genre que ceux qu'on trouve sur les marchés, leggings noirs et sweat-shirts gris, chaussures en plastique, parapluies à motifs de coccinelle. Et plus ils avancent dans la rue, plus elle s'anime. L'omniprésence du béton, les fleurs dans les larges jardinières de la ville, le ciel bleu rappellent à Paul le Sud, les villes construites en bord de mer, Fos, La Seyne, Toulon, et quelque chose en lui s'éveille comme une nostalgie légère.

Ils croisent à un Abribus des élèves qui s'écartent pour leur céder le passage et dont certains saluent Candice d'un signe de tête ou d'un B'jour, m'dame. Plus loin ils longent l'arrière des cuisines du lycée, où les agents fument des clopes, assis sur un muret, le service presque achevé, puis le terrain de basket de rue où des gamins, toute la journée, dribblent des défenses invisibles en *killer crossover*. Les commerces, de plus en plus nombreux, deviennent à présent des burgers et des kebabs, des comptoirs de *buckets* de poulet frit et de pizzas à emporter. Paul a l'impression de faire du tourisme. Soudain, c'est une autre ville qui se dévoile.

Un tabac, une boulangerie marquent l'arrivée sur la place d'une ancienne église, face à un restaurant qui doit s'appeler Le Chêne ou Le Vieux Chêne, peut-être

Le Gros Chêne, et une supérette style Monoprix, Carrefour Market ou Mon Beau Marché. La place est occupée par un rond-point fleuri, en cette saison, de chrysanthèmes, d'hellébores et de camélias. Des jeunes gens en costume sortent d'une agence immobilière et se dirigent vers le restaurant. Ils croisent un groupe de femmes voilées en robe traditionnelle et manteau de laine, qu'ils saluent poliment. En vitrine du restaurant, des moustachus genre syndicat de routiers déjeunent de steaks-frites et lèvent des verres de bière en riant bruyamment. C'est ça aussi, Bondy, lui dit-elle. Vous voulez manger quoi ?

Elle alterne le vouvoiement et le tutoiement, mais ça ne le dérange pas, ça ne l'a jamais dérangé. C'est juste une façon de parler.

Il est 12 h 55 lorsqu'ils s'assoient tous les deux sur un banc, dans un petit square entre la mairie et le lycée, avec leurs parts de pizza fumantes et leurs cafés dans des gobelets en carton. Les manches de son pull, sorties de son perfecto, recouvrent le dos de ses mains comme des mitaines, et son jean est remonté sur ses chevilles quand elle a croisé les jambes. Elle tremble un peu et le bout de son nez est rougi de froid, comme le tour de sa bouche. Elle mord dans sa pizza, s'essuie avec la petite serviette en papier que la boulangère leur a donnée à chacun. C'est difficile de savoir, se dit Paul, ce qui est dû à la pizza, au rouge à lèvres ou au froid, dans le rose autour de sa bouche, jusqu'à son menton. Ce qui est dû au trouble, à l'espièglerie ou au froid, dans l'éclat qui brille à la surface de ses yeux noirs quand elle lui parle en les plongeant dans les siens. Ni pourquoi il se sent si nu, si stupide ni si maladroit. Si seulement.

Il est en train de la trouver belle, voilà ce qui arrive, il le sait. Pas belle, intéressante. Il est en train de désirer d'en savoir plus. Sur sa mèche grise. Sur ses mains fines. Sur ses yeux brillants et profonds comme la nuit d'un lac. Sur sa peau qui se fendille en porcelaine autour de ses yeux, au coin de ses lèvres. Sur ce rouge. Sur elle.

Paul n'a pas toujours été maladroit avec les filles. Il est comme tous ces mecs qui ne sont pas des canons, ni de beauté ni de musculation, et qui se débrouillent autrement, par l'humour. De temps en temps il s'est demandé si son goût pour l'écriture n'était pas une espèce de gymnastique quotidienne, une façon de s'entraîner à parler, de prendre son élan. De muscler un peu ses phrases, puisque c'est trop tard pour le reste. Ne pas partir en vacances au bord de la mer, ne jamais sortir en boîte de nuit et préférer la fréquentation des salles de cinéma à celles de sport fait partie des stratégies de bon sens. Depuis le départ de son ex-copine, il évite également de parler trop longtemps aux gens qui s'habillent en baskets, en fluo ou avec une veste en Gore-Tex. Mais je vais bien. Mieux. Je me suis refait tout un cycle Woody Allen, n'allez pas le répéter.

Et il croque à son tour dans sa pizza dont le fromage fondu vient par plaques. Assez parlé de moi, dit-il, un morceau d'emmental encore étiré entre sa bouche et la part de pizza. Mais vous ? On peut peut-être se tutoyer. Et elle lui sourit. Rouge.

Mon Dieu, comment fait-elle ça ?

12:55

C’est une délicieuse torture, le désir.

Le froid glacé du ciel leur mord le bord des oreilles et le bout du nez. Le banc leur gèle le cul. Mais ils sont là, à se parler, à fumer des clopes l’un près de l’autre, presque à se toucher, à se frôler le genou, le bras, ils soufflent doucement sur leur café dont l’odeur suffit à les réchauffer un peu, se regardent dans le noir des yeux, disent finalement assez peu, l’essentiel, comme quand on sait qu’un moment ne va pas durer, comme des parenthèses dans une phrase, en passant, son père malade et sa passion pour le théâtre, le calme de ce moment même, la joie de se rencontrer, de parler à quelqu’un dans le silence de l’hiver et le bleu du ciel.

Ils en oublieraient presque le temps et le cours de théâtre qui commence à la demie. L’autre café qui les attend en salle des profs. Le retour au chaud. Au bruit. Au boulot.

Troisième période

13:00

Parvis du lycée

Pour les profs comme pour les élèves, les cours de l'après-midi n'ont rien à voir avec ceux du matin. Si la digestion assure que les deux premières heures se déroulent dans un calme relatif, la tension monte avec la fatigue plus on s'approche de la fin de la journée. L'accumulation des devoirs à faire, à rendre, des leçons à assimiler, des interros planifiées, les intrigues durant les récréations, les conflits et les petites vexations, les frictions entre bandes et le harcèlement ordinaire écrasent peu à peu les élèves qui n'ont bientôt plus qu'une idée en tête : que cette journée se termine. Les dernières heures sont dures, conflictuelles. Un cours isolé de 17 à 18 heures, quel que soit le respect qu'on porte au professeur, peut vite devenir un champ de foire ou de bataille si celui-ci n'a pas pris soin d'établir des positions défensives et une stratégie digne de l'école de guerre.

Les profs aussi comptent les heures. Plus que deux, plus que trois. Encore une de 16 à 17. Tout le monde a des trous dans son emploi du temps, l'occasion de faire des photocopies, de parler avec les collègues, de lire ou de se reposer, ou simplement de s'ennuyer en regardant voler les pigeons du Chinois.

Pour le moment, tout le monde a fini de manger, ceux de la cantine et ceux du club Tupperware, ceux qui sont sortis pour s'acheter un sandwich en ville ou simplement éviter de côtoyer les autres. Certains cours reprennent à 13 heures ou 13 h 30, des cours d'une heure et demie comme il y en a parfois en sport ou dans quelques spécialités, mais la plupart ne commencent qu'à 14 heures. Devant les grilles du lycée, ouvertes durant dix minutes, comme au début de chaque heure, pour permettre les entrées et les sorties, un groupe de profs distribue aux élèves qui se présentent dans les deux sens un tract imprimé sur une demi-feuille.

Contre les réformes en cours dans l'Éducation nationale. Contre les nouveaux programmes. Contre l'éducation à deux vitesses. À trois ou à quatre vitesses. Contre le baccalauréat qui n'est plus le baccalauréat. Contre les non-remplacements de professeurs. Contre les heures supplémentaires imposées. Contre les salaires trop bas, plus bas qu'au Portugal, qu'en Grèce. Faudra pas s'étonner, après – le tract ne dit pas de quoi. Contre les conditions de travail. Contre la crise des vocations. Contre les conditions d'embauche. La précarisation. La paupérisation. Contre les inégalités. Contre les injustices. Contre le blues social et la déprime économique. Contre le seul ministère au monde qui se traite lui-même de mammouth – le mot, célèbre, était celui d'un ministre qui pensait aussi que le réchauffement climatique était une rumeur infondée. Même en recto verso, c'est très difficile de faire tenir autant de revendications sur un tract aussi petit. En bas de la page, en gras, le message est pourtant clair : Pour la grève.

Jeudi. Mais vous devez vous sentir concernés vous aussi. Denis et quelques camarades expliquent la politique aux jeunes. Bien sûr que vous avez le droit de vous réunir. Vous pouvez demander une salle. On peut venir avec vous, voir la direction. Vous devez vous organiser pour ça. Élire des représentants. Oui, c'est ça, c'est comme notre AG. Il faut tout leur dire, tout leur expliquer. Les lycéens se sentent moins concernés par l'aspect politique du problème que par ses implications directes sur les cours, mais après tout, il n'y a pas de mauvaise raison de se lancer dans une entreprise révolutionnaire, quelle qu'elle soit. Si toute la classe rejoint le mouvement lycéen, le prof ne notera pas les absences, en tout cas moi, je ne le ferai pas. Bon, c'est un risque. Évidemment, la grève, la grève, mais enfin vous pouvez aussi participer à la manifestation. Vous joindre au cortège. Il faut faire une banderole. On peut vous montrer comment faire. Il faut un drap, de la peinture, on en a. Il faut faire des trous pour que le vent passe à travers, comme les parasols. On vous montrera. Bien sûr, il faut débrayer pour s'organiser, pour se réunir, pour faire des banderoles, hé, qu'est-ce que tu crois ? Vous pouvez organiser un blocus par exemple. Là, cet après-midi. Avec toutes les poubelles, devant le S, il y a bien de quoi faire une barricade.

Techniquement, quand ce sont les élèves qui organisent un blocus pour empêcher l'accès aux cours, en bloquant les grilles avec un cadenas et un mur de poubelles incendiées par exemple, les profs n'ont même pas besoin de se mettre en grève, et de perdre une journée de salaire, pour que le lycée soit en rideau. Dans un mouvement social, chacun doit prendre sa part.

L'idée fait son chemin, notamment chez les terminales qui voient s'approcher les examens partiels de mars. Une autre légende urbaine – en plus de celle qui veut qu'on accompagne toujours quelqu'un à l'infirmerie – prétend qu'un mouvement de grève lycéen bien mené peut conduire à l'annulation des examens – en tout cas à leur obtention automatique. La légendaire jurisprudence 68 a été réactivée par le corona-bac de 2020.

Les lycéens rentrent en hochant la tête ou en lançant un mot d'encouragement. Force. On est avec vous, m'sieur. Ils traversent le sas entre les deux grilles et pénètrent dans la cour de l'établissement en discutant de ces histoires de blocus et de cours qui seront annulés, des contrôles de la semaine et des partiels du bac qui n'auront peut-être pas lieu, tu crois pas ? Ils en parlent et se motivent les uns les autres, comme au jeu de l'action ou vérité, pour savoir qui va lancer le mouvement, si ça va vraiment se faire.

Oh, rien, m'dame, disent-ils à la proviseure qui prend le frais et le soleil d'hiver devant la porte ouverte du bâtiment A. Montrez-moi quand même ce que vous avez là. Elle lit le tract en fronçant les sourcils.

La proviseure est une femme d'un certain âge, avec de jolies rides sur le visage, qui porte toujours un chapeau et s'habille dans un camaïeu de verts qui vont de la pistache à la campagne anglaise. Elle est ronde et souvent penchée en avant comme si elle réfléchissait en marchant ou comme une dame de Miyazaki, très blanche, regardant le sol pour ne pas s'envoler.

Elle hésite à se diriger vers le parvis.

Interférer dans les affaires des syndicats n'est jamais une bonne idée.

C'est un de ses derniers postes, elle attend son bâton de maréchale, peut-être Paris. Proviseur est devenu un métier très administratif. Les carrières se font au rectorat, pas dans les lycées. D'ailleurs elle n'a jamais été professeure. Elle essaie d'être là, tous les matins à la grille, aux moments clés de la cantine et des grandes récrés, mais de plus en plus souvent elle est appelée à participer, au rectorat, à des réunions de pilotage de projets concernant en général la laïcité ou les valeurs de la République, conçus dans des bureaux à moquette beige par des inspecteurs en mal de reconnaissance qui écrivent des mails de huit pages pour être bien sûrs que personne ne les lit. Obligée, pour faire bonne figure, attester qu'elle est sur la même ligne de front et dans les mêmes combats, obligée de se saisir avant décembre de l'un des projets pédagogiques, n'importe lequel, et de tenter de le faire adopter à frais constants par quelques profs de son établissement. Elle joue le jeu. Elle fait vivre la machine à projets, qui est une sorte de machine à solutions sans problèmes réels à résoudre. De temps à autre elle propose d'héberger une réunion de formation, avec visite des locaux et repas à la cantine. On voit alors débarquer des jeunes gens en costume, les mêmes que dans les séminaires d'entreprises. Elle le fait bien. N'en fait pas trop. N'apprécie pas spécialement les discours et tout cet art de brasser des mots pour se faire mousser, montrer qu'on maîtrise les concepts à la mode, appris dans les dissertations des think tanks de partis politiques et de la franc-maçonnerie en tablier d'écolier. Elle aime aussi le travail « en interne », c'est-à-dire la gestion au quotidien des problèmes de son établissement. Essaie de ne pas perdre trop de points, au jeu du rectorat, en s'intéressant trop à son lycée, son personnel, ses profs et ses élèves, bref à son boulot, ce qui ne manquerait pas de faire apparaître des problèmes qu'on ne manquerait pas de lui reprocher.

On perd des points quand il y a du grabuge. On perd la prime de « bonne gestion ». Grèves. Incidents. Il faut éviter les conseils de discipline, les récriminations trop insistantes au sujet des remplacements. Éviter à tout prix les conflits avec les associations de parents et, par-dessus tout, éviter les médias. En interne, on devient diplomate. Il s'agit de faire passer les pilules, les effectifs qui augmentent, les options qui disparaissent, les spécialités imposées, les remplacements non assurés des congés maladie ou maternité, en faisant semblant d'adopter systématiquement le point de vue du syndicat le plus en colère. Dire : Vous avez raison, et ne rien faire, puisque de toute façon on ne peut pas. Mettre tout sur le dos du rectorat, mais sans le harceler, sans qu'il puisse se douter qu'il y a un problème. Se contenter des voies officielles. Jouer avec les pronoms. J'ai envoyé un mail, Nous n'avons pas de réponse, Vous allez devoir trimer encore, Mais je suis avec vous. Et quand la colère monte, lâcher un peu de lest. En France, on n'a pas de sous, mais on a du temps devant nous. Banaliser des semaines pour les examens, des journées pour les projets, des après-midi pour les réunions, faire sauter des cours, donner un peu de temps aux profs qui n'ont pas d'argent, comme on donnait à une époque leur journée aux domestiques. Anticiper les demandes. Surtout, ne jamais se mettre à dos les syndicats.

Sauf en cas de danger plus grand et plus immédiat.

La proviseure fonce vers les grilles à petits pas rapides, en regardant ses pieds. Denis est un peu interloqué parce qu'il sait que ça ne se fait pas. L'administration, issue du code napoléonien, ne saurait interrompre une révolution en marche. Le commissariat nous a appelés. Non, pas à propos de la grève, à propos d'une émeute. Denis ironise, Denis fait le malin. Ses collègues apprécient. Ils craignent une émeute ? Un groupe a été vu. Aperçu, ce matin, très nombreux. Et ça fait pas mal de bruit sur les réseaux sociaux. Il monte sur ses grands chevaux. Le droit de grève, la liberté d'expression. Oui, mais les élèves. Le devoir de réserve. Quand on voit ce que fait le gouvernement, la destruction systématique du service public, on se demande un peu si la défense de la République ne consiste pas, aujourd'hui, à désobéir à l'État. Tout de même. Fonctionnaire. Oui, mais on se demande, hein. En 40, n'est-ce pas ? Sourires entendus.

Faites comme vous voulez. Vous avez raison. Mais je vais tout de même rappeler le commissariat pour avoir des informations. Nous aviserons ensuite. Et la proviseure repart à petits pas rapides. Remonte dans son bureau, ferme la porte.

13:55

Salle polyvalente

Candice fait faire le tour de sa salle à Paul, avant de laisser entrer les élèves. Elle en est fière. Ce n'est pas réellement sa salle, bien sûr, c'est la salle polyvalente en sous-sol du bâtiment D, sous le CDI du lycée, qui sert aussi à l'option cinéma et aux réunions de rentrée, comme il y en a dans de nombreux établissements scolaires. Mais elle a réussi à y faire installer une rampe de lumière au-dessus de l'estrade en parquet, et, derrière l'écran escamotable, un rideau noir qui sert de coulisses. Les gradins de strapontins sont en pente douce, et une cabine de régie, en haut de la salle, permet d'orchestrer lumières et musiques.

En entrant elle laisse la porte entrouverte pour profiter du rai de lumière qui s'y glisse, et guide Paul jusqu'à l'estrade. On la distingue à peine et elle lui tient le bras pour qu'il monte dessus sans se casser la figure. Il est plus souple qu'elle l'aurait pensé, souriant et tranquille. Il se redresse une fois qu'il l'a rejointe sur la scène minuscule et lui fait face. Il est légèrement plus grand qu'elle, elle ne l'avait pas remarqué. Candice ne se voit jamais plus petite que les gens, qu'elle regarde toujours droit dans les yeux. Il pose à son tour une main sur son bras à elle et tout son corps se rapproche soudain du sien, dans la pénombre de la pièce, au bord du plan de lumière solide que découpe dans l'espace le rayon qui provient de la porte, cloison vide où dansent les poussières, tels des éclats microscopiques de silence et de temps. Une seconde. Peut-être deux. Elle attend, mais ne ferme pas les yeux. Le temps de décider qu'elle ne dirait pas non. Les plonge dans les siens, dans le noir de ses yeux de chien battu qui sourit quand même, qui ne sait pas trop comment s'y prendre, ça se voit, comment se faire aimer. Elle se retourne dans un éclat de rire léger et descend de la scène d'un bond, remonte la salle le long du mur, jusqu'à la cabine. Il n'a pas bougé.

Candice le regarde, étonnée elle-même d'avoir pensé ça, elle le regarde en se demandant après tout, en se demandant ce qu'il a, en se demandant ce qu'il lui fait, après tout pourquoi pas. Pris dans le rai miroitant de lumière, à présent, il a à peine bougé, laissé retomber son bras le long de son corps, la main directement glissée dans la poche de son manteau, il regarde dans sa direction, mais elle sait qu'il ne peut pas la voir. Il a simplement suivi au début sa silhouette qui se découpait dans l'obscurité comme une ombre plus noire, puis le bruit de ses pas. Il regarde vers le haut, ses cheveux mi-longs flottent autour de ses oreilles comme une auréole. Attention. Et elle allume la rampe qui l'éblouit, le force à lever le coude et à se protéger les yeux comme si ce n'était pas de la lumière mais une vague qui se brisait et lui tombait dessus.

Elle rit et lui parle dans le micro de la console de son, lui désigne sur les strapontins qu'elle éclaire par groupes de deux ou trois rangées, comme s'ils étaient peuplés de gens venus au théâtre, les officiels dans les premiers rangs, Monsieur et Madame la proviseure et son époux, l'intendante, les adjoints, la CPE, Nathalie que tu as vue à l'AG, le coin des syndicalistes, Denis, Claire, qui restent debout dans l'allée opposée à la porte pendant la réunion de rentrée et viennent faire leur discours de présentation à la fin, les invités de l'Amicale des personnels, Tu verras, c'est sympa, ici tout le monde se tutoie, et puis les profs et les agents, les vieux profs sages d'abord, qui hochent la tête au discours de la proviseure, puis les plus jeunes, puis les nouveaux qui espèrent déjà repartir de là en courant, puis les agents qui font toujours les timides mais qui sont quand même contents qu'on les présente, le chef de la cantine, le responsable des travaux, le gardien, et tous se lèvent à l'appel de leur nom et de leur fonction, tournent sur eux-mêmes en hochant la tête comme ils ont vu faire à la télé, puis les vieux profs pas sages comme elle et quelques copains qui savent qu'il y a une porte, une sortie de secours, au fond de la salle, pour aller fumer des clopes pendant les représentations. Sa voix métallique coupe le souffle du micro. Elle est enjouée. Elle joue.

Elle montre, tout près de la régie, la vanne du grand secours, c'est comme ça qu'on l'appelle. Il y en a dans tous les théâtres. C'est la vanne de déclenchement du dispositif anti-incendie. Rouge, pour qu'on la reconnaisse. Elle noie la salle en vingt secondes.

Elle fait varier l'intensité des spots de la rampe, les couleurs, et rit de le voir un peu emprunté, ne sachant trop comment se tenir dans la lumière. Immobile, une main en visière au-dessus de ses yeux.

Elle baisse un peu l'éclairage de la rampe, lui fait l'aube gris et blanc au bord du plateau, l'aube de Roméo et Juliette, Est-ce le rossignol que j'entends ? Elle le rejoint sur la scène et lui fait face de nouveau, s'approche encore. Est-ce le rossignol ou l'alouette ?

Et l'arpège débile de la sonnerie de la récré vient lui répondre, il est 13 h 55, comme un piano swing et sucré de film érotique. C'est la première sonnerie, mais un élève passe la tête par la porte et le jour se lève sur la scène. C'était l'alouette, lui dit Paul en souriant. C'était l'alouette. Et elle soupire. Entrez, entrez ! Lui doit se rendre au troisième étage, en D312, pour un atelier d'écriture poétique avec Chantal.

Candice a d'abord présenté à ses élèves *Le Bourgeois gentilhomme* comme une comédie sur la folie des grandeurs, en repensant à Louis de Funès que les lycéens d'aujourd'hui ne connaîtraient sans doute jamais et qui pensait, lui, à *Ruy Blas* plutôt qu'au *Bourgeois*, mais c'est, si l'on veut, également une histoire de gars du peuple qui se dit, hé, pourquoi pas moi.

Elle a éprouvé quelques difficultés à expliquer la figure du parvenu à des élèves qui ne rêvent que de ça, s'enrichir.

Les vices à la mode passent pour des vertus, dit Dom Juan.

Elle a essayé malgré tout, c'est son métier. A expliqué que même les grandes pièces de Molière, celles qui pourraient être proches de la tragédie, des pièces sérieuses qui mettent en scène des caractères plus complexes que l'avare ou le mari trompé, reposent sur le principe du ridicule. Le misanthrope est ridicule, parce qu'il est amoureux. Et en plus il est amoureux d'une jeune veuve d'à peine vingt ans qui ne pense qu'à s'amuser. Tartuffe, le dévot, est ridicule parce qu'il est hypocrite et concupiscent. Ses grands discours religieux ne servent qu'à masquer les désirs les plus vils : l'argent, le sexe. Dom Juan, le séducteur, *l'épouseur du genre humain*, n'est qu'un solitaire rejeté de tous, un Don Quichotte accompagné seulement de son valet qui est bien obligé de le servir. À chaque fois, dit-elle, il y a une contradiction entre le caractère et le rôle.

Le bourgeois, même riche, ne sera jamais noble.

C'est le type qui a réussi et qui lâche des gros billets en boîte de nuit, qui paye des tournées de champagne et qui loue le carré VIP, mais qui s'habille en jogging et claquettes Louis Vuitton, et que tout le monde trouve affreusement vulgaire. Vous voyez ? Parce qu'il n'a pas les codes.

Ben non, tout le monde a envie qu'il nous paye un verre.

Vous dites qu'il est ridicule, mais c'est élitiste.

Non, je dis qu'il est ridicule parce que c'est drôle. Quand ils se moquent de lui, quand on assiste aux leçons, quand on entend le compte rendu qu'il en fait à sa femme, on rit. On ne peut pas s'en empêcher. Il est idiot. Il est fou.

Les élèves froncent les sourcils. Qu'y a-t-il de drôle dans la société de castes de l'Ancien Régime ? Dans le fait que malgré tous ses efforts et malgré sa réussite objective, le bourgeois sera toujours perçu comme un imposteur et ridiculisé par des aristos, tel son entremetteur, qui ne valent pourtant pas mieux que lui ?

C'est à cause de ça, les CV anonymes, disent-ils.

Les élèves ont vaguement conscience qu'à eux aussi, on reprochera toujours leurs origines sociales, banlieusardes, ethniques, culturelles, dans un monde pourtant tellement plus ouvert, paraît-il, mais où le fait de savoir peler une poire avec ses couverts sans y mettre les doigts est une frontière toujours aussi infranchissable qu'intangible.

Quand même : est-ce qu'on est obligé de se moquer de lui ?

Le problème, c'est que c'est drôle. Ils ne peuvent pas dire le contraire. On lui fait des leçons sur la façon de prononcer les lettres, on lui explique des trucs qu'un élève de CE2 maîtrise. Tout le monde rit.

On rit, oui, mais est-ce que ça veut dire qu'on se moque de lui ? C'est Malik qui a pris la parole. Après tout, nous aussi on a des rôles, non ? On prend des attitudes. Tout le monde. Ça ne veut pas dire qu'on est ridicules. Je veux dire, si on y croit, OK, mais la plupart du temps, quand on fait un truc stylé, c'est qu'on en a conscience, on le fait exprès. Votre gars, là, avec le jogging LV, c'est une caricature mais en fait peut-être que ça l'amuse, lui aussi. Dans un clip, par exemple, les rappeurs ils jouent avec des clichés, mais il y a de l'autodérision. On rigole avec eux en fait parce que c'est drôle, la façon de se mettre en scène et tout ça. Alors ce n'est pas obligé qu'on se moque, si on rit.

Pas forcément, c'est vrai. Candice s'arrête, prend le temps de réfléchir. C'est un truc qu'elle s'autorise parfois. Un silence de plusieurs secondes, vingt, trente, parfois une minute, comme ça à regarder dans le vague au fond de la salle. Les élèves trouvent ça bizarre mais ils le respectent parce qu'ils savent qu'elle réfléchit vraiment, qu'elle cherche une réponse digne d'eux en somme.

Je crois que Molière vaut mieux que ça, vous avez raison. On n'est peut-être pas obligés de toujours rire aux dépens des personnages. Il y a peut-être moyen de rire avec eux, avec eux tous ensemble, comme avec une troupe de théâtre qui s'amuse.

Et si le bourgeois n'était pas qu'un mytho ? S'il s'amusait lui aussi ? Que ferait-il ? Il ferait semblant d'y croire. Ou même il y croirait un peu mais, comme vous dites, Malik, avec une petite dose d'autodérision. Il ferait semblant d'y croire et il travaillerait pour que ça ait l'air crédible. Il prendrait des professeurs pour lui apprendre tout ce dont il aura besoin. Nous les avons répétées, ces scènes. Est-ce que le bourgeois apprend des choses utiles dans la vie ? Est-ce qu'il a un professeur de mathématiques pour apprendre à mieux calculer ses profits, à réussir en affaires ? Un professeur de droit pour apprendre à gagner ses procès ? Est-ce qu'il a un professeur de morale pour lui apprendre à se conduire comme il faut en société et à être heureux ? Le professeur de philosophie essaie, mais il n'en veut pas, de la morale. Qu'est-ce qu'il lui demande à la place ? La prose et les vers. Bien. Les lettres. Oui. Les voyelles et les consonnes. C'est-à-dire la diction. Comment parler pour avoir l'air de bien parler, pour imiter la diction d'un noble. Pour faire semblant. Pour faire exprès comme vous dites, Malik.

Qu'est-ce qu'il apprend d'autre, qui sont ses autres maîtres ? La danse, OK, ça va lui servir pendant les intermèdes, et puis l'escrime avec le maître d'armes. Mais le maître d'armes ne lui apprend pas vraiment à se battre, seulement à adopter les bonnes positions, la quinte, la quarte, la tierce, il lui apprend à avoir l'air de se battre. La diction, la danse et l'escrime. Autre chose ? Oui, le tailleur. Celui-ci ne lui apprend rien, mais il lui fait un habit, un habit d'aristocrate, c'est-à-dire un déguisement, un costume.

Bien. On a donc un bourgeois qui se paye un costume de gentilhomme et qui, pour l'aider à en tenir le rôle, prend des cours de diction, d'escrime et de danse. Mais c'est un acteur, m'dame ! Oui, Malik, exactement. C'est un comédien. D'ailleurs, dans les écoles de théâtre, aujourd'hui encore, on apprend la diction, la danse et l'escrime.

Ce n'est pas une pièce sur l'ascension sociale impossible ou le transfuge de classe ou je ne sais quoi à la mode, c'est une pièce sur le théâtre. Sur le bonheur de jouer la comédie et de s'amuser à tenir des rôles. Sur la folie peut-être d'y croire un peu pour les rendre crédibles. C'est une pièce sur le rire propre à la comédie, où l'on rit avec les comédiens, aux dépens de personnages dont on sait que ce ne sont que des personnages, puisqu'on est venus au théâtre pour les voir. Les spectateurs ne sont pas idiots.

C'est très français de croire qu'on rit contre. L'ironie, Voltaire, c'est venu plus tard. Le grinçant. La morale. Molière a du génie, il n'a pas besoin, pour grimper plus haut, de marcher sur des nains.

On rit avec, pas contre.

14:20

Sous l'autoroute

Le soleil a entamé sa descente. C'est au tour des salles à chiffre pair de l'avoir dans l'œil, et les élèves demandent de fermer les rideaux occultants, à chaque fois c'est le même cirque. Déjà qu'on ne le voit pas beaucoup en hiver.

Personne ne peut se douter que la bande d'Adama est en train de franchir le pont de Bondy. À moitié sur les rails du tramway, à moitié sur la route qui descend de Bobigny, laissant juste la voie de gauche aux voitures pour qu'elles les doublent au ralenti, les frôlant dans des embardées avec un mélange de peur et d'agressivité, tous klaxons hurlants. Les tramways ont été retenus dans les deux sens aux gares avoisinantes de Bobigny et Noisy-le-Sec dès que leur présence a été signalée sur les caméras de surveillance, et l'incident a aussitôt été transmis aux autorités, c'est-à-dire aux commissariats de Bobigny et de Bondy, qui ont dépêché des voitures de patrouille, des Fiat blanches à bandes tricolores et gyrophares. Débarquant au niveau du pont par la D10, qui sert d'entrée de ville à Bondy, et par l'avenue de Rosny, qui traverse Noisy jusqu'au centre commercial régional, les voitures de police se sont rejointes sous le pont. Les agents ont fait contact et signalent par radio que le groupe nombreux et excité de tout à l'heure est devenu une armée, une véritable armée, Vous m'entendez, central, ils doivent être cent, c'est noir de monde sur le pont et ils se dirigent vers le carrefour. Et non, central, on ne peut pas les empêcher de passer, même si on se met en travers. Demandons renforts. Demandons ordres.

Les comicos font suivre à la préfecture. Vous ne nous aviez pas dit ça, tout à l'heure. C'est un groupe de jeunes de Bondy Nord, et ils ont traversé dans l'autre sens. On pensait qu'ils allaient foutre la merde chez eux.

Attendons ordres. Surtout ne faites rien.

Les gamins ne sont plus si gamins. Il y en a à scooter, sur des motos de cross sans plaque. Beaucoup de battes, quelques pieds-de-biche, des chaînes de cadenas. La police voudrait savoir s'il y a des armes. La police ne voudrait pas risquer des tirs. Ils sont trop nombreux et déjà engagés dans le bas du pont, si bien qu'on ne peut les empêcher d'investir le carrefour, sous l'autoroute et sous les bretelles de la nationale, le carrefour de dingue et ses douze voies, ses sept arrêts de bus, et c'est immédiatement une pagaille indescriptible parce que, même à cette heure, il y a toujours pas mal de voitures sur la nationale, et aussi des camions qui n'entendent pas se faire bloquer, des transporteurs étrangers qui ne comprennent pas ce qui se passe, des bétonnières à la visibilité réduite, très hautes sur roues, qui avancent au pas en priant pour ne pas écraser de mômes, ce dont elles se rendraient à peine compte. Une voie se crée vers Noisy-le-Sec, au ralenti.

L'armée d'Adama, elle, se déverse sur le carrefour comme un flot que rien ne peut arrêter. Un groupe de tête, d'une trentaine d'individus, s'engage sur les voies, obligeant les voitures à s'arrêter devant eux, à klaxonner, à se ranger en quinconce dans un effort pour les contourner, avant de comprendre qu'ils ne sont pas seuls. Une centaine de gamins les suivent qui prennent possession de l'espace et comblent les interstices, frappent du plat de la main sur les capots, menacent les conducteurs et leurs passagers en brandissant des battes. Côté D10 et nationale vers Paris, les voitures se sont fait bloquer, trop tard pour reculer. Elles sont déjà engagées sous l'autoroute, au milieu de cet enchevêtrement de voies qui mélange les voitures et les bus, dont l'esplanade fournit une sorte de plage à cette marée humaine. La voiture de patrouille de Noisy recule et peut faire demi-tour par la voie de déversement qui s'est créée de ce côté, mais celle de Bondy se retrouve coincée par la masse de véhicules qui vient de congestionner le carrefour en quelques minutes. Il y aurait une issue du côté de la rue qui s'enfonce dans la cité du Potager le long du S, en bordure du lycée, mais il faut agir vite et les jeunes sont déjà presque au contact. Quelques-uns montrent du doigt la voiture et ses gyrophares qui ne passe plus du tout inaperçue au cœur de cette folie. Si on pouvait se pencher au bord de l'autoroute là-haut, ça apparaîtrait sans doute comme une embolie dont le caillot menace à tout moment de rompre l'artère, de se déverser sans ordre, à jets discontinus, dans un organe submergé.

Le véhicule de police est occupé par un jeune lieutenant et deux brigadiers terrorisés qui contemplent la débâcle à travers le pare-brise et les fenêtres fermées, et cherchent du secours par radio, en sachant que la cavalerie ne peut pas arriver à temps, qu'il faudrait un fourgon entier et des équipements de maintien de l'ordre, peut-être une demi-compagnie de gendarmes mobiles ou tout ce que les baqueux peuvent apporter de puissance de feu non létale, pour calmer ce flot qui monte comme une marée d'équinoxe, et qu'il faudrait tout ça dans deux minutes exactement, parce que c'est à peu près le temps que mettront les émeutiers pour les atteindre en se faufilant entre les voitures immobilisées, et là. Le lieutenant s'appelle Aymeric, il doit avoir vingt-cinq ans. Il ne sait pas du tout ce qu'on fait dans ces cas-là. Il vient d'un village, près de Saint-Pol-de-Léon, en Bretagne, pays des algues vertes, du granit et des cochons noirs. Il vient de passer deux ans à Cannes-Écluse, en Bourgogne, à l'école d'officiers. Il n'était jamais allé à Paris, avant d'être muté ici. N'a pas du tout l'intention d'y mourir, mais ne voit pas vraiment comment la situation pourrait évoluer en leur faveur.

Sur le siège arrière le brigadier J. est en train d'armer le fusil à pompe qui équipe le véhicule, en rentrant dans le magasin dix cartouches rouges et cuivrées, marquées Police. Lorsqu'il tire sur la pompe d'un coup sec et que se fait entendre le claquement distinctif de ce système d'armement, le lieutenant se retourne, l'air effaré. Le brigadier, qui a déjà reposé le fusil sur ses genoux, est en train d'aligner sur le siège à côté de lui tout ce que son équipement et celui de la voiture peuvent compter de grenades fumigènes, à poivre, et de flash-packs étourdissants d'intervention, ainsi que de grenades à fragmentation. Le jeune lieutenant ordonne en aboyant de ne rien tenter de stupide, mais il n'a pas grand-chose de plus intelligent à proposer. Le brigadier le regarde avec un regard aussi terrifié que le sien, mais plus déterminé. Hausse les épaules. Sur le siège conducteur, la brigadière C., qui n'a aucune envie de mourir ici elle non plus, crie dans la radio grésillante sur des fréquences aiguës. Le lieutenant lui prend la radio des mains et lui fait signe de se concentrer sur la manœuvre, ouvre sa fenêtre pour faire de grands gestes aux voitures qui leur font face, Écartez-vous, écartez-vous. Évidemment il n'y a pas la moindre place pour manœuvrer.

Les jeunes qui se rapprochent se glissent dans l'embouteillage géant, lançant des bordées d'injures et des regards menaçants aux conducteurs qui font rugir leur moteur à leur approche. Certains, ne comprenant pas tout à fait ce qui est en train de se passer, ou désireux d'en mesurer l'ampleur, sont sortis de leur voiture, la portière entrouverte, une jambe encore à l'intérieur, prêts à se replier. Que faire d'autre ? Pour les policiers du véhicule de patrouille, ce n'est pas une option. La semaine précédente, de l'autre côté de Paris en banlieue ouest, une patrouille s'est fait piéger ainsi dans sa voiture, les émeutiers ont balancé dedans un cocktail Molotov, prêts à les tuer, à les brûler vifs.

La radio crachote péniblement. Repliez-vous. Comme si. La brigadière C. manœuvre, centimètre par centimètre, les pneus crissant, reculant à droite, avançant à gauche, faisant tourner le volant des deux mains l'une après l'autre, comme une vanne dans un sous-marin, à toute allure, aussi vite qu'elle peut, et elle est rouge et souffle comme un bœuf, fait vraiment tout ce qu'elle peut pour se dégager de l'embouteillage, comme on se déprend d'une gangue de boue ou de mélasse visqueuse, la Fiat enfoncée dans la merde, oui. Le jeune lieutenant hurle par la fenêtre, Dégagez, bordel, dégagez ! Les yeux exorbités dans un front en sueur malgré le froid sec, la chemise déjà toute mouillée sous le gilet pare-balles. De la buée sur la vitre arrière. Cela semble désespéré. Le brigadier J., à l'arrière, le fusil sur les genoux, a saisi deux grenades à poivre et commence à baisser sa vitre, cherchant le regard de son officier dans le rétroviseur. Il surveille la progression d'un groupe de jeunes plus rapides, de ce côté, qui se précipitent en hurlant et en courant à présent qu'ils ont remarqué la tentative de se dégager du véhicule de police piégé, qu'ils comptent bien exploser pour de bon, mettre en pièces. Niquer sa race.

La brigadière fait une embardée, percute le pare-chocs de la Honda de devant, ce qui fait taire tout le monde dans l'habitacle d'un coup, le buste projeté en avant et la tête qui revient, heurte l'appui. Le brigadier J. en a lâché une de ses grenades qui roule à ses pieds et, le temps de la ramasser, se penchant, se couchant sur la banquette, il perd de vue la bande en train de courir dans leur direction, sautant entre les voitures à l'arrêt. Balance au jugé la deuxième, celle qu'il avait gardée dans la main, puis la première qu'il vient de ramasser. Les deux explosions sourdes sous l'autoroute aérienne sont suivies d'un silence de mort qui dure peut-être deux secondes, avant de donner lieu à une vague de cris, de hurlements, qui submerge le carrefour. La brigadière pousse sa chance et tant pis pour la Civic rouge. Le conducteur furieux est en train d'ouvrir sa portière, lorsqu'elle pousse littéralement sa voiture sur un mètre en faisant rugir son moteur. Puis recule en tournant le volant comme une dingue, les mâchoires serrées, les tempes en nage. Se crée une voie, comme une voie d'eau libre soudain dans le déchirement d'une banquise, dans laquelle elle s'engouffre en accélérant au bord du trottoir devant le S, grimpe dessus en faisant taper le châssis. Le lieutenant a anticipé, attrapé la poignée de sécurité au-dessus de la vitre, mais le brigadier, à l'arrière, sans ceinture, a carrément heurté le plafond de la tête, Putain de merde. Tu vas voir les petits enculés. Et alors que la voiture de patrouille accélère sur le trottoir et défonce la rangée de poubelles pour s'engager dans la rue du lycée, il balance deux fumigènes vers l'arrière, et sort par la vitre le canon du fusil à pompe, passe comme ça en trombe devant le lycée, tandis que la voiture saute presque du trottoir sur la chaussée, manquant d'écraser les gamins qui sont là à attendre la prochaine sonnerie, celle de la demi-heure, et se retournent, inquiets, vers la source du bruit qui monte à présent du carrefour comme un orage qui se gonfle en approchant des côtes, se préparant à déferler comme une lame de fond, un orage de colère, l'armée d'Adama.

14:35

Rue du lycée

Les surveillantes présentes à ce moment-là dans le local vitré qui permet de surveiller les grilles et une partie de la cour ont décrit ça comme un moment de panique : des élèves du collège et du lycée qui se précipitent depuis la rue sur le parvis devant le sas d'entrée, en hurlant et en jetant des coups d'œil effarés derrière eux. Elles n'ont pas compris d'où était venu le bruit de moteur, un long grognement d'accélération comme une sirène qui monte en puissance et le crissement strident des pneus, elles ont pensé à une espèce de rodéo, à un de ces imbéciles qui font peur aux gamins en accélérant en roue arrière, sans casque, toute la journée à faire des allers-retours dans cette rue à sens unique et qui vont finir par se tuer ou tuer quelqu'un. Elles n'ont pas vu le gyrophare, les bandes bleues et rouges de la voiture. Elles n'ont pas vu le brigadier J., son regard fou, terrorisé, brandissant son fusil à pompe par la fenêtre ouverte du véhicule. Juste les collégiens, les lycéens qui se déportent comme s'ils avaient vu le diable. Et un drôle de bruit lointain qui leur fait penser, tout de suite, qu'il se passe quelque chose de grave. Elles demandent par téléphone à la CPE l'autorisation d'ouvrir les grilles avec dix minutes d'avance pour les laisser entrer, Il se passe quelque chose dehors, et les referment immédiatement après eux. Qu'est-ce qui se passe ?

Nathalie part en courant de son bureau, juste le temps d'attraper son manteau de laine noir accroché à la patère sur la porte, de glisser dans la poche son téléphone portable et son trousseau de clés digne d'un surveillant de prison, de descendre la volée de marches qui mène au rez-de-chaussée du B et de traverser la cour aussi vite qu'elle le peut sur ses chaussures à talons trotteurs, en alternant la course qui l'essouffle et fait rebondir ses seins comme des ballons dans son pull en mohair rose, et une marche rapide à grands pas pour éviter d'arriver hors d'haleine à la grille. Elle écoute le récit désordonné des élèves qui veulent parler tous en même temps, s'interrompent les uns les autres pour ajouter des détails à la scène, le bas de caisse qui raclait le trottoir en hurlant et produisait une gerbe d'étincelles, la fumée qui sortait du carrefour au coin du S, comme un incendie blanc, et les bruits lointains des klaxons de voitures et de camions qui résonnaient sous l'autoroute comme des cornes de grands bateaux qui se croisent dans la brume.

Elle a du mal à y croire, à la voiture de flics qui défonce le garde-corps en sautant du trottoir et dérape sur l'asphalte au milieu des gamins qu'elle épargne miraculeusement, avant de refaire une embardée sur le dos-d'âne devant le lycée, l'arrière qui chasse dans l'autre sens, le moteur qui rugit, les lycéens qui sautent la barrière pour se protéger, se plaquent contre le mur ou se jettent sur le parvis à travers la porte d'entrée ouverte. Le flic-zombie à l'arrière, la tête en dehors de la bagnole, secoué comme dans une essoreuse, les yeux rouges exorbités, les deux mains accrochées à son fusil à pompe, Un putain de fusil à pompe, ma gueule ! Pardon, m'dame. Elle a du mal à y croire, mais les élèves ont eu vraiment peur. Les collégiens surtout. Les lycéens tentent de faire bonne figure. Ils ont vite repris une forme de contrôle sur le récit qu'ils donnent des événements, et l'hypothèse du flic-zombie leur semble expliquer bien des choses. Il leur permet surtout d'en rire, ce qui n'est déjà pas si mal. Mais les collégiens, eux, sont totalement terrorisés. Ils ne comprennent pas ce qui s'est passé. Nathalie non plus.

Il fait froid. Elle tient son manteau croisé par le col, d'une main. Sent l'air glacé qui vient lui mordiller les oreilles. Rajuste ses lunettes sur son nez, dont le bout rosit déjà, et fronce les sourcils, attrape les clés au fond de sa poche. Passe par le sas des profs, devant la loge du gardien, avec sa porte étroite. Sort. Elle prend son temps pour observer les alentours. Il y a des traces noires de pneus sur la chaussée, et la rambarde de sécurité de l'autre côté de la rue, à une vingtaine de mètres, est en effet par terre, descellée, explosée, complètement tordue. Un peu de fumée blanche s'échappe encore du coin du S, provenant du carrefour sous l'autoroute invisible d'ici, caché par l'immeuble géant qui masque même l'autoroute aérienne. Il n'y a, bizarrement, aucune voiture en vue. Même les pigeons du Chinois paraissent avoir déserté le ciel. Mais le plus inquiétant c'est un bruit ronflant et lointain de voix, de cris, dont l'origine ne peut être qu'une foule nombreuse. Comme une manif. Comme une émeute. C'est une idée qui lui traverse l'esprit mais dont elle ne comprend pas elle-même les implications réelles.

Une prof qui fumait sur le parking la rejoint devant le lycée. Elle n'a pas vu la voiture. A entendu les embardées de la voiture, les klaxons, la barrière cassée. Il y a une sorte de tension dans l'air. Il se passe quelque chose, mais ni la prof ni Nathalie n'ont véritablement envie de faire les cent mètres qui les séparent du coin du S et des poubelles, d'aller voir ce qui produit ce bruit de grondements et de cris au carrefour.

C'est comme un orage, dit Nathalie.

On sent qu'il se prépare quelque chose de noir, d'électrique et de menaçant. Mais on ne sait pas bien quand ça va éclater.

Des sirènes lointaines, ambiguës, retentissent et se rapprochent, sans qu'on sache si elles annoncent le problème ou sa solution. Nathalie sort son téléphone portable, essaie de joindre la proviseure, mais sa secrétaire indique qu'elle est déjà en ligne. Elle reste avec la prof devant le lycée, à attendre qu'il se passe quelque chose. Échangent des phrases vagues et interrogatives. C'est peut-être un accident. Un genre d'émeute, plutôt. Ça arrive souvent ?

Au carrefour, un fourgon de police vient prendre place au milieu de la D10, après les poubelles du S. En descendent une douzaine de Robocop en armure avec des boucliers balistiques rectangulaires, pareils à de longs pavois médiévaux de piquiers anti-cavalerie, qui se positionnent sur deux lignes, à côté de leur camion. Ils balancent aussitôt, de leurs drôles de fusils équipés de lanceurs sous le canon, des grenades qui ne produisent un bruit d'explosion que plusieurs secondes après avoir quitté l'arme, comme les fusées de feu d'artifice. Les explosions résonnent sous l'autoroute et un nouveau nuage blanc apparaît au coin du S, s'échappant en volutes vers les voies, trente mètres au-dessus, qui filent vers Roissy et les cinq continents sans qu'aucun conducteur, là-haut, ne se doute de ce qui est en train de se passer en dessous.

Ce sont des explosions ? Mais ils tirent sur qui ? La prof s'appelle Isabelle. Elle en a la mâchoire qui tombe, les yeux qui s'arrondissent et les sourcils qui se dressent en points d'exclamation. Nathalie essaie de la rassurer. On a été prévenus par le commissariat, mais on ne sait pas exactement de quoi il retourne. J'essaie de joindre la proviseure. C'est possible, ça ? Des collégiens arrivent en courant de l'autre côté de la cité du Potager, par le gymnase municipal qui est au bout de la rue. Nathalie leur fait signe d'accélérer et les fait rentrer en leur ouvrant les grilles avec son badge. Les explosions se multiplient au carrefour. On ne devrait pas fermer les grilles ? Et nos élèves qui arrivent, il faut bien les faire entrer, on ne va pas les laisser au milieu de ça. C'est que ça a l'air dangereux. Les points d'exclamation des sourcils d'Isabelle ont fondu aux coins de ses yeux en slash et les écrasent dans une mimique à présent implorante. Elle a peur. Tu devrais rentrer. On ne devrait pas exercer notre droit de retrait ou quelque chose ?

Rentre, essaie de trouver la proviseure. Nathalie appelle au téléphone les surveillantes qui sont à quelques mètres, dans le local vitré, donne des ordres, Je veux tout le monde à la grille, il faut faire rentrer tous les collégiens qui ont cours dans dix minutes, on ne peut pas les laisser dehors.

Elle tient fermement le col de son manteau croisé sur son cou, d'une main rougie, et surveille les deux côtés de la rue, vers le gymnase par où continuent d'arriver des élèves, et vers le mur de poubelles, au bout du S, qui marque l'entrée dans le carrefour et un monde de violence dont elle ne perçoit que les cris lointains et l'odeur irritante des lacrymogènes se dispersant à présent jusqu'au lycée dans l'air froid.

Elle a l'impression d'être de quart sur le pont d'un bateau. On scrute la brume à l'affût des craquements des bordages et des bruits de la mer, des brisants et des autres navires, on entend des chuchotements dans les vagues et des cris dans le vent. Quoi qu'on devine, on ne peut quitter le bord pour s'en approcher, il faut attendre que cela surgisse.

Elle coule des regards obliques vers les grilles et les surveillantes qui se sont regroupées là. Son téléphone sonne et c'est *Proviseure* qui s'affiche sur l'écran. On dirait bien qu'une tempête se prépare.

Le lycée, c'est un peu comme un bateau, se dit-elle. Un bateau à la dérive, dans un océan de béton.

14:40

D312

Comparés aux cours de français de Candice auxquels Paul a assisté ce matin, celui-ci a l'air plus professoral. Les élèves sont rangés et ne mouftent pas. Ils entrent en ordre et s'assoient. Quelques éclats de voix sont vite étouffés par une remarque sèche de la prof. Chantal fait les cent pas sur le devant de la salle sans estrade avec un air de général qui fait la revue des troupes. Monsieur l'écrivain, c'est ainsi qu'elle l'appelle. Elle expose le déroulé de la séance, dont ils ont parlé quelques minutes ensemble à la fin de la pause déjeuner. D'abord une présentation du métier, de l'atelier, puis des questions, puis la pratique, tout semble minuté. Elle ne blague pas et ses élèves le savent. Paul se lance.

Il explique de nouveau son métier d'écrivain. Tente de prendre des exemples dans la jeune génération d'auteurs et autrices de théâtre. Kae Tempest fait aussi de la musique et elle a signé avec un label londonien très pointu. Elle chante une sorte de rap scandé et brut, sur une musique électro travaillée, dansante, et Paul se met en devoir de le faire écouter aux élèves. Il est obligé de lancer l'album sur son propre portable parce que Chantal ne sait pas comment relier l'ordinateur aux enceintes qui sont accrochées au plafond, de chaque côté du tableau blanc, comme d'inutiles décorations. Tout le monde se tait alors que le téléphone crachote dans une tonalité métallique un son qui doit être inaudible au-delà du troisième rang. Il fait comme Candice ce matin, il pousse un peu les tables. Les invite à se rapprocher. La prof le laisse faire. Elle est très présente, les sourcils levés, la bouche prête à pousser une soufflante au premier qui tente sa chance, mais elle le laisse faire. Participe, même, et Paul se rend compte, vaguement étonné d'en être étonné lui-même, qu'il y a bien des manières d'être prof, qui tiennent à la personnalité des gens.

Les élèves forment un cercle autour de lui. Ils s'observent autant qu'ils tendent l'oreille. De toute façon ils ne comprennent pas les paroles. Le rythme est rapide, répétitif et appuyé sur des basses lourdes, une mélodie digne d'un jeu vidéo, sans fioritures. Le flow est à la fois très fluide, accent anglais un peu fermé, sans vocodeur ni effets sur la voix, qui brille au contraire par son âpreté naturelle, ses légères imperfections. Des rimes rapprochées, une sorte d'urgence sensible. Les lycéens se lancent des coups d'œil approbateurs. On connaît pas mais, OK, c'est pas mal. Qu'un boomeur puisse leur faire découvrir un son est une chose tellement inhabituelle que Paul en retire un certain prestige. De quoi faire oublier en partie son manteau mou, ses cheveux mi-longs, sa chemise blanche et froissée et son jean serré sur des jambes trop fines, qui tire-bouchonne sur ses bottines pointues. Une allure de bobo, comme on n'en voit pas beaucoup par ici.

Un peu plus tard il est assis sur une table, entouré par les élèves, il parle de littérature contemporaine. Prétend qu'il y a là, peut-être pas lui, mais il y a là autour d'eux dans le paysage littéraire, il dit paysage littéraire comme si on pouvait s'y promener, des Baudelaire et des Zola, des Molière, des Rousseau, des Verlaine, des Rimbaud, que c'est une évidence, que tous ces gens ont été des contemporains plus ou moins célèbres avant de devenir des classiques. Que c'est une pitié de ne pas les enseigner à l'école, les Flaubert et les Nerval d'aujourd'hui, de se contenter de ceux d'hier. Que c'est même un peu triste, non, un peu salaud, il dit ça, de passer sept ans de cours de français, le bac et tout, et de n'avoir rien appris qui fasse pousser la porte d'une librairie. Chantal plisse les yeux, fronce les sourcils, mais elle sourit en coin, comme elle fait toujours. Sans doute est-elle d'accord, dans le fond. Il dit, L'argumentation, comme si on écrivait pour convaincre, pour démontrer, La littérature d'idées c'est de la merde, il dit, C'est des plaidoiries, des discours, c'est de la littérature d'avocat et d'homme politique. De. La. Merde. Il s'échauffe un peu et les gamins l'écoutent parce qu'ils sentent qu'il est sincère. Chantal toussote, mais elle est bien obligée de le reconnaître : dans le dernier programme du bac de français, le livre le plus récent date d'il y a cent ans et il y a deux femmes sur douze auteurs. Évidemment, aucun auteur de la francophonie.

Paul sort un bouquin de sa poche, un roman. C'est ce que je suis en train de lire. Il commence à la première page. *Elle le regarde par la fenêtre et ce qu'elle voit sur le parking, malgré la réverbération du soleil qui l'aveugle…* Les gamins adorent qu'on leur lise des histoires. Il fait l'acteur, accélère, ralentit, se redresse, ménage un peu son effet, inspirations, silences, il y prend goût. Prof, ce n'est pas si mal. Il y a des moments avec eux, au milieu d'eux, des moments heureux d'écoute, des moments où ça marche, où on leur apprend vraiment quelque chose, c'est ce qu'on croit, en tout cas c'est agréable. La prof paraît contente. Elle se détend un peu. Finalement, il a l'air d'un type bien. Elle semble rassurée. Se méfie sans doute un peu des auteurs contemporains. Après tout, il ne peut pas y avoir non plus que des Baudelaire.

Paul dit que la littérature parle du monde qui nous entoure et nous aide à le sentir, parce que les mots sont comme un sixième sens pour l'homme, comme l'ouïe ou la vue, une façon d'appréhender le réel. Il dit que l'imagination est une faculté intellectuelle qui participe à notre compréhension du monde. Même les poulpes ont de l'imagination. Même les mathématiciens s'en servent pour résoudre des problèmes. Il dit que les écrivains nous font sentir des choses que nous n'avions pas remarquées ou pas nommées comme ça, et que ces choses entrent en nous et font désormais partie de notre mémoire. Comme si nous avions vécu cette expérience. Que lorsque nous lisons un livre, c'est avec notre voix, on le mesure aujourd'hui grâce à l'imagerie médicale : les mêmes zones du cerveau s'activent dans les mêmes proportions qu'on lise en silence ou à voix haute. Il dit que les romans, les pièces de théâtre, la poésie, c'est une façon de vivre plus. Il prend l'exemple des chansons.

Les chansons qui racontent des choses qu'on n'a pas vécues, mais qui nous font ressentir ce que ça nous ferait. Le grand amour, le désespoir. Quelques élèves, même des garçons, hochent la tête. Quelques-uns sourient parce qu'ils pensent sans doute à une chanson que l'écrivain ne classerait pas vraiment dans la catégorie poésie.

Votre imagination c'est comme un souvenir, c'est comme une mémoire, mais devant. C'est un souvenir de quelque chose qui ne s'est pas encore produit et qui n'arrivera peut-être jamais, mais grâce à l'imagination vous savez, vous n'oubliez pas, grâce à elle vous vous souvenez de ce que ça vous ferait.

Il y a des lycéens qui lisent, des filles qui préfèrent quand même les histoires vraies, parce que ça donne l'impression que c'est plus légitime, que ça apprend des choses de la vraie vie. Et néanmoins c'est une évasion, ils disent ça, tous. Ceux qui lisent de la fantasy, ceux qui lisent des mangas. La lecture, c'est un moment où on leur fout la paix.

Normalement, c'est en vieillissant qu'on a de plus en plus besoin de solitude. Trop de bruit, trop de visages, trop de mots dans la tête, trop de phrases au boulot en automatique, trop de rapports de force, de violence, tout ce qu'on ne sait pas dire, pas quoi répondre, avec le temps on a besoin de silence. C'est leurs parents qui auraient bien besoin de lire, mais ils n'ont plus le temps, c'est ce qu'ils disent, qu'ils n'ont plus le temps de rien. Le cinéma, plus personne n'y va. Ç'aura été un art du XXe siècle. Les livres, il faudrait du silence pour ça. Il faudrait des moments calmes. De la solitude. Mais c'est pas la lecture, le problème.

C'est l'écriture, le problème.

Vous voyez, on vous apprend à lire, mais vous n'écrivez plus. Quand vous étiez petits, vous avez appris les deux en même temps. Ça ne viendrait à l'idée de personne d'apprendre à lire à un enfant sans lui apprendre à écrire. Ça va ensemble. Et malgré tout, en grandissant, on vous a de moins en moins proposé d'écrire. À partir du lycée, plus du tout, et même en troisième, c'était déjà l'argumentation. Je ne dis pas que c'est inutile. Du coin de l'œil, Paul s'aperçoit que Nana Mouskouri a levé un sourcil étonné. Mais on n'écrit plus. Les fameuses rédactions, les textes à la manière de, les récits de souvenirs, les expressions écrites où on pouvait apprendre à balancer ce qu'on avait sur le cœur. On n'écrit plus comme un écrivain.

Et pourtant, ça va ensemble. Si on ne se met pas en position d'écrire, de se poser les mêmes questions qu'un écrivain – comment dire ça, comment faire ressentir cette émotion, comment raconter cette histoire –, alors on ne comprend plus ce que font les écrivains. Ça devient des gens bizarres. Ça continue d'être plutôt valorisé socialement, mais on ne sait plus trop pourquoi. Ce sont des vieux sages ou des bouffons. Des gens inutiles.

14:40

En expliquant les consignes de l'atelier, Paul demande aux élèves de transformer un peu la salle de classe, de disposer les tables autrement, simplement en les retournant, Un quart de tour comme ça, de manière à être face aux fenêtres, et on va ouvrir tous les rideaux aussi, vous vivez dans une grotte ou quoi ? Regardez, il y a les pigeons qui sont en train de tourner au-dessus de la cour, Ils sont dingues ces pigeons, C'est un Chinois qui les élève, m'sieur, il paraît qu'il les vend. Ah, oui ? Ça fait un bruit un peu gênant, toutes les tables et les chaises aux pieds métalliques qui raclent le carrelage, et Chantal se renfrogne un peu. Les profs n'aiment pas le bruit. Ils n'aiment pas le désordre. Ils n'aiment pas les élèves qui parlent. Mais Paul continue.

Vous n'allez pas devenir Baudelaire mais je peux vous jurer que vous allez être exactement dans la même position que lui. Vous allez vous poser les mêmes questions, avec le même sérieux et, sur quelques lignes, sur une phrase bien envoyée, sur une image, vous allez être aussi justes.

Et si on n'a pas l'inspi ? Mélissa fait la moue. Je vais donner une consigne, il répond. Ne vous inquiétez pas. L'inspi, ça n'existe pas. On écrit, on lit à voix haute, on en discute, on voit ce que ça donne, on réécrit. Y a pas d'inspi.

On va lire à voix haute ? Là, Mélissa est carrément dégoûtée. Devant tout le monde ? Elle a dit ça comme elle aurait dit, Je vais pas me déshabiller devant tout le monde. Et elle a un peu raison, bien sûr.

On va commencer avec une petite description. Quelque chose de très simple. Vous allez voir, il n'y a rien de personnel.

Paul les fait asseoir, face aux fenêtres qui donnent sur la cour presque déserte. Il écarte un peu les tables. Il faut circuler. Je viens vous voir. Et vous n'oubliez pas : il n'y a pas d'inspiration, on écrit en écrivant, c'est le seul secret. Faut se lancer. Vous faites une première phrase, ça peut être tout bête. Il n'y a pas besoin d'aller chercher jusqu'au Japon, l'aventure commence quand vous sortez de chez vous. Quand je sors de chez moi, c'est une très bonne première phrase. Cet après-midi-là, alors que je descendais du bus… Ou bien : C'est Kader qui l'a aperçu le premier…

Et cette première phrase va vous coincer parce que si c'est Kader, c'est pas Mélissa, et, en même temps, elle va ouvrir tout un tas de possibilités. Qu'est-ce qu'il a vu, Kader ? Il n'y a pas de bonne réponse. Vous écrivez ce que vous voulez. Et dès que vous l'écrivez, ça existe. C'est Kader qui a découvert le cadavre du pigeon… Hop ! Paul fait mine de tirer au fusil par la fenêtre, dans la nuée de pigeons du Chinois qui survolent le B, du côté du terrain de basket. Un pigeon mort vient d'apparaître ! C'est de la magie ! Les gamins rigolent.

Il y en a qui se lancent, qui se prennent au jeu, ils ont compris tout de suite que ce cours n'était pas comme les autres. Ils sourient en écrivant, penchés sur leur feuille à carreaux d'écolier. Ils vont direct à l'essentiel : On peut inventer ?

Comment veux-tu que je vérifie ? Même si tu dis la vérité, je ne le saurai jamais. Pour moi, ce sera la vérité. La réalité, c'est autre chose.

D'autres sont plus hésitants. Un élève lève la main. Les fautes ? On s'en fiche. Si c'est une bonne histoire, on corrigera les fautes pour l'imprimer. Ce qu'on veut quand on lit, c'est une bonne histoire, c'est pas vrai ? Le gamin qui fait sans doute pas mal de fautes lui sourit.

Paul passe dans les rangs. Il s'arrête, s'accroupit, suit avec son doigt pour lire, encourage. Les élèves ont tous fini par s'y mettre, le silence par se faire, les uns après les autres ils se sont penchés sur leur table, sans plus trop s'occuper de ce qu'en pensait le voisin, ils ont une posture tout à coup un peu abandonnée, ils lèvent parfois le nez et regardent par la fenêtre, le ciel bleu de glace où s'étirent des stratus effrangés, le ballet des oiseaux au-dessus de la cour. Ils lancent des coups d'œil, se regardent mutuellement écrire, étonnés, se demandent peut-être ce que leur voisine de devant est en train d'imaginer, avec sa nuque qui s'incline et fait rouler sa tête quand elle se relit, comme une qui prend du recul pour admirer son dessin, ses lèvres qui bougent alors qu'elle lit dans sa tête, ses yeux qui frisent, le sourire qui s'esquisse parce qu'en retrouvant les mots qu'elle vient de lâcher là, sur sa feuille, c'est en effet comme si elle se souvenait, et elle repense, en relevant les yeux, les plongeant dans le ciel, à l'émotion qui était la sienne dans ce moment suspendu, ce moment qu'elle est en train de suspendre plutôt, comme une toile, dans un espace intérieur sans limites, quelque part entre le présent de la scène et le présent de l'écriture, dans un espace vertigineux qui abolit le temps et s'ouvre et se découvre avec délectation dans chaque mot, et dans lequel elle retourne, les yeux brillants.

Cet autre qui sourit à pleines dents, parce qu'il a trouvé quelque chose de drôle à raconter, et qui fait des mimiques en écrivant, comme s'il mimait la scène et ses dialogues.

Son voisin, plus rétif, fronce les sourcils. Pour lui c'est difficile, mais il s'accroche. Il est en train de décrire son petit déjeuner, sa mère debout et ses sœurs à table avec lui, le bébé qui crie pour pleurer dans sa chaise haute à un bout de la table, et les odeurs qui se mélangent, du pain, du chocolat, du café. Il est précis, emploie des mots enfantins et touchants.

Au premier rang, une qui a terminé fait lire son texte à Paul, une histoire de regards qui se croisent à un arrêt de bus, entre une fille et un garçon de son âge qu'elle ne connaît pas, le début d'une histoire d'amour peut-être. C'est ce qu'on imagine et elle rougit un peu quand Paul lui dit ça, comme si elle ne pensait pas qu'on allait le deviner.

Une fois qu'ils sont en train d'écrire, c'est plus fort qu'eux. Les mots se prêtent au jeu de leurs propres émotions. Leurs corps plus souples se relâchent un peu. Ils ne sont plus tout à fait en classe. Ils voyagent. Ils imaginent. Ils sont beaux. C'est ce qu'il se dit, Paul, Ils sont jeunes et beaux et tout est possible. Et ça l'émeut, malgré lui.

14:40

Dans son cahier ligné, il prend des notes, recopie des phrases. Cela ne lui était plus arrivé depuis longtemps.

Il écrit, lui aussi, dans le style des élèves, un poème ou quelque chose comme ça.

14:45

Quand je sors de chez moi
Je connais pas le nom des rues
Des résistants des soldats inconnus
Des héros de la France qui se rêve
En nation des droits de l'homme et de la Révolution
La France qui se rêve
En pays de la haute culture et de la séduction
La France qui se rêve
En patrie de la gastronomie et de la baguette tradition
La France qui se rêve
En héritière des Lumières et de l'émancipation
La France qui se rêve
Universelle comme un empire, c'est la nation de l'intégration
Mais c'est la France qui se rêve
Celle que je connais a poussé comme du chiendent dans le béton
Elle s'appelle Adama Youssoufa Demba
C'est les potes du ter-ter les enfants du bendo mes frères
Ils m'ont appris la loyauté l'honneur les rires et la colère

Ils m'ont appris le ballon le business la baston chaque loisir a son âge
Ils tiennent un coin de trottoir en bas des cinq étages
Revendent de la cess et des cailloux basés au détergent
Des produits tout nouveaux des marchés émergents
À des costards et des jeunes gens rebelles des quartiers chics
À la France qui se rêve et qui nique
À des meufs à petite poitrine et talons
À des gros porcs et leurs liasses de billets dans le pantalon
Des étudiants sans le sou et des darons et des bourgeoises
Les cheveux épais le regard dur et qui te toisent
La France qui se rêve et qui déboîte
Tu sors à la première sortie de l'autoroute à droite
Tu roules doucement tu regardes devant
Tu gardes la fenêtre ouverte les mains sur le volant
Tu demandes ce que tu veux ici c'est toi le ien-ien
On trouvera toujours de quoi te rendre heureux
Le client est roi et nous on est jeunes et ambitieux
C'est ma France celle d'en bas de chez moi
Celle de mes copains Adama Youssoufa Demba
Au milieu des restes d'incendie et de démolition
Des quartiers laissés à l'abandon
On est des lotus et ma France en crève
Les racines dans la merde et la fleur épanouie
Mauvaise graine fabrique des insomnies
À la France qui se rêve
Mauvaise graine fabrique des insomnies
À la France qui se rêve.

14:50

Parvis du lycée

La proviseure est descendue un peu avant le piano guimauve de la sonnerie. Au commissariat, un officier peut-être capitaine lui a assuré que la police faisait tout pour garder les incidents sous contrôle, ce qui ne lui a pas paru particulièrement rassurant. Le même capitaine a reconnu cependant que les choses évoluaient très rapidement, que les réseaux sociaux s'emballaient et que la situation sur le terrain était très tendue. Une possibilité d'émeute n'est pas totalement à exclure, en l'état, a-t-il fini par admettre. Les détonations n'ont pas fait long feu, et les nuages blancs des grenades lacrymogènes ont laissé place aux fumées noires des pneus et des voitures incendiées, dont les colonnes montent bien au-dessus de la courbe aérienne de l'autoroute. Une odeur âcre de plastique brûlé vient racler les gorges des profs qui s'aventurent encore sur le parking fumeurs. Certains parents de collégiens ont été mis au courant d'une manière ou d'une autre et ont appelé pour savoir si l'établissement était hors de danger. Comme on leur a répondu qu'on préférait garder les grilles fermées, ils sont évidemment venus chercher leur enfant et demandent qu'on les ouvre, ce qui provoque dans la rue un petit embouteillage et donne lieu à quelques manifestations de colère, sur le thème C'est ma fille, je viens la chercher si je veux !

La proviseure vient soutenir ses troupes et répondre aux parents.

Elle essaie de calmer le jeu, d'expliquer. Si on n'ouvre pas, tout le monde reste à l'abri. Mais je m'en fous de tout le monde, je vous dis que je veux ma fille. Parmi les sixièmes, des enfants commencent à pleurer bruyamment autour d'elle. Je dois rentrer chez moi. Ma maman va s'inquiéter. Enfin, vous voyez bien que vous ne pouvez pas les enfermer, ce n'est pas une prison ! Elle insiste un peu. Le commissariat nous a recommandé. Mais c'est peine perdue. Les klaxons augmentent la tension. Les pères descendent de leur voiture, un pied encore à l'intérieur, le coude sur la portière. Ils froncent les sourcils en regardant dans la direction du lycée et s'interpellent les uns les autres. Qu'est-ce qui se passe ? Comment ça ils ne veulent pas ouvrir ?

Ils jettent aussi des coups d'œil inquiets du côté du carrefour invisible derrière le S.

Mais qu'est-ce qu'ils foutent ? Ils parlent de la police nationale, en ligne derrière ses boucliers, le flanc protégé par le fourgon. Ils parlent de la proviseure du lycée, qui perd un temps précieux à argumenter quoi ? C'est bien des fonctionnaires, ça. Ils parlent des surveillantes, qui ne veulent pas ouvrir les grilles alors que ça sonne, on l'entend la sonnerie putain, ça suffit maintenant ! Ils parlent des profs, qu'ils voient fumer de l'autre côté de la grille, sur le parking du personnel, et qui ouvrent des yeux ronds en les regardant s'embrouiller avec la proviseure. Elle se prend pour qui, celle-là ? Mais qu'est-ce qu'ils foutent ?

Et personne, à aucun moment, en posant cette question simple, ne pense à interroger la présence, sous l'autoroute, au milieu de la nationale 3 et du carrefour de l'entrée de ville, d'une centaine de jeunes avec des cocktails Molotov et des cagoules, en train de foutre le feu à toutes les épaves de bagnoles qu'ils croisent dans le terrain vague sous la courbe de béton. Ce n'est pas qu'on trouve ça normal, mais ce sont des choses qui arrivent, voilà, des jeunes en colère, des tirs de kalach dans le quartier du Carré hier matin, des jeunes en colère, ça arrive. Mais qu'est-ce qu'ils foutent, les flics, les profs, les pions, la protale, le commissaire et le préfet, qu'est-ce qu'ils branlent tous, encore à nous faire chier alors que ça brûle, c'est la seule question. Ça brûle, c'est comme ça. C'est pas les jeunes, le problème. Pourquoi ils ont envoyé les flics, d'abord ?

Ils ont le même réflexe lorsque la lutte contre la drogue déclenche des conflits de territoires et des règlements de comptes. Ce n'est pas la faute de la drogue, c'est la faute de la lutte, la faute à la police.

C'est une guerre entre la misère et l'ordre, et nos enfants, ils sont au milieu. Ce sont des victimes collatérales, voilà ce qu'ils pensent.

Il y a des gens, ils sont capables de rester presque une minute le bras tendu sur le klaxon au milieu du volant, comme debout sur un buzzer de jeu télévisé, la tête hors de la voiture, par la fenêtre, à gueuler on ne sait pas quoi, puisque ça reste moins fort que le hurlement de sirène de leur avertisseur. Des profs reviennent du parking fumeurs et sont immédiatement pris à partie sur le parvis du lycée par les parents qui sont massés là. Ouvrez ! Ouvrez !

Ils interrogent la proviseure du regard.

Ça ne va pas être facile de rentrer sans ouvrir les grilles. Les voilà coincés du côté des parents en colère.

Denis tente de parlementer. Il se dit sans doute que son statut de délégué syndical lui confère une position de médiateur. Que les gens vont l'écouter, lui qui ne peut pas être a priori du côté de la direction, pas par simple obéissance. Lui dont l'avis critique est forcément réfléchi. Il s'avance vers les parents d'élèves, passe une main dans ses cheveux de broussaille, et tient l'autre levée devant lui, paume ouverte, en signe de paix. Calmez-vous, voyons. Comme s'il allait expliquer quelque chose à des enfants.

Les parents, ça les énerve, le côté prof des profs.

Vous êtes qui ? Vous n'avez qu'à ouvrir. Ce n'est pas si simple. Il faut que vous compreniez. Ah ouais, t'es prof, toi ? Et tu vas me dire comment je dois éduquer mes enfants ? C'est toujours mauvais signe, le tutoiement. Des collègues se rapprochent, font quelques pas vers Denis qui s'est figé.

Vingt ans qu'il est prof ici.

Il se lève à 6 h 30, il prend le métro, puis le tramway ou le bus, celui qui arrive en premier. Presque une heure de trajet tous les matins, et le soir il s'affaisse et s'endort la tempe écrasée contre la vitre, dans la buée à l'odeur de sueur des autres voyageurs, épuisé. Il fait cours à des classes de trente-six, heure après heure. Leur apprend tout ce qu'il sait. Tout ce qu'il a tant aimé. Ce qu'il a mis une vie à connaître, à relire, à comprendre mieux, à apprécier dans sa complexité. L'histoire de France qui continue, c'est certain. Il les prépare si bien, ses cours, depuis si longtemps, qu'il les connaît par cœur. Les noms, les dates, les traités, les habitudes, les espérances, les manières de vivre et la façon de voir les choses, et même comment parlaient les gens et ce qu'ils se disaient, l'histoire comme un roman avec des milliers de personnages. Il aurait bien voulu en écrire, quand il était jeune, des romans, mais voilà, ça fait vingt ans qu'il est là. Il ne regrette rien. *Je ne voulus point vivre de ma plume. Je voulus un vrai métier ; je pris celui que mes études me facilitaient, l'enseignement. Je pensai dès lors, comme Rousseau, que la littérature doit être la chose réservée, le beau luxe de la vie, la fleur intérieure de l'âme.* C'est de Michelet, dans *Le Peuple*. Il y croit. Se force à gueuler toutes les cinq minutes pour être sûr que tout le monde, absolument chacun des trente-six élèves, prend son cours en note. Fasse au moins semblant de suivre. Ne puisse pas dire un jour, Ces salauds de profs, ils s'en foutaient qu'on réussisse. Il gueule à s'en faire parfois mal à la tête, mal à la gorge, la voix éraillée, perdue, il transpire, il lit, il commente, il gesticule, il interroge, il projette au tableau, il arpente, il répète, il répond, il reprend, il ne renonce jamais. Il a vu des collègues revenir en salle des profs les larmes aux yeux, des traînées d'encre dans le dos. Il en a vu qui donnent une page d'exercices à faire, croisent les pieds sur le bureau et allument leur téléphone, décident une bonne fois pour toutes qu'ils n'en ont rien à foutre, que les meilleurs s'en sortiront sans eux et que Dieu reconnaîtra les siens. Des collègues qui abdiquent et gagnent la paix sociale en mettant des bonnes notes à tout le monde, façon école des fans. D'autres qui prennent les élèves en grippe, en parlent en crachant leur mépris dans leur café amer, à chaque récré. Une gentille prof d'anglais s'est donné la mort il y a quelques années, voix douce et sourire d'ange, des yeux bleus comme des lacs de montagne, elle aimait Julian Barnes et Virginia Woolf, elle devait avoir d'autres problèmes mais ça n'aide pas, d'être seule contre trente-six et de se faire bordéliser avec une certaine méchanceté, heure après heure, cours après cours, sans avoir jamais le droit de dire, Après tout vous me faites chier, et de claquer la porte. Je me lève et je me casse, réglez vos problèmes tout seuls puisque c'est les vôtres. Lui, il continue d'y croire. Vingt ans. Il aurait pu être muté à Paris, peut-être même en Bretagne, mais il est resté là. Persuadé que si on arrête d'envoyer des gens comme lui devant des élèves comme eux, on le paiera très cher, tous. Il s'en est fait une espèce de mission. Et cependant les trente-six ados devant lui n'en ont strictement rien à foutre, de Jules Michelet, du peuple et de la Révolution française. Vingt ans, donnés comme ça, vingt années tombées dans l'oubli d'une administration aveugle, sans aucune reconnaissance, mortes pour la France. Mais c'est pas grave. Il n'y a pas besoin d'être héroïque pour être courageux. Et sans courage, pas de bonheur. Ça, c'est de Rousseau. Denis se raidit. Monsieur, je ne vous permets pas.

Le père d'élève lui colle une baffe.

Une vraie baffe qui lui fait tourner la tête et le fait reculer d'un pas. Les collègues s'interposent immédiatement, et dans la cohue qui s'ensuit, la proviseure donne l'ordre d'ouvrir les grilles. Les surveillantes contrôlent les emplois du temps en survolant les carnets de correspondance des élèves du collège, Oui votre enfant va pouvoir sortir, allez les filles on y va, elles n'ont jamais été aussi vite, les surveillantes. Des élèves du lycée filent en trombe entre les grilles. Eux, on ne leur demande rien.

Denis se faufile dans la cour, encadré par Nathalie la CPE et une autre collègue. Il se tient la joue, bien rouge, cramoisie, la tête rentrée dans les épaules, humilié, ratatiné comme un petit vieux. Il lance un regard en coin, un regard fuyant à la proviseure bouche bée, encore choquée par ce qui vient de se passer. Elle voudrait lui sourire pour l'encourager, mais elle n'y parvient pas.

On touche le fond. On n'y arrive plus. À rien.

La rue se vide en quelques minutes, il n'y a plus que des lycéens qui entrent et sortent comme si de rien n'était. C'est la récré. La proviseure reste sur le parvis et demande à tous ceux qui sortent de se disperser, de rentrer chez eux, de passer par le côté du gymnase, pas par le carrefour, Je ne veux pas vous voir traîner là-bas. Les gamins rient et crient par-dessus leur épaule, On va prendre le bus, m'dame. On va faire attention. Ils ont tous le nez sur leur portable. Ils sont tous hilares. Elle hausse les épaules. Avec les pans de son manteau qui s'ouvrent et se ferment, et son écharpe vert feuille qui claque au vent, on dirait qu'elle va s'envoler. Peut-être qu'elle préférerait. Elle serait dans un dessin de Folon. Elle battrait des bras au milieu des pigeons du Chinois. Tout cela ne serait pas si grave.

En cas de problème, vous fermez, dit-elle en repassant les grilles en direction de la cour de récréation. Elle se promet d'aller voir monsieur M., qu'elle n'appelle pas Denis, qui sera sans doute en salle des profs. De rappeler le petit capitaine, au commissariat, celui qui ne contrôle vraisemblablement pas du tout la situation.

14:55

Grilles du lycée

Les glaciers, les barrages, les centrales nucléaires, les tas de sable et la finance internationale obéissent au chaos. D'immenses pressions s'exercent dans tous les sens en même temps, à un degré de complexité qui n'est modélisable par ordinateur que tant qu'aucune fissure, si petite soit-elle, ne vient proposer de point de fuite. C'était encore possible de colmater lorsqu'il n'y avait qu'une voiture de patrouille à prendre la tangente sur les chapeaux de roue, frottant du bas de caisse sur le trottoir devant le lycée en laissant derrière elle une traînée de fumée blanche à l'odeur de poivre. Qu'une seconde fissure apparaisse et l'ensemble, à la fois complexe et fortement corrélé, plonge dans un tel état d'instabilité que l'apparition d'une troisième fissure devient totalement imprévisible, c'est la leçon de Three Mile Island et des mathématiques. L'événement extrême. L'apparition d'un *cygne noir* hautement improbable, mais aux conséquences lourdes. L'explosion, l'effondrement soudain, la chute.

Les gendarmes mobiles à la fois irritants et inutiles, qui ne pouvaient pas taper dans le tas à cause de la présence de nombreux mineurs, mais dont le fourgon empêchait l'accès à la départementale et, surtout, à la bretelle de la nationale qui remonte et rejoint l'autoroute, c'était la deuxième fissure. Un combat idiot s'est engagé. Une fois les derniers automobilistes évacués, les voitures garées là ont commencé à partir en fumée. De part et d'autre, des tensions colossales sont encore montées d'un cran, sans issue.

Et puis le piano guimauve a sonné la récré. Les lycéens sont sortis. Curieux. Excités.

La vie en général est totalement hors de contrôle, mais là, ça a pris soudain un tour violent, brutal.

Adama est en train d'envoyer des textos, quand les premiers lycéens arrivent au carrefour. Il demande à une connaissance d'apporter un tuyau, du genre tuyau d'arrosage, afin de siphonner les réservoirs pour fabriquer des cocktails Molotov. On pourrait acheter de la vodka mais l'essence, c'est plus sale quand ça brûle, c'est plus chaud. Et ça colle.

Son idée, c'est l'affrontement. Il a remonté un foulard sur son nez, il est au milieu d'un groupe plus âgé et plus déterminé que les gamins du lycée pro. Ils ont retourné deux bagnoles au milieu du carrefour, les ont incendiées comme pour établir une ligne de front, ce qu'on appelle en temps de paix une frontière.

Les lycéens qui viennent d'arriver prennent des vidéos, brandissant leur portable à bout de bras comme une arme. Les photos du carrefour font le tour des réseaux. Les flammes, les flics. Ce sont des photos à clic.

On n'entend plus que les sirènes et le vacarme de la foule derrière Adama. Le souffle rauque des flammes. Il lève le nez, se redresse. Essaie de percer l'écran de fumée qui s'élève des voitures incendiées en s'épaississant, noire, d'un noir mat qui absorbe la lumière autour d'elle, occulte le carrefour. Il bascule la tête un peu en arrière. La capuche et le foulard, ça l'oblige à regarder de haut. C'est lui qui remarque le manège. Les policiers qui font des grands gestes, tous dans la même direction et, quand il tourne la tête de ce côté-là du carrefour, au coin du S, les lycéens qui sont là, sur le trottoir, font des signes eux aussi, gueulent des choses qu'il n'entend pas, filment la scène avec leur portable. Il y a son petit frère Mahdi et des copains à lui, quelques plus grands aussi qu'il connaît, qu'il a déjà vus au quartier. Il plisse les yeux qui s'étrécissent dans l'ombre entre le foulard et la capuche. Parce que la fumée le pique comme une irritation, et parce qu'il réfléchit.

Les flics n'ont pas bougé. Un camion de pompiers est arrivé, mais pour l'instant ils discutent avec les policiers. Pas question de s'avancer pour éteindre si c'est pour se prendre des tirs ou des projectiles. Les pompiers ont appris à se méfier.

Ils regardent tous les lycéens.

Tout le monde a compris qu'il y avait un angle mort, dans la rue au coin du S, pas celle qui part vers la ville, mais la petite qui s'enfonce le long de l'immeuble, la rue du lycée que les flics n'ont pas pris le temps de barrer. Une échappatoire. La troisième fissure, imprévisible.

Adama se retourne, baisse son foulard pour crier. Les gars. Eh ! Les gars ! Mais dans le désordre de l'émeute, plus personne ne l'écoute. Il voudrait foncer, droit devant, charger les condés. Tout prendre sur lui. Les gars ! La fumée lui pique les yeux, le fait tousser. Les jeunes autour de lui se mettent à courir. Il agite les bras, les croise en l'air et fait des moulinets au-dessus de sa tête comme un agent de piste d'atterrissage pour un arrêt d'urgence, mais c'est peine perdue. Il est dépassé par la foule.

Ils foncent. Ils sont bien cinquante, peut-être un peu plus, soixante, soixante-dix à foncer dans l'angle mort des policiers, le coin du S. Ceux qui n'ont pas compris pourquoi se contentent de suivre le mouvement. Ils défoncent les poubelles en passant, percutent comme ça vient les vingt containers à roulettes qui glissent en faisant des tête-à-queue, se renversent et déversent leur contenu de poubelles dégueulasses, ils sautent au-dessus des sacs et se ruent dans la voie étroite à sens unique. Balancent au passage une bouteille enflammée dans un des containers, le poussent au milieu de la rue. Traversent le terrain de jeux pour enfants, débouchent dans la rue du lycée. Certains sont à scooter, à vélo, la plupart courent en brandissant des bâtons, des battes, des pierres. Leurs cris envahissent tout l'espace, rebondissent sur l'immeuble géant qu'ils longent et débordent. Dans le ciel, les pigeons du Chinois font un brusque demi-tour et filent dans la direction opposée.

14:55

Des lycéens courent devant cette armée en désordre, la bouche ouverte, le souffle court, les yeux exorbités. Les surveillantes ont le réflexe de fermer les grilles, mais elles hésitent à cause d'eux, Mahdi et quelques autres, des élèves de seconde qui leur crient de les attendre, alors elles se demandent si elles auront le temps de refermer juste derrière, elles hésitent, et bien sûr les choses vont beaucoup trop vite.

Elles ont juste le temps de se protéger le visage alors qu'elles sont renversées, projetées par les grilles qui s'ouvrent à la volée comme si elles explosaient dans leurs mains et que déferle dans la cour de récréation, tel un fleuve de boue, une avalanche, la horde qui s'abat sur le lycée, prête à tout emporter.

15:00

Bureau de la proviseure

Je vous rappelle.

La proviseure raccroche en appuyant sur l'écran de son téléphone, qu'elle garde au bout de son bras ballant, sans le reposer sur son socle, sans refermer la bouche. Elle se tourne vers la fenêtre qui donne sur la cour. Au même moment sa secrétaire entre à la volée dans la pièce, sans frapper. Elle ne comprend pas ce que c'est que ce vacarme qui vient d'envahir l'espace, les cris, alors elle fait irruption dans le bureau, dans l'espoir que la cheffe ait une explication. Elles regardent toutes les deux, coude à coude, par la fenêtre, et elles n'en reviennent pas.

Des cris, des cris de rage et des cris de peur, et des lycéens qui courent dans tous les sens, certains qui foncent vers les bâtiments, s'accroupissent au pied du châtaignier ou derrière le muret qui sépare la cour en deux, et d'autres qui s'enfuient en hurlant vers les terrains de sport, tandis que par les grilles grandes ouvertes se déverse une masse informe de jeunes gens qui se répandent de façon désordonnée dans toute la cour.

Certains sont entrés à scooter. Ils font des roues arrière, à fond de train, au milieu des lycéens qui s'écartent parfois en se jetant par terre.

Il n'y a pas d'accrochage avec les élèves, pas de ronde qui se forme soudain comme c'est le cas lorsqu'un combat s'engage, pas de mêlée qui freinerait tout à coup la progression du flot de jeunes émeutiers, à la manière d'un rocher planté dans les tourbillons d'un courant. Ils se répandent. Ne semblent être animés que par l'excitation de prendre possession des lieux. Il y a des coups bien sûr, on en dénombrera pas mal par la suite, au moment des comptes, mais ce sont bousculades et coups de poing assénés en passant, pour forcer la ligne droite, renverser les obstacles qui se présentent.

Des enseignants traversent la cour en zigzaguant, pour esquiver les trajectoires des jeunes. Ils se dirigent par réflexe vers la salle des profs, au rez-de-chaussée. Puis les premières sirènes retentissent.

Impossible de savoir si ce sont les alarmes qui ont été brisées ou de véritables départs d'incendie. Dans le bureau de la proviseure, il n'y a pas de gros bouton rouge, pas de *panic button* ni de S.O.S., alors sur l'écran de son téléphone, elle effleure du doigt le numéro du commissariat, la ligne directe du capitaine qui s'est affichée dix fois sur son téléphone au cours des dernières heures. Je veux parler au commissaire. Pouvez-vous nous décrire ? Nom de Dieu, la situation est totalement hors de contrôle.

C'est exactement ce que se dit Paul en attrapant Chantal par le bras et en la poussant vers la salle des profs depuis le bâtiment D où ils viennent de terminer l'atelier d'écriture. La descente des escaliers au milieu des élèves en train de refluer, bataillant à chaque marche pour progresser, sans savoir ce qui se passe à l'extérieur, a été éprouvante. Il y a sans doute le bon nombre d'escaliers pour répondre aux exigences des normes de sécurité, mais quand tout le monde emprunte le même dans les deux sens, cela devient vite aussi oppressant qu'une coursive de sous-marin en train de prendre l'eau. Les gamins tentaient de grimper les marches deux par deux et se piétinaient joyeusement, la tête penchée vers les talons du précédent, la capuche ou la casquette vissée sur le crâne, incapables d'anticiper la trajectoire hésitante des deux adultes qui essayaient de descendre à contre-courant. Chantal voulait à tout prix partir à la recherche de ses élèves et les rassembler pour les faire remonter dans leur salle de classe, ce qui semblait à Paul totalement suicidaire. Au niveau du premier étage, une surveillante leur a conseillé de sortir par l'autre côté du bâtiment, Côté parking, a-t-elle dit, et elle a ordonné aux gamins de suivre le même chemin, C'est plus sûr de sortir par là-bas. Tout le monde hurle et court dans le couloir. On va descendre. Autour d'eux lorsqu'ils débouchent dans la cour, le chaos a pris possession du lycée.

C'est à ce moment que Paul attrape Chantal par le bras, malgré son sourcil levé.

Il est en train de lui exposer sa vision des choses – trouver refuge en salle des profs au plus vite car tout cela a bien l'air de partir en vrille –, quand, au coin de la grille, il avise une des surveillantes qui s'est relevée mais se tient la tête dans une main et titube légèrement.

Ça va ? Il la saisit par le bras elle aussi pour l'aider à tenir debout, et attend que le flot à l'entrée cesse. Ils sont nombreux à être cagoulés ou masqués d'une manière ou d'une autre, mais ne le sont pas tous. Ils passent sans vraiment les menacer. Il faut juste ne pas être sur leur chemin. Une foule, c'est une sorte de force naturelle. Un des élèves qu'il a croisés ce matin s'arrête de courir en les voyant et les observe un instant. Juste un instant, et dans un flash Paul comprend qu'il court dans le mauvais sens. Il court avec les agresseurs, et le gamin voit tout de suite qu'il a compris. Il hésite. On dirait qu'il hésite à fuir ou à leur sauter dessus. Paul recule d'un pas. Alors le gamin regarde la pionne qui chancelle au bout du bras de l'écrivain, et ses yeux s'étrécissent, sa bouche s'ouvre dans un rictus, Aïe, comme un enfant pris en faute qui se dirait soudain, Oh là là, c'est une grosse bêtise. Il est un peu effaré lui-même, il ne sait pas bien comment employer sa rage, ou sa liberté soudaine. Finit par détourner le regard, puis la tête, et se remet en mouvement, court vers les autres. Paul souffle, Nom de Dieu, ça craint.

La deuxième surveillante, plus alerte, s'apprête à refermer les grilles au cas où il en viendrait d'autres, mais Nathalie, la CPE, débarque en hurlant, Surtout pas ! Ouvrez-les en grand ! Le pire, ce serait qu'ils soient coincés ici. Elle prend le relais de Paul en soutenant la surveillante qui prétend aller mieux, Je vous assure, On verra ça à l'infirmerie. Elle est hors d'haleine, Nathalie. Elle est revenue en courant de la salle des profs où elle avait accompagné Denis, lui avait payé un thé à la menthe et servi quelques paroles réconfortantes qu'il connaissait déjà par cœur pour les avoir lui-même servies à d'autres, en d'autres circonstances. Ce n'est pas de notre faute. On ne peut pas demander à l'école de soigner la société. Chantal, qui croit avoir trouvé un interlocuteur plus compréhensif, dégage son bras de la poigne de Paul, Qu'est-ce qu'il croit celui-là, et explique à la CPE son intention de ramener les élèves en classe. Pour les protéger, dit-elle.

Nathalie la regarde, incrédule, comme si elle n'avait pas bien compris ce qu'elle lui disait. Elle balaye la cour du regard. Des gamins partout, en train de hurler et de courir. Partout. Les alarmes du B qui se sont mises à ajouter leur sifflement aux hurlements. Elle fronce les sourcils. Braque ses yeux sur Paul qu'elle ne reconnaît pas, se souvient vaguement d'un type qu'on a présenté tout à l'heure à l'AG, mais ne sait plus si c'est encore un nouveau prof ou un extérieur. Décide de le tutoyer, dans le doute. Tu les ramènes toutes les deux en salle des profs et à l'infirmerie. Je m'en occupe, Chantal. Ne t'inquiète pas, je m'en occupe. Elle frissonne en disant cela parce qu'il fait un froid de gueux. Dans son pull en mohair rose, sa gorge et ses seins ont rougi. Ses joues aussi. Elle n'a même pas pris son manteau, pense Paul.

Dans les étages du B, les profs de physique et de SVT ont eu le temps de barricader les labos, c'est-à-dire de les fermer à clé, avec quelques élèves dedans, ceux qu'ils ont ramassés, qui traînaient encore dans les couloirs pendant la récré, assis contre le mur à réviser une interro ou à prendre connaissance des dernières mises à jour de *stories* et de profils, et qui venaient de se redresser d'un coup en entendant les cris qui montaient du premier étage, comme si on avait décidé de les réveiller soudain avec une trompette. Les salles communiquent à cet étage, et ils se retrouvent dans l'espace central qui est une salle double à l'allure curieusement vieillotte, aux murs tapissés de vitrines en bois de châtaignier où trônent appareils et instruments en tout genre, tubes, éprouvettes, béchers et alambics aux jointures de caoutchouc marron, bocaux de verre coloré ou de porcelaine, boîtes en carton, rouleaux de fils électriques bleus, rouges, noirs, meubles de métiers oubliés, armoires de fer à petits casiers carrés, buffets de bois sombre à tiroirs, fichiers à portes escamotables, et toutes sortes de rangements, tellement que l'endroit ne paraît pas rangé du tout, semblable à quelque brocante de savant fou.

Les élèves sont effarés. Les profs essaient de joindre l'administration, occupé. Vérifient que la porte est bien fermée. Un vieux prof de physique barbu, une couronne de cheveux longs et blancs autour des oreilles, prend l'initiative de déplacer une chaise qu'il incline et dont il coince le dossier sous la poignée de la porte, afin qu'elle en bloque l'ouverture à la manière d'un contrefort. Il sourit. Pour un peu, il expliquerait aux élèves la répartition des tensions et des forces, en cas d'ouverture sauvage de la porte. Une préparatrice de laboratoire par intérim, dont ni la fiche de poste ni le salaire ne précisaient qu'il fallait défendre l'établissement devant un siège, pleure doucement dans un coin. Plusieurs profs de SVT, des femmes, tentent de la calmer mais elles parlent en même temps et leurs propos lui semblent tout à fait confus. Elle les regarde à tour de rôle et baisse de nouveau la tête, les épaules secouées de sanglots silencieux.

À l'extérieur, les bruits de claquements de portes, de cavalcades, les cris, se rapprochent et se font de plus en plus menaçants. Les alarmes infatigables hurlent sans discontinuer. On ne peut les arrêter que depuis l'armoire électrique du gardien, sur ordre de la proviseure. Mais la situation est beaucoup trop confuse et rien n'indique qu'il n'y ait pas de départ d'incendie bien réel, alors on laisse hurler les sirènes dont le vacarme s'ajoute au vacarme des cris.

Les émeutiers courent, c'est à peu près tout ce qu'ils font. À chaque fois qu'ils peuvent rentrer quelque part, ils s'y engouffrent, et à chaque fois qu'ils peuvent casser quelque chose, ils ne s'en privent pas. Le tout, c'est de ne pas se trouver sur leur route.

Dans les couloirs, il suffit de courir ou de se blottir par terre en se protégeant la tête des deux bras. C'est dans la cour de récréation que c'est finalement le plus compliqué, parce que ça déboule de partout.

Quelques professeurs sortent devant le bâtiment A. Pas tellement dans l'esprit de le défendre contre une agression, façon Fort Alamo, mais plus ou moins convaincus que leur présence empêchera les émeutiers de rentrer. Qu'ils hésiteront à se lancer dans la confrontation directe, qu'ils iront comme le courant, comme la foudre des orages, là où la résistance est la plus faible. Il y a là Philippe, le prof de maths, Denis, des profs de sport, hommes et femmes, et Claire, une jeune prof d'anglais. Paul est sorti aussi et se tient à côté de Philippe. Moins par héroïsme que parce qu'il est bien persuadé qu'il n'y a plus aucun endroit sûr. Il cherche des yeux dans la cour des silhouettes qu'il reconnaîtrait, se demande si Candice est sortie de sa salle, si elle est en sécurité.

Ce bahut est en train de tomber en ruine beaucoup plus vite que prévu, se dit-il. Pendant quelques secondes, il se demande ce qu'il fait là et s'il ne ferait pas mieux de mettre les voiles.

Il jette un œil du côté de la grille ouverte où il a ramassé tout à l'heure la jeune surveillante un peu sonnée qu'il a ramenée à l'infirmerie. Des gamins sont en train de sortir, par grappes, ils fuient et c'est difficile de savoir si ce sont des lycéens ou des émeutiers qui renoncent après avoir fait leur tour de piste. Au loin, malgré les alarmes incendie qui beuglent, on entend des sirènes de plus en plus nombreuses.

J'espère qu'ils ne vont pas intervenir. Philippe souffle entre ses dents. Les baqueux, ils sont comme les jeunes : habitués à opérer en meute, et la modération n'est pas leur point fort.

Du côté du CDI, Paul aperçoit Nathalie, la CPE, il la reconnaît grâce à son pull rose. Un peu plus loin, Candice est en train d'avancer vers un groupe de gamins réfugiés au pied du bâtiment E. Une colonne de fumée sinistre s'en échappe et tourbillonne sans perdre de sa noirceur en s'élevant.

15:05

Cour de récréation

Quand elle entend le vacarme, Candice est au milieu de ses deux heures de cours de théâtre. Elle se lève. Restez là. D'habitude on n'entend pas les bruits du dehors. Elle referme la porte derrière elle et sort. La salle polyvalente est sous le CDI du lycée. Elle remonte l'escalier droit et raide en ciment qui mène dans la cour, un escalier que presque personne ne voit, signalé sur à peine deux mètres de long par une rampe verte en acier qui ressemble à une entrée de cave. Même les émeutiers n'ont pas envie de mettre à sac une cave. Elle monte et, avant d'arriver en haut, elle s'arrête, la tête au niveau de la cour, elle s'arrête, stupéfaite, et d'abord elle ne comprend pas ce qu'elle voit.

Elle ne comprend pas parce qu'elle croit que ce sont des élèves. Mais trop nombreux, et qu'elle ne connaît pas. Il y a un scooter, c'est dingue, un scooter en train de foncer tout droit au milieu d'un groupe d'élèves qui se jettent de droite et de gauche pour l'éviter. Certains tombent. Et puis elle remarque les cagoules. Une, deux, dix, et aussi des bandanas et des cache-cols, remontés sur le nez. Les cagoules, ça fait toujours peur. Elle continue de monter, une marche, deux. Sur sa droite, elle distingue, qui s'éloigne, Paul soutenant une surveillante visiblement choquée. Chantal à côté d'eux. Ils marchent vers le bâtiment A, s'arrêtant pour ne pas rencontrer la trajectoire d'un de ces types qui courent dans tous les sens et crient comme des déments. Des groupes d'élèves se sont recroquevillés le long du muret qui sépare la cour en deux, et de la fumée s'élève au-dessus du E, le préfabriqué au milieu de la cour, une fumée noire qui s'épaissit à chaque seconde et s'élève dans le ciel limpide et froid. Les pigeons passent au-dessus et bifurquent rapidement, s'éloignent du lycée. Des deux salles du haut, dont l'une est condamnée à cause du dégât des eaux provenant du toit, descendent par l'escalier de fer extérieur des élèves qui lancent des regards apeurés à la fumée s'échappant du rez-de-chaussée. Ils ont sans doute été délogés par l'odeur. Heureusement, le feu a pris de l'autre côté du bâtiment.

Il n'y a pas grand-chose à faire, mais la salle polyvalente est un refuge qui semble épargné par la tempête. Elle finit de gravir l'escalier, pose un pied dans la cour. Elle n'a pas pris son blouson, frissonne.

Candice ! C'est la CPE, Nathalie, qui l'interpelle, elle est en train d'évacuer les élèves du CDI, objet d'un vandalisme vengeur. Les rayonnages de livres renversés à terre, les fenêtres brisées, des ordinateurs balancés à toute force à travers les vitres. Ça ressemble à une guerre.

Il doit y avoir un certain plaisir à casser, c'est sûr.

Les écoles, les gymnases, les crèches et les places de marché, les maisons de quartier et les locaux associatifs, les voitures des voisins et des parents. Si seulement ils pouvaient s'en prendre à leurs maîtres, au lieu de se bouffer entre chiens, dans la meute. C'est Denis qui a ce genre de métaphore révolutionnaire. Pas sûr, cependant, que ça leur plairait d'entendre ça.

Les élèves franchissent les portes du CDI en file indienne, en baissant la tête, comme s'ils descendaient d'un hélicoptère, effrayés par le bruit. La documentaliste, sortie en dernier, court vers le bâtiment A. Candice fait signe aux élèves de la rejoindre, elle les attrape par le bras et les dirige vers l'escalier, Descendez, entrez là-dedans. Elle aperçoit, un peu plus loin, des élèves à elle, c'est comme ça qu'on dit même si elle n'aime pas trop ça, des élèves à elle, ses élèves, elle voit Sara et Leïla sous le châtaignier, leur fait des grands gestes, et aussi à trois autres qui sont accroupis derrière le muret, de son côté. Elle s'avance dans la cour. Regarde autour d'elle, fait attention, essaie de lire les trajectoires, d'anticiper les collisions. Elle, on voit qu'elle est prof. Un type en cagoule passe en courant à un mètre d'elle, lui jette un regard méchant mais elle s'écarte, elle a les bras pliés, les mains bien en vue devant elle, paumes ouvertes, et le type continue sa route. Un autre l'avise de plus loin, se dirige vers elle.

Candice marche vers le petit groupe d'élèves au pied du bâtiment E envahi par la fumée. On ne voit pas encore les flammes. Ils sont courbés et se tiennent par le bras, par l'épaule, avancent ensemble de quelques pas en hésitant, ne sachant où aller. Il sont trois, le petit Mohamed, Farid et Imen, qui sont en seconde 13. Elle s'approche en agitant les bras, mais ils ne la voient pas. Venez. Venez. Elle aperçoit Sara et ses copines qui se sont mises à courir. Elle leur indique la salle polyvalente.

Le garçon qui a traversé une partie de la cour, droit vers elle, surgit à cet instant. Il se plante devant elle et la force à s'arrêter. Il a un bandeau de sport remonté sur le nez, une capuche. Il tend le bras devant lui, ce n'est pas vraiment un coup de poing mais il percute son épaule gauche et elle manque de tomber, recule d'un pas, reprend ses appuis. Lève les mains ouvertes devant elle. Elle a peur.

Le type ne la regarde pas dans les yeux. Il regarde sa bouche. Ses lèvres rouges.

On ne sait pas trop ce qui pousse à agir dans ces moments-là. L'adrénaline, bien sûr. Le cerveau inondé bloque la douleur dans l'épaule, décuple la vision analytique et les possibilités des sens, jusqu'à ce que la scène paraisse se dérouler au ralenti. Et là, soit on se tétanise, soit on y va. C'est une décision, mais c'est une décision qu'on ne prend pas vraiment. Comme un instinct. Sans doute que tout, depuis l'enfance, nous y prépare. L'éducation, le caractère, et aussi certains réflexes professionnels acquis sur le tas, le sentiment de sa responsabilité, la mission évidente que nous a confiée l'école, puisque ce sont des enfants et qu'il convient de les protéger.

Candice explose, sans réfléchir à la situation. Elle ouvre grand sa bouche toute rouge, et sa voix couvre le vacarme de la cour, elle aboie sur le type, face à face, comme si c'était un élève, sans l'insulter, Pour qui vous prenez-vous ? Ça vous amuse de frapper une femme ? Vous trouvez ça courageux ? Vous débarquez ici, vous cassez tout mais les gamins, ici, ce sont vos petits frères, c'est les enfants de Bondy, qu'est-ce que vous croyez ? Quand il n'y aura plus de lycée, ils feront quoi ? Quand je serai plus là ? Quand on sera tous partis, parce qu'on va pas rester là, nous, les profs, à force de se faire maltraiter, quand il n'y aura plus personne, ils vont faire quoi, les mômes ? Vous voulez me taper dessus ? Allez-y ! C'est maintenant ! Mais c'est pas moi, la méchante. Moi, je suis là pour vous, j'essaie d'aider. Vous voyez les élèves, là ? Ce sont mes élèves. Et je vais les conduire dans ma salle.

Elle a dit ça d'une traite, puis elle hésite une demi-seconde, mais comme le garçon ne bouge pas, elle s'avance et il s'efface, il pivote pour la laisser passer. Elle va chercher les gamins accroupis derrière le E dont la fumée à présent enveloppe presque tout le bâtiment, âcre et râpeuse. Mohamed refuse de la suivre et elle l'attrape par le bras. Vous avez pas le droit. Il se dégage violemment et elle lui hurle dessus, ne lui laisse pas le choix ni le temps de réfléchir. Il regarde autour de lui. Il a l'air terrorisé. Il serre sur son ventre son sac à dos de lycéen. Fait mine de partir dans l'autre sens, mais la fumée, emportée par un coup de vent, lui barre l'accès du bâtiment B. Il revient vers les autres en toussant et Candice les pousse devant elle jusqu'à l'escalier de la salle polyvalente.

Descend en dernier. Jette un regard vers la cour.

La plupart des lycéens ont fui de l'établissement. Quelques classes se sont barricadées, quelques-uns errent encore dans la cour à la recherche d'un abri. Le bâtiment E brûle pour de bon maintenant, et sa fumée masque une partie du B. Soudain une table traverse une fenêtre ouverte du deuxième étage et se disloque en s'écrasant par terre. Heureusement, il n'y avait personne qui se tenait là.

Derrière elle le D est presque vide, au-dessus du CDI. Occupé surtout par les collégiens, il a été évacué assez tôt, sur ordre de la proviseure hurlant dans son téléphone, par la petite porte donnant accès à l'arrière de la cantine et au parking des profs. Il est à présent abandonné aux jeunes qui déversent dans les couloirs déserts tous les extincteurs qu'ils trouvent. On entend des portes voler en éclats. Depuis la salle informatique, ils balancent des ordinateurs et des chaises vers la rue. Ils essaient de viser les flics qui commencent à approcher en formation serrée derrière leurs boucliers balistiques tenus au-dessus de leurs têtes, comme une grosse tortue.

Un groupe de profs se tient devant le bâtiment A. Parmi eux Paul, l'écrivain. Elle lui fait un signe de la main.

En sourdine, derrière l'alarme d'incendie et les cris des jeunes, la mélodie absurde et doucereuse du piano guimauve sonne la fin de la récré.

15:15

Bâtiment B

C'était une idée de Mahdi évidemment, lorsque la récré avait sonné, de sortir retrouver son frère. On les avait vus sur tous les snaps de tous les copains du lycée, son frère Adama et les émeutiers, à cent mètres de là, sous l'autoroute, qui donnaient du fil à retordre aux condés. Tant qu'ils étaient en public, au lycée, dans la rue, Mo ne pouvait pas lui rendre le sac d'Omar dans lequel était cachée l'arme, ni récupérer le sien. Mahdi avait dit, On verra dehors. Mo n'était pas bien sûr de ce qu'il convenait de faire, il avait peur de tout. Il avait l'impression que le sac d'Omar, sur son épaule, était transparent et que tout le monde voyait le flingue, comme s'il clignotait en rouge, comme sur les écrans des douanes à l'aéroport. Qu'est-ce qui lui avait pris ? Il avait envie de déposer le sac n'importe où, de s'en débarrasser et de dire à Mahdi par SMS Démerde-toi, ça aurait été plus simple, c'est certain, et pour récupérer son sac à lui ils se seraient débrouillés plus tard, mais il n'avait pas osé. Mahdi se serait foutu de lui, comme d'habitude. C'est difficile, d'oser.

Quand ils se sont retrouvés dehors, ils ont à peine eu le temps de remonter la rue, d'aller vers le carrefour. Il y avait là-bas une drôle d'ambiance d'émeute et de fin du monde. Des colonnes de fumée noire à cause des pneus, d'une voiture flinguée sur le parking sous l'autoroute, et des cris de partout, les sirènes des flics et des pompiers, les gyrophares bleus en mode stroboscope et les gaz blancs comme des brouillards effilochés des lacrymos qui filaient au ras du sol. Ils ont à peine eu le temps d'atteindre le coin du S. La bande à Adama s'est mise à courir vers eux, en direction du lycée. Mo a été comme paralysé. La peur, c'est trop de calculs à faire à toute vitesse. Il y a des gens qui frappent, qui foncent dans le tas, il y en a qui détalent, qui se tirent comme des chevreuils, tournent la tête, une jambe suspendue en l'air, le temps d'un regard à peine et ils sautent comme des ressorts, d'un seul coup sans réfléchir, et puis il y a ceux que ça paralyse. Il a perdu Mahdi et Omar dans le flot, ils lui ont gueulé Wallah ! Momo ! Putain ! mais ils étaient déjà loin quand le temps a recommencé à défiler. C'est peut-être seulement de voir les flics se mettre en branle à leur tour qui l'a décidé, et le voilà qui s'élance en courant avec plein de gens qu'il ne connaît pas. Des gars qui hurlent, qui tapent sur les capots des bagnoles en passant, qui foutent franchement la trouille.

Ils franchissent les grilles du lycée.

Mo franchit les grilles.

Les autres sont déjà loin, c'est difficile de se rendre compte. Ça crie de partout, ça court dans tous les coins. Mahdi est invisible. Il y a des mecs qui sont rentrés en scoot, comme ça, roue arrière dans la cour, et C'est pas des scoots, c'est des 125 de cross, se dit-il en les regardant passer, la bouche ouverte. Il les regarde et il ne comprend pas tout de suite ce qu'il voit, c'est comme une sorte de rêve. L'attaque du lycée. Un genre de film. À la grille il y a le type dont il a oublié le nom, l'écrivain de ce matin. Il est avec une autre prof de français et une surveillante.

Le type le regarde, alors il hésite. Il l'a sûrement reconnu, c'est lui, l'élève qui a lu son poème ce matin. Ils se regardent dans les yeux et Mo ne baisse pas le regard, parce que c'est trop tard. Il a l'impression d'être pris en faute. Il voudrait dire qu'il n'a rien fait, Je vous jure ! Mais le type recule. Il recule d'un pas comme un type qui a peur. Il s'est vaguement redressé, il continue de soutenir la pionne par le coude, Qu'est-ce qu'elle a, la pionne ?, et il lève l'autre main, juste un peu, il lève l'autre main, la paume vers Mo, en signe de défense ou de paix ou d'imploration. Il a reculé d'un pas et s'est légèrement redressé mais sa tête est rentrée dans ses épaules, comme un chien qui recule en continuant de t'observer par en dessous.

La peur, ça vous donne du pouvoir sur les gens, alors Mo hésite et finalement il détale. Il rejoint le cortège des fous furieux qui sont en train de déferler sur le bahut comme une putain de marée au galop.

Les gars filent droit vers le bâtiment qui leur fait face, le B, mais eux, ils ne savent pas qu'il s'appelle comme ça. Ils foncent dedans en fracassant la série de portes à double battant qui donnent sur le hall et la cafétéria où il n'y a rien, que des chaises et un baby-foot sans ballon, et deux vieux fauteuils avachis. C'est pas grave, ils renversent tout. Ils hurlent et ils tapent dans les portes, sur les cloisons, ils arrachent les panneaux d'information, les extincteurs ils les déversent dans les cages d'escalier et dans les couloirs. Les élèves qui sont là, sur leur passage, se plaquent contre les murs en attendant que ça passe, comme une rivière qui gonfle et qui déborde. Les profs, c'est plus compliqué.

Mo voit un mec en train de défoncer une porte à coups de marteau, enfin il n'y arrive pas mais il la traverse quand même à plusieurs endroits, il donne des grands coups de marteau en hurlant et on entend un autre type qui hurle aussi de l'autre côté, un prof avec une grosse voix qui ne suffit plus, qui est sans doute en train de pousser de son épaule pour que la porte demeure fermée, qu'elle résiste.

Un peu plus loin, il croise une espèce de zombie. Ça lui fait tellement peur qu'il recule, et il se retrouve le dos au mur, Mo, et alors seulement il comprend que le type ne le voit pas. Il avance en titubant, les bras devant lui, les yeux fermés fort, à s'en croiser les sourcils, à s'en retrousser les lèvres. De sa bouche noire, ouverte comme un masque, sort un râle grave et profond, une sorte de plainte noyée, un gémissement de fantôme. C'est un prof, un homme d'un certain âge avec une grosse moustache de gendarme. C'est peut-être pour ça. Mo l'a déjà vu au lycée mais il ne sait pas comment il s'appelle. Un des anciens. Il a le visage tout rouge et Mo croit d'abord que c'est du sang, mais en contournant le gars il voit que c'est une espèce de pâte, une pâte rouge qui croûte en noircissant, c'est de la lacrymo des quartiers qu'il a sur tout le visage, un mélange que tout le monde connaît ici, alcool et harissa, et un peu d'huile pour que ça colle à la peau, dans un aérosol rempli au compresseur d'air, partout sur les yeux, la moustache, ça fait des petites bulles sous son nez et il peut pas les ouvrir, les yeux, c'est impossible, Sous ses paupières c'est soupe à la merguez, Mo a le temps de penser, Ça doit être comme de griller en enfer, un truc de malade. Le gars cherche à tâtons un mur, une porte, entre deux gémissements il crie Au secours, il crie Ça brûle, et Mo se remet à courir dès qu'il l'a dépassé.

Il n'y a pas de traces de Mahdi dans les étages. Au deuxième, ils défoncent les salles de bio et de chimie. Des profs se sont enfermés avec des élèves dans la salle du matériel. La porte tient bon. Les paillasses recouvertes de céramique sont scellées au sol en béton. Au troisième, ils lancent ce qu'ils trouvent par la fenêtre, des chaises, des ordinateurs. Des tables se disloquent dans un bruit de bois qui éclate en touchant le sol de la piste de 100 mètres en ciment qui sépare le lycée d'une école maternelle. Des maîtresses ont tiré les rideaux pour ne pas effrayer les enfants. Elles ne peuvent s'empêcher pourtant de regarder, et leurs visages effarés qui apparaissent aux coins des fenêtres, bouche bée, donnent une idée du désastre.

Mo redescend. Il quitte cet essaim qui traverse le bâtiment de couloir en couloir. Au premier, le prof-zombie à moustache n'est plus là, peut-être qu'il a trouvé du secours, et dans le hall, Mo tombe sur un groupe de garçons plus âgés qu'il ne connaît pas, qui sont en train de vider une bouteille de white dans une poubelle avant d'y mettre le feu et de la faire rouler dans la cafétéria où il doit déjà y en avoir une ou deux, comme ça, flambant et communiquant leurs flammes à du linoléum et des chaises en laminé, à en juger par la fumée noire et âcre qui s'échappe de la porte ouverte. Un des gars le regarde, plonge direct au fond de ses yeux alors que Mo vient de pousser la porte du hall, alors qu'il est encore sur le seuil et qu'il n'a pas encore compris tout à fait ce qui se passe, et c'est un regard qu'il connaît bien, qui veut dire T'es qui, toi ? et ça veut dire Est-ce que tu es avec nous ? ça veut dire Est-ce que tu poucaves ? et aussi Tu sais ce qu'on fait aux balances. Ça veut dire T'as rien vu, barre-toi ! Et c'est ce qu'il fait.

Mo !

Il y a là Imen et Farid de sa classe, accroupis derrière le bâtiment E. Il les rejoint. S'aperçoit qu'il transpire, qu'il respire sur un rythme rapide. Il enlève son sac à dos, le serre sur son ventre, devant lui. Essaie de reprendre un peu de courage, un peu de sang-froid. Merde. Ça dit quoi ? Wesh, gro, T'as vu ça ? Ça veut dire : Putain, ça fout la trouille.

Il tremble, un peu, Mo. Imen, carrément elle ne dit rien. Fermée. Le regard un peu fixe, aussi. Elle ne cligne plus des yeux. Farid, il essaie de sourire, et le garçon qui est avec eux, que Mo ne connaît pas. Ils regardent autour d'eux, comme des soldats dans un trou. Pas de traces de Mahdi. Mo tient devant lui le sac qu'il a enlevé de ses épaules, il le tient dans ses bras comme si c'était quelque chose de très précieux et, dans un sens, ça l'est. Ça pèse lourd, aussi. C'est étonnant comme c'est massif, une arme. Mo passe la main droite sur le sac et le palpe machinalement en détaillant les contours des cahiers, de la trousse, des clés et des feutres, et puis du flingue, sur le devant, qui a glissé au fond du sac, son canon et sa crosse bien reconnaissables. Se demande s'il pourrait tirer par erreur, est-ce que ça arrive que le coup parte comme ça – on voit ça dans les films. Il lève la main comme s'il venait de toucher une araignée ou un serpent. Elle est moite et il la frotte sur sa cuisse, sur son pantalon.

Il y a la prof de français au milieu de la cour, elle vient de dépasser un type cagoulé qui lui a presque percuté l'épaule. Elle fait des gestes et Mo reconnaît tout de suite, en regardant de l'autre côté, là où la prof regarde elle-même, Sara et ses copines qui se mettent à courir vers elle depuis le coin du B, le châtaignier, les bancs de béton. Puis la prof vient vers eux. Les autres se lèvent. Imen le regarde sans comprendre pourquoi il ne bouge pas, et Farid lui donne une claque sur l'épaule. Mo se lève, il dit à la prof qui est presque arrivée à leur hauteur à présent, Je ne peux pas, j'attends Mahdi. N'importe quoi ! Elle l'engueule et elle va jusqu'à l'attraper par son sac qu'il tient devant lui, elle le secoue et Mo s'agrippe à son sac, Vous avez pas le droit, il lui arrache des mains en criant, en menaçant, Tu me touches pas ! ça lui a échappé et la prof le lâche. Ils se regardent quelques secondes, mais elle ne baisse pas les yeux et il se laisse faire, il la suit.

Se retrouve avec tous les autres, ceux du groupe de théâtre de l'après-midi, qu'il ne connaît pas. Sara est là, elle aussi. Elle le regarde entrer et elle se retourne vers ses copines, ça lui fait un peu mal, à Mo, et sans doute qu'à ce moment-là il est prêt à faire demi-tour mais la prof est là, derrière, elle rentre en dernier et elle ferme la porte. Et le bruit du dehors, les alarmes et les cris et les sirènes de police, le vacarme du monde recule de plusieurs kilomètres.

Mo va s'installer dans un coin à l'abri des regards, au fond de la scène, qui est plutôt une sorte d'estrade profonde, derrière l'écran, dans l'ombre. Il tient entre ses jambes le sac d'Omar qu'il traîne avec lui depuis la cantine et laisse ses yeux aller et venir, dans le vague, vers la salle et le groupe d'élèves agités et en pleurs que la prof essaie de maintenir dans un calme relatif. Il est tout seul. Mo est toujours tout seul.

Il ouvre le sac et il regarde les reflets sur le canon de l'arme, comme il regarderait au fond d'un puits. Ça fait le même effet.

Il se demande ce qu'il va faire, lorsque la porte résonne de coups brefs et répétés, que la prof fait signe à tout le monde de se taire, qu'elle s'approche et écoute, à un mètre de la porte, simplement immobile, en arrêt, silencieuse. Mo n'entend rien mais elle a dû reconnaître la voix parce qu'elle vient d'ouvrir, et le poète de ce matin débarque. Ils restent là, ils échangent à peine quelques mots sur le seuil, et puis il rentre pour de bon, il claque la porte derrière lui, et les bruits de conversations reprennent de plus belle. Tout le monde est un peu déçu, sans doute, parce qu'un poète, ça ne sert pas à grand-chose.

Mo plonge la main dans le sac comme dans une boîte à mystères où l'on rencontrerait son pire cauchemar pour le vaincre, un truc d'initiation vaudoue, il plonge la main à la rencontre du destin – rien ne va plus, faites vos jeux –, et il est étonné par le contact froid du pistolet. Il le prend en main, il en soupèse la masse rassurante. Fait jouer son poignet à droite, à gauche, la main toujours enfoncée dans le sac. Observe les éclairs brillants sur la surface noire, sous différents angles, la lumière glissant sur les faces, les faisant scintiller brièvement comme des lames, soulignant les arêtes du chien, des crans de sûreté, du pontet, du viseur, de la culasse et, sur le côté droit, l'affleurement du canon lui-même sous le rectangle d'éjection coupé dans l'alliage, le canon d'un noir plus profond que le noir brillant de la carcasse, et les reliefs illisibles des noms, des numéros de série, de la marque, CZ, une marque tchèque.

Il le sort précautionneusement du sac à dos noir d'écolier.

Hésite à le tenir à bout de bras, à viser quelqu'un, hésite et finalement renonce, pour ne pas se faire remarquer même s'il est loin, même s'il est dans l'ombre, le garde entre ses mains et, attrapant la culasse par au-dessus, la tirant d'un coup sec de la main gauche en poussant de la droite contre la crosse, fait jouer le mécanisme d'armement qui engage une balle dans la chambre. Du pouce, il abaisse la sécurité.

Dans la salle, la plupart se sont assis sur les strapontins, par petits groupes, ils parlent à voix basse. La prof discute avec Sonia et Sara qui ne fronce plus les sourcils. Au contraire elles sourient, elles ont l'air de parler avec une copine. La prof, vue de dos, elle a l'air jeune, c'est vrai. Mo ne voit plus le poète, il doit être plus loin, derrière les élèves assis qui discutent, qui rigolent. Parfois, Mo a l'impression que l'un d'eux le regarde, mais c'est impossible, il est accroupi au bout de l'estrade, dans l'ombre derrière l'écran, dans ce fond obscur de la salle qui sert de coulisse quand ils jouent. Le groupe de théâtre est plein de bons élèves, enfin pas forcément bons en maths et tout ça, mais des élèves que les profs aiment bien, à l'aise avec les adultes, bon esprit, bons camarades. Pas mal de filles, évidemment.

Lorsque les bruits enflent de nouveau, confus, à l'extérieur, il ne sait pas au juste ce qu'il est en train de faire, ni jusqu'où on peut glisser d'un geste à l'autre, presque de manière automatique, parce qu'on les a vus mille fois et qu'ils s'enchaînent avec une précision évidente, mécanique. Il flirte avec le mal sans y réfléchir vraiment, comme on écrase un insecte, il flirte avec l'idée de la mort, comme quand on est au bord d'un quai, comme dans les cauchemars où on longe une route hurlante.

C'est une tentation bien naturelle, la mort.

15:20

Salle polyvalente

Paul ne l'a pas remarqué en entrant. Il est un peu sous le choc. Descendu pour voir comment ça se passait. Pour être avec Candice. Quand il l'a vue traverser la cour, repartir vers sa salle de théâtre avec des gamins qu'elle avait récupérés là, au milieu de ce champ de bataille, il a eu envie de la rejoindre. Elle a ouvert quand il a dit son nom, Candice, et ajouté bêtement, C'est moi. Il a refermé la porte sans penser à donner un tour de clé, et Candice non plus, peut-être parce qu'elle était surprise de le voir. Elle est allée parler avec des élèves, lui a dit de l'attendre en régie, en haut de la salle. Il n'a pas remarqué Mo.

Les gamins sont assis pour la plupart, par grappes de trois ou quatre, ils parlent à voix basse et jettent des coups d'œil inquiets autour d'eux. On entend encore le bruit des sirènes et parfois un cri d'alarme ou de rage, ou peut-être de peur, on ne sait pas bien. Tout le monde se tait, se fige pendant quelques secondes.

Dans le fond de la salle une ombre vient de se déplacer, quelque chose a bougé, un ado sans doute, un élève. Paul ne les connaît pas. C'est noir comme un four, là-bas.

Quand il est descendu dans la salle polyvalente, des assaillants commençaient à quitter les lieux aussi vite qu'ils y étaient entrés, passant par le terrain de basket et les abords du gymnase pour éviter la police qui progressait dans la rue en direction du lycée. Les sirènes des pompiers se sont mêlées à celles de la police. L'alarme du lycée s'est arrêtée, remarque-t-il. Depuis quand ? Peut-être que le bâtiment temporaire au milieu de la cour, le préfabriqué, a fini par brûler pour de bon ? Paul parle tout seul à voix basse. C'est un tic qu'il a parfois, cela l'aide à mettre de l'ordre dans ses idées. Il a les mains moites, les frotte sur les pans de son manteau ouvert. Rentre sa chemise dans son pantalon, se demande depuis quand elle en sort ainsi, froissée. Il croise son reflet dans la vitre de la régie. N'en revient pas de ses cernes, du teint bleu que lui fait déjà sa barbe rasée au petit matin, autour du menton, dans le creux des joues. Il se recoiffe. Essaie de reprendre confiance en se regardant comme s'il était un autre type, plus fort.

Derrière son reflet, par transparence, il voit la salle et ces gamins censés faire du théâtre qui se cachent dans cette cave, leurs mines anxieuses, il voit Candice qui leur parle et les rassure, fait sourire des filles qui la regardent avec confiance, peut-être avec une pointe d'admiration. Il se demande comment elle a atterri là. Et toi, comment tu t'es retrouvé ici ?

Il repense à sa vie d'ordinaire assez calme, c'est le moins qu'on puisse dire, aux habitudes qui rythment chaque moment de ses journées chez lui, au plaisir qu'il a à faire, dans son quartier, toujours à peu près le même tour chez les mêmes commerçants, à acheter les mêmes choses en ayant à peu près la même conversation. Cette vieille complicité qu'il entretient avec lui-même.

Et eux ? Comment ils font pour vivre là ? Dans cet autre monde, cette ville au bord de la ville, au bord du canal et de l'autoroute. Il lui semble qu'il y a moins de bruit dehors.

Les sirènes reprennent, quand la porte résonne de coups, martelés cette fois, plus forts, insistants, répétés. Des coups autoritaires. Des cris. Des imprécations, des ordres. Ouvrez ! Et encore des coups.

Paul ne comprend pas bien ce qui se passe alors. On dirait que la porte tremble. Que quelqu'un essaie de l'enfoncer. Ça pourrait être aussi bien des flics que des voyous. Et l'ombre de nouveau qui bouge du côté de la scène, un mouvement dans la nuit au fond de la salle, presque en même temps, un éclair et le bruit assourdissant d'un coup de feu. Paul n'en a jamais entendu d'aussi près, d'ailleurs il n'est pas bien sûr d'en avoir déjà entendu, mais il n'a aucun doute, personne n'a de doute sur la nature de ce claquement qui résonne, bientôt suivi d'un autre, puis d'un autre. Les têtes rentrent dans les épaules comme des tortues, comme si c'était un réflexe antédiluvien, les silhouettes des élèves se tassent sur elles-mêmes et s'immobilisent dans l'air encore rempli des détonations.

Du côté de la porte, c'est le silence et Candice, qui s'en était approchée, se retourne, stupéfaite. Ça y est,

Paul le voit, venant du fond de la scène, le petit qui marche tout droit sur le plateau, le bras tendu, qui la tient en joue, c'est le gamin de ce matin, le Roméo, Mohamed, Momo. Il y a des cris dans la salle comme si on remettait le son, comme si le temps se remettait à défiler, et des mômes se jettent sous les fauteuils en se couvrant la tête avec les mains, se serrent les uns contre les autres. Candice a levé les mains et le gamin avance encore, un pas, deux. S'arrête au bord du plateau.

Paul n'entend pas ce qu'ils se disent. Ils parlent à voix basse. Il voit le flingue qui tremble au bout de son bras, le canon qui fume dans l'air froid qui rentre par la porte, le pistolet qui penche un peu vers le bas, qui se redresse. Candice en contre-jour, les mains à hauteur du visage, Bordel elle est à quoi, deux mètres ? Elle lui parle doucement.

Paul sort de la cabine de régie. Personne ne fait plus attention à lui depuis longtemps et, pour une fois, ça ne le gêne pas trop. Ça dure des secondes – Quoi faire ? Ça dure des secondes, et il est dans l'ombre, le long du mur du fond – Merde ! Elle crie Non quand le gamin plie son bras, ramène l'arme sous son menton. Elle avance les bras vers lui tout en se figeant, Fais pas de connerie, Mohamed, je t'en supplie pose ce pistolet par terre, je te promets tout va s'arranger, je t'en supplie.

Et de dehors, des voix plus fortes. Police !

Paul bute contre l'armoire électrique au fond de la salle, il avance à tâtons le long du mur et des tuyaux qui alimentent le bâtiment. Il est complètement impuissant, se sent totalement inutile. Le gamin l'a entendu et alterne les mises en joue de la salle et de Candice, à l'aveugle, pour empêcher quiconque d'approcher, replace régulièrement le canon tiède contre lui, collé à son cou. L'odeur de poudre de la cordite s'est répandue dans toute la pièce. Candice sanglote à présent, Je t'en supplie, elle ne pleure pas vraiment mais sa voix s'est étranglée, Mohamed, s'il te plaît. Paul sent dans son dos la vanne en forme de volant, comme dans les bateaux, la vanne rouge, Putain, il se retourne et l'attrape à deux mains, la tourne de toutes ses forces – Comment elle appelait ça, déjà ?

Le grand secours.

Une pluie d'orage s'abat sur toute la salle dans un bruit de cascade. La scène est noyée en quelques secondes.

Tout le monde crie, tout le monde se bouscule, se protège avec son sac ou son manteau.

Paul a le temps de le voir du coin de l'œil, le gamin ne comprend pas et regarde au-dessus de sa tête. Comme tout le monde, Mo est surpris, il s'est penché en avant, par réflexe, pour se protéger, il a baissé son arme et Candice a bondi vers lui, elle l'a pris dans ses bras.

C'est fini.

Tout va bien se passer, je te promets.

C'est fini.

17:00

Pont de Bondy

C'est ce qui est un peu fatigant, ici. L'impression de vivre des cycles. On s'accroche. On y retourne tous les matins. On est dans l'académie à 21 points, dans le département le plus pauvre de la France métropolitaine, dans une de ses villes les plus pauvres, coincés, dans une bordure entre zone franche et zone sensible, mais on y va, on est là. Et ces enfoirés, ils nous mettent des bâtons dans les roues. Ils suppriment des heures, des profs, ils n'ont plus personne pour remplacer les congés maladie. Ils nous accablent avec tellement de conneries à faire que de plus en plus de gens se mettent à temps partiel pour pas qu'on les emmerde. Tu as bien vu l'AG, ce matin. Pour ce qui est de l'éducation, on est devenus un pays pauvre. Un pays qui n'a plus les moyens. Qu'est-ce qu'ils croient que ça nous prépare, comme avenir ? Ils s'en foutent, parce que les enfants de l'élite font encore des grandes écoles. C'est de moins en moins vrai, et de toute façon elles sont de moins en moins grandes. On ne demande plus à l'éducation de former des intelligences, on lui demande juste de garantir des rangs de sortie, des points d'insertion dans la société. On a jeté nos ambitions morales et intellectuelles. On veut des gens opérationnels, on est obsédés. Même les parents, ils en redemandent. Ils ont peur. Quarante ans de chômage de masse, ça a fait des drôles de dégâts.

Et cependant c'est fini, je crois. Ceux-là n'en veulent plus. Les enfants, leurs enfants n'en veulent plus. Même les enfants des grandes écoles.

Candice parle d'une voix traînante. Elle est assise, les jambes dans le vide, sur le pont de Bondy à côté de Paul. Le soir, le soleil se couche, direction Paris, au bout du canal, au-delà des usines et des nouveaux immeubles en HQE qui doivent contribuer à gentrifier la zone, derrière les terrains vagues et les grues jaunes, le soleil plonge sous un ciel de sang qui s'étale aussi loin que peut porter le regard. Au ras de l'eau, des mouettes poursuivent les ombres des poissons et des sacs en plastique. Elle a un bras en écharpe au-dessus de son perfecto, s'est luxé l'épaule en se jetant sur le côté, heurtant le chambranle de la porte blindée, au moment du premier coup de feu. N'a rien senti sur le moment. De son autre main, elle gratte sur son jean une tache imaginaire dont il n'y a pas de trace. Elle poursuit d'une voix blanche.

Ici, on les a relégués, abandonnés. Les grands ensembles, construits pour reloger après la guerre de 40 et puis après la guerre d'Algérie, ils appartenaient à la mairie de Paris. Tu imagines ? À La Courneuve, à Aulnay, à Bondy Nord, les mairies n'avaient même pas la main sur les populations qu'on entassait chez eux juste parce qu'on ne voulait pas les voir dans la capitale, pas dans la Ville lumière. Et bien sûr, pas la main non plus sur l'aménagement, sur l'entretien. Tu parles comme Paris en avait quelque chose à foutre. Il faut les voir, les immeubles. L'état des façades. Les portes d'entrée au verre cassé, les digicodes foutus, les peintures de 1982, les parties communes dégradées. Les canisses aux balcons, les rideaux tirés, tous ces gens qui s'enferment, qui deviennent fous de vivre les uns sur les autres. À Bondy Nord, il n'y a pas un seul ascenseur qui marche, pas un seul. La mairie a récupéré les immeubles il y a moins de quinze ans, quand le maire PS a tapé du poing sur la table. Alors le lycée, c'est pareil. Tant qu'on tient les murs, ils tirent sur la corde. À moyens constants, au début, avec une population qui explose. À moindre coût. Jusqu'à ce que tout s'écroule. Des émeutes.

Des jours comme aujourd'hui.

Derrière eux le carrefour a été dégagé mais une odeur de pneu plane encore dans l'air froid. Derrière le S, on devine le lycée dévasté à la fumée plus grise qui s'en échappe encore, les pigeons du Chinois qui ont repris leurs tours. Il les vend. Il y a des collectionneurs, des concours et tout ça. Tu sais comment il les élève, ses pigeons, le Chinois ? C'est super facile, il paraît. Il faut les garder trois semaines dans leur cage, bien les nourrir. Leur attacher une patte à la cage pour pas qu'ils s'envolent avec les autres. Et au bout de trois semaines, leur cage, c'est chez eux. Tu peux les lâcher n'importe où, ils y retournent. Ils peuvent faire mille kilomètres pour revenir dans leur cage. Incapables de partir. Incapables même de se perdre. C'est dingue, non ? Elle rit faiblement, de son rire rouge.

Du coin de l'œil elle observe Paul assis à côté d'elle, au bord du vide, tout contre elle, ils ont les épaules qui se touchent. Il a les yeux baissés, les mains qui se tortillent sur ses cuisses, son jean encore un peu mouillé. Il a les cheveux emmêlés parce qu'il y a du vent, tous les soirs, les vents de côte changent et reviennent de l'ouest, et ça se sent jusqu'à Paris, jusqu'ici, il a le nez rougi par le froid et des rides qui se creusent à cause de la lumière oblique du soleil couchant et de ses poils de barbe qui commencent à griser ses joues. Il a l'air gentil, c'est ce qu'elle se dit. Il a l'air un peu paumé, avec son jean slim qui fait des plis aux genoux et tire-bouchonne sur ses boots bleues. On dirait qu'elles vont tomber dans l'eau. Il y a du ciel autour d'eux malgré tout, il y a ça ici, du ciel.

Son épaule valide vient se coller un peu plus à celle de Paul, et sa tête s'incline. Sa voix se fait plus faible, plus douce.

Et là, ils vont mettre du fric. Mais les gens comme moi vont partir, de guerre lasse. Des jeunes arriveront, qui auront de nouveau envie de faire des projets, et dès que ça marchera à peu près, ils couperont les vannes et attendront le prochain incident. Les collègues verront les choses se dégrader doucement. C'est ça, tu vois, qui est un peu fatigant. Ils ne veulent pas que ça marche. Juste, que ça ne fasse pas de vagues.

Et l'émeute, ce n'est pas une solution.

Je vais aller voir mon père.

Je ne reviendrai pas ici.

Les jeunes, c'est pareil. Ceux qui s'en sortent, ils partent. Ils conservent toujours la nostalgie de leur quartier. Ils en sont fiers. C'est un endroit où il y a des solidarités, de la créativité, de l'énergie. Mais c'est trop dur.

Son corps est lourd, elle le sent, son corps est plein d'une fatigue qui se traîne depuis des jours et des années. Elle a laissé Mohamed partir dans la voiture de police. Elle a expliqué, bon élève, gentil garçon, elle a dit que c'était un accident, qu'il ne devait pas savoir que l'arme était chargée, qu'il n'en avait sans doute jamais vu. Trouvée par terre, pendant l'intrusion, c'est comme ça qu'on a fini par appeler les événements de cet après-midi – l'intrusion. Elle a dit à l'officier, Il a tiré parce qu'il a eu peur, il ne pouvait pas savoir que c'était la police. Elle a dit, Heureusement il y a eu plus de peur que de mal. Joué les témoins de moralité. Son rôle de prof.

La violence, ce n'est pas une solution.

Ça marche dans les deux sens.

Paul dégage un peu son épaule et elle croit qu'il cherche à se relever ou que cette proximité le gêne peut-être, mais c'est le contraire, il dégage son bras et le passe autour de ses épaules, se penche vers elle, se rapproche pour qu'elle puisse continuer à se reposer sur lui, il la presse légèrement contre lui peut-être, c'est à peine perceptible mais c'est un de ces moments où l'on se rend compte qu'on est capable de remarquer des mouvements infimes que l'autre n'a peut-être pas calculés mais qu'on perçoit, sa jambe contre la sienne, qu'on ressent, des mouvements comme des émotions, et l'on ne sait pas bien au juste ce qui est la cause ou la conséquence, si ce sont les frôlements, les tressaillements des muscles qui les provoquent, ou si ce sont les émotions qui se condensent là, dans la chaleur de la chair, le hérissement de la peau.

Il ne la regarde toujours pas. Ne tentera rien d'autre.

Le soleil se couche et, sur le canal, une brume légère et blanche se lève et dessine des voiles en partance.

Elle laisse aller sa tête dans le cou de Paul, comme si elle roulait. Il y a dans son écharpe et sur le col de son manteau l'odeur d'un vieux parfum de bois, de cuir et de cigarette, d'iris peut-être, un parfum de tabac toscan qu'elle remarque pour la première fois et dans lequel elle se sent bien immédiatement.

Il lui demande ce qu'elle compte faire et elle ne sait pas. Elle ne sait même pas ce qu'elle va faire dans les cinq minutes tant la vie lui semble totalement hors de contrôle. Pour commencer il va falloir que tu me raccompagnes, dit-elle. En métro, c'est vrai, tant pis. Il n'a pas le permis de conduire. Il hausse les épaules, lui sourit. Et le gamin, qu'est-ce qu'il va devenir ? Il est mineur, il passera devant le juge, mais ça n'ira pas très loin. Finalement, personne n'a été blessé. Elle était là, devant lui, les yeux dans les yeux. Elle s'est avancée d'un pas. Putain, il a bien failli, tu crois qu'il aurait ? Il a bien failli, bordel. Elle a les yeux pleins de larmes qu'elle chasse du dos de la main parce qu'il fait trop froid pour pleurer. Merde.

J'ai eu peur pour toi.

Comment tu as eu l'idée ?

Le grand secours, c'est toi qui m'en avais parlé. Tu vois que ça sert à quelque chose, la poésie.

Il sourit. Il sourit franchement. Il a l'air content d'être là.

Bien sûr que je suis content, dit-il. Ce n'est pas si mal, comme endroit. Je veux dire, ici au-dessus du canal, dans le ciel avec toi, ce n'est pas si mal, il y a les mouettes qui vont vers le soleil et les pigeons du Chinois qui volent du côté du carrefour, au-dessus du S. Ce n'est pas le rossignol et l'alouette, mais c'est pas mal. Il sourit, Et puis je suis content de t'avoir rencontrée.

Il n'ira pas plus loin, alors elle redresse légèrement la tête pour lui faire face, ils sont à quelques centimètres l'un de l'autre et elle l'embrasse, elle l'embrasse en souriant, c'est plus fort qu'elle, de son sourire rouge, et elle recommence, et cette fois il ferme les yeux lui aussi, cette fois ils restent longtemps à se goûter les lèvres, les attraper, l'une, l'autre, les humecter de la langue et se chercher à tâtons sous le manteau, le blouson, la prendre dans ses bras, et elle plonger sa main dans ses cheveux mi-longs, derrière son oreille, plonger vers sa nuque et son odeur de tabac toscan.

Après ça ils demeurent silencieux, longtemps. Jusqu'à ce que la lumière baisse. Tant que la poésie n'a pas quitté les lieux.

Elle regarde au loin s'allumer dans le soir les phares et les lampes et les grues sur leur tige, *le soleil qui se noie dans son sang qui se fige* et le canal ouvert comme un coup de rasoir.

Allez, on rentre !

Elle rit – elle rit de son rire rouge qui emporte tout comme le vent.

Et ils s'en vont.

Note de l'auteur

Les lieux, la ville, le canal, le carrefour sous l'autoroute, le lycée existent. Les élèves, les profs et les équipes qui s'y battent chaque jour le font avec l'espoir de rendre notre monde meilleur. Eux aussi, ils existent. Pourtant, l'histoire que vous venez de lire est une fiction. Elle est « vraie », non pas réelle. Comme sont « vraies » les citations, les mots que ce roman emprunte à des auteurs qui, d'une manière ou d'une autre, ont irrigué ces pages.

Les classiques de l'école, Rousseau cité en exergue qu'on retrouve dans les mots de Denis, le prof d'histoire syndicaliste, aux prises avec les parents d'élèves à la grille du lycée (« il n'y a point de bonheur sans courage, ni de vertu sans combat »), accompagnés d'une longue phrase de Jules Michelet tirée du *Peuple*, sur la vocation d'écriture et le métier de professeur. Et naturellement Molière, puisque c'est sa langue qu'on écrit, à travers *Le Bourgeois gentilhomme*, et aussi quelques interventions plus discrètes et souterraines de *Dom Juan* et de *Tartuffe*. *La Princesse de Clèves*, bien sûr. Et enfin Baudelaire qui marque de son empreinte la farouche Sara qui brise le cœur de Mo à la manière d'une passante, Baudelaire qu'on retrouve à plusieurs reprises et notamment dans « l'harmonie du soir » qui clôt le roman. C'est aussi Baudelaire que cite le père de Candice, ainsi que, plus discrètement, le *Journal* de Jean-René Huguenin.

Il faut ajouter quelques mots glissés de Virginie Despentes sur la beauté des jeunes filles, d'Hugues Pagan sur les brutalités policières, et aussi des paroles de rappeurs comme Diddi Trix (« Bondy Nord c'est Compton ») ou Zikxo (« jeunes et ambitieux » et « Nordysud » que les jeunes écoutent en montant le son dans la voiture garée devant le lycée à la récréation). Ces deux artistes viennent précisément de Bondy, ont grandi là et en parlent dans leurs chansons.

Paul, dont l'immeuble ressemble au *W* de Perec, fait écouter aux élèves, avant de commencer son atelier d'écriture, un morceau de Kae Tempest qu'il tire de l'album *The Line Is a Curve*. Personnellement je pencherais pour *Nothing to Prove*. Et le roman qu'il sort de sa poche, dont il lit un extrait pour lancer le travail, c'est de Laurent Mauvignier, *Histoires de la nuit*, parce que c'est ça que j'avais dans la poche quand j'écrivais cette scène. Ce sont les premières lignes, tout simplement.

NORD COMPO
multimédia

Composition et mise en pages
Nord Compo à Villeneuve-d'Ascq

Achevé d'imprimer en mai 2023
par Normandie Roto Impression s.a.s.
61250 Lonrai
N° d'impression : 2301604
N° d'édition : 596834-0
Dépôt légal : août 2023

Imprimé en France